ひきこもり令嬢でしたが絶世の美貌騎士に溺愛されてます

砂城

SUNAGI

NB

ノーチェ文庫

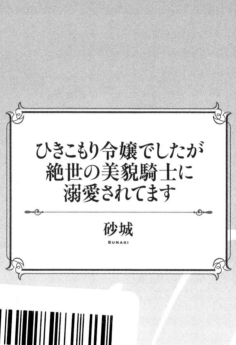

イヴァン
女性の噂が絶えない侯爵家三男。
王都騎士団に所属していたが、
ヴァレンティナとの結婚を機に
アルカンジェリ領に居を移した。
ヴァレンティナ
日本の「喪女」OLだった
前世の記憶がある伯爵令嬢。
前世のせいで婚約破棄され、以来、
アルカンジェリ伯の領地に
ひきこもっている。
登場人物紹介

リカルド
イヴァンの副官。
冷静沈着な皮肉屋。
ユージン
アルカンジェリについてきた
イヴァンの元部下。
妻と子供がいる。
キース
アルカンジェリについてきた
イヴァンの元部下。
少々、お調子者。
ジリアン
イヴァンに
付きまとっている侯爵令嬢。
かなりしつこい性格で、イヴァンには
うっとうしがられていた。
シアン
ヴァレンティナの姉。
大人しい妹を心配している。

目次

ひきこもり令嬢でしたが
絶世の美貌騎士に溺愛されてます

プロローグ

「んっ、あっ……やっ……ん、ああっ！」

「いい声だ……もっと、聞きたくなる」

「ひっ⁉　やっ、そんな、とこ……ろ……っ⁉」

暗闇に閉ざされた室内に、男女の甘い声が響き渡った。

窓にかかるカーテンの隙間からは、同じ邸内で開催されている夜会の光と、そこに集《つど》う人々のさんざめく声がかすかに伝わってくる。

本来は、ここにいる男女二人もその参加者なのだが、中庭を隔《へだ》てた向こうはまるで別世界のことのようだった。


——どうして私が、こんなことになってるのっ⁉

辺境の貧乏伯爵家の令嬢であるヴァレンティナ・ディ・アルカンジェリは現在、パニックになっていた。ここまでの経緯を思い出そうにも、記憶にぼんやりとした霞《かすみ》がかかっているようで、詳細が思い出せない。

ほんの少し前まで美しく着付けられていたはずのドレスは、今はくしゃくしゃの布の塊《かたまり》となってベッドの下にうち捨てられている。その下に着用していたはずのコルセットもあっさりと脱がされ、同じ運命をたどった。

――どうしよう、あのドレス……作ったばかりなのにっ。

現在進行形で貞操《ていそう》の危機なのだが、あまりにも自分の日常とかけ離れていて、どこか他人事のようだ。自分の身の安全よりも新調したドレスを心配するという明後日《あさって》な思考はそのせいなのだが、相手は目ざとくその気配に気づいたらしい。

「……何を考えているのかは知らないが、この後のことを心配しても、手遅れだ――俺も覚悟を決めた」

こんな状況でなければうっとりと聞きほれてしまいそうな美声は、彼女に覆《おお》いかぶさっている男性のものである。名前は――知らない。

というか、顔すらよくわからない。ここに連れ込まれる前に見たはずなのだが、諸事情によりろくに注意を払っていなかった。そして今も薄暗い室内とお互いの体勢により、綺麗な金髪であることはわかるのだが、彼についてヴァレンティナが知りえる情報はそれだけだ。

それはともかく、ヴァレンティナに言葉をかけた後、どこかためらいがちだった男性の動きが何かを吹っ切ったような積極的なものに変化した。

「え？　あっ⁉」

ドレスをはぎ取られる。それだけでも嫁入り前の貴族令嬢には一大事なのに、男は彼女の顔や髪に口づけを落とす。更にむき出しの肌に指先で軽く触れる程度であったものが、男の欲望を隠さない動きに変わった。

チュッと音を立てて口づけられたのは、胸の膨《ふく》らみの先端だ。恐怖と緊張で何もされずとも硬く立ち上がっていたソコに柔らかな唇が触れ、ヴァレンティナの口から甘い悲鳴が漏れた。

「きゃっ！　……やんっ！」

性的に未熟な生娘《きむすめ》が、こんな状況で快感など感じられるはずがない。けれど、彼女の体に心地よい戦慄《せんりつ》が走ったのは事実だ。

だが、自分のそんな反応に驚く暇はヴァレンティナには与えられなかった。

彼女の反応に気をよくしたのか、男性の動きに更に熱がこもる。

普段はドレスの下に隠されて決して日の目を見ることのない白い素肌に掌《てのひら》を滑らせ、

時折、手指を使って絶妙な刺激を与えた。そのたびに彼女の体にさざ波のような快感が湧《わ》き上がってくるのだ。

　そこには、同意なしに肌に触れられた嫌悪や生理的苦痛は一切ない。それどころか『もっと触って』と言いたくなるほどの麻薬にも似た衝動のおまけ付きだ。

　──何よこれ？　これって、絶対におかしいっ。

　頭の片隅でそう思いはするものの、相変わらず意識に薄いヴェールがかかったままだ。体の芯には原因不明の重い熱がたまり、それをどうにかしないことには、まともに思考できない。

　そんなヴァレンティナの状況にはお構いなしに、目の前──上にいる男性が混乱に拍車をかけてくる。

「……可愛い声だ。もっと聞かせてくれ」

　冗談じゃない！　と声を荒らげようにも、口をついて出るのは吐息か短く甘い悲鳴だけだ。

　気がつけば、口づけられていた胸の先端に男性の指が添えられていた。彼が二本の指の腹をすり合わせるようにして刺激を与えてくる。

　彼のもう片方の手は腰から臀部《でんぶ》に移動中である。嫁入りまでは決して誰にも触れさせてはならない場所に到達するのも時間の問題だろう。

流石《さすが》にヴァレンティナは固く両足を閉じて抵抗を示すが、うまく力の入らない体に戸《と》惑《まど》っている間にあっさりと膝を割られ、ソコへの侵入を許してしまう。

「ひっ！」

最も秘められた部分に他人の指が触れたことにより、喉の奥から恐怖と混乱の悲鳴が上がる。

「……すまない、初めてなんだな」

彼女の反応で、男性もそれを悟ったようだ。

「許してくれ――止められないんだ。できるだけ、苦痛がないようにする」

しかし、残念なことに行為を止める気はないらしい。

ただ、決して荒くも乱暴でもなかった動きに更に繊細《せんさい》さと注意深さが加わったのは、ヴァレンティナの勘違いではないだろう。

彼は壊れ物に触れるように最上級に優しく、ゆっくりと彼女の体を開いていく。

身分どころか、顔も名前も知らない相手なのにヴァレンティナの体が反応しているのは、彼女の身に起きている異変のためだ。体が火照《ほて》り、刺激に敏感になっている。

加えて不思議としか言いようがないのだが、心情的にも完全に拒否できない。それは、何処《どこ》からどう見ても無体を働いている男性が、数少ない発言から彼自身、決してそれを心から望んでいるわけではないとわかるせいかもしれなかった。

それでも、秘められた花弁をかき分け、その奥にある狭く細い道の入り口に指先が侵入してきた時は、反射的に膝で蹴り上げそうになる。けれどそれすらもあっさりと躱《かわ》されてしまった。

こうなれば、もう成り行きに任せるしかない。

つぷん……と、ヴァレンティナの自覚以上に潤《うるお》いをたたえた場所に、浅く指先が埋まる。

痛みはないが、ねばついた水音が自分のソコから上がったことに戸惑《とまど》いと恐怖を覚えたヴァレンティナは体を小さく震わせた。

「大丈夫、ごく普通の女性の反応だ——それも、かなり魅力的な」

彼女の気持ちを敏感に察知したらしい男性は、安心させるように優しく微笑《ほほえ》んだ。もっとも残念なことに部屋が暗すぎて、ヴァレンティナにはその気配だけしか伝わらなかったが。

しかし、こんな風に相手を気遣うことができるあたり、この男性はかなりの場数を踏んでいると思われる。

それが何故《なぜ》、ヴァレンティナのようなぱっとしない令嬢に手を出してきたのか？

彼の欲望——隠そうとして隠し切れない熱のこもった呼気と、それ以上にはっきりとした肉体的現象がヴァレンティナにもしっかりと確認できている。

何せ、裸で抱き合っているのだ、知りたくなくてもわかってしまう。それでも、まずはヴァレンティナを優先してくれることが非常にありがたいのも確かだ。

「どうしても痛みはあると思うが……本当に、すまない。この責任は必ずとる」

どう責任をとるのかは知らないが、それよりもこの行為を止めるほうが簡単だろうに……そう思いはしても、実際にここで止められたら、おそらくはヴァレンティナもかなりつらいことになるだろう。

自分の体が自分のものではないようなこの反応は一体何処《どこ》から来ているのか？　ろくに回らない頭でいくら考えても答えは出ず、その間に男性の行動は更にその先に進んでしまう。

「く、ぅ……んっ、やっ！」

浅く埋め込まれただけだった指先が、ゆっくりと動き始めた。潤沢《じゅんたく》とまでは言えないが、潤《うるお》いをたたえたソコを、そっと撫《な》でられる。

男性は粘り気《ねばりけ》のある液を指の腹で掬《すく》い取《と》り、少し上にある花芽にそっと塗りたくった。

ヴァレンティナの体が小さく撥《は》ねる。

快感よりも驚きが強かったからかもしれないが、これまで感じたことのない強い刺激に混乱している間に、男の行為は進んでいく。

硬く立ち上がった花芽をコリコリと刺激しつつ、秘密の隧道《ずいどう》に忍ばせた指でゆっくりとソコをほぐしていった。

小さめではあるが形は悪くない胸に片手を添え、左右の膨《ふく》らみを交互に揉《も》みしだき、或《あ》るいは先端の蕾《つぼみ》を刺激する。指で強く押しつぶしたかと思うと、軽く爪の先ではじき、痛みを感じない程度にきつく摘まみ上げられ——

「んっ、あっ……やっ……ん、ああっ！」

「いい声だ……もっと、聞きたくなる」

「ひっ⁉　やっ、そんな、とこ……ろ……っ⁉」

複数の箇所を同時に刺激され、そこから湧《わ》き上がる快感にヴァレンティナが翻弄《ほんろう》されている隙に、いつの間にか胎内に侵入する指の数が増えた。二本目がいつ増やされたのか、考えてみても一向にわからない。

くちゅり、にちゃり……という粘液質の水音はいつから聞こえていたのだろう？

そしてどうやら、すっかりと準備が整ったのを感じ取ったのか、男性がようやくその体勢を変えた。

「……え？　あ、なに……っ!?」

大きく膝を割り広げ、その間に逞《たくま》しい体が陣取る。

膝立ちの体勢のため正確な身長はわからないが、男性はかなりの長身だ。

室内には一切の明かりがなく暗闇のまま。けれどその時、わずかに開いたカーテンの隙間から夜会の明かりがその姿を照らし出す。そこで初めて、ヴァレンティナは己《おのれ》に無体を働いている男の顔をしっかりと確認することができた。

——え？　何、このイケメンっ？

今までヴァレンティナがお目にかかったすべての男性たちと比べても、ずば抜けて整った顔立ちをしている。はっきり言って、レベルが違った。今まで『かっこいいな』とか思っていた自分の家の騎士が、普通……いや、彼と比べればどんな男でも普通以下になってしまうだろう。

光をはじく金の髪に、綺麗に整えられた眉。瞳の色まではわからないが切れ長の目に、すっと通った高すぎも低すぎもしない鼻筋と、やはり造形美の極みともいえる唇。

先ほど初めて遭遇した時にも見たはずなのに、どうして印象に残らなかったのか、本気で不思議なくらいのイケメンである。

――だったら、余計になんで⁉　絶対、モテるでしょ！　相手に不自由してないでしょ⁉　なのに、なんで私っ？

家柄も大したことがないどころか貧乏にあえいでいる辺境の伯爵家の、ごくごく普通の容姿の自分を無理やり……するほど目の前の男性が相手に困っているとは到底、思えない。

どうしてと考えている間にも、男性の体がわずかに前に進む。彼女の体の中央にぴったりとナニかが押し当てられた。

「少しだけ……我慢、してくれ……っ」

押し殺した少しかすれた美声から、これまで彼が大変な我慢をしていたであろうことが察せられる。本来なら、有無を言わさずここまで進めたかったのだろうに、自分のことは後回しにして、できるだけヴァレンティナの負担が少ないように努力してくれていた。

それでヴァレンティナの災難が帳消しになるわけでもないが、その気持ちは素直にありがたいと思う――相手がこれほどのイケメンだったから、というのもほんの少しあるかもしれないが、適齢期になっても婚約者がいない自分だ。家の事情や自分自身のスペックを考えれば、頑張ってくれている家族には悪いが、この先も縁談がくるとは思えない。

だとしたら、一生に一度くらい経験するのも悪くないのかも——前向きなのか後ろ向きなのか、判断に苦しむところだが、どのみち、この状況ではもう選択肢は一つしかない。

覚悟を決め、目を閉じ、体の力を抜く。

そんなヴァレンティナに、彼はもう一度、短い謝罪の言葉を告げた後で、一気に体を進めた。

「っ！　い、いた……痛いっ！」

これが俗に言う『破瓜《はか》の痛み』というものなのか——などと、どこか他人事の感想がちらりと頭の片隅をよぎる。しかしそれもすぐに激しい痛みにかき消された。

先ほどまでわずかに感じていた快感など、その痛みであっという間にどこかに行ってしまう。

あまりの激痛に、のしかかってくる逞《たくま》しい体を必死で押しのけようとするが、非力なヴァレンティナがいくら抵抗しようとも彼にとっては何ほどでもないようだ。

その間にも『異物』はヴァレンティナの内部へ侵入を続け、ほどなくすべて収まった。

「い、いた……いっ」

痛みのあまりにヴァレンティナがぽろぽろと涙をこぼすと、温かく湿《しめ》ったものが眦《まなじり》に押し付けられる。

どうやら涙を舐《な》めとられたらしい。けれど痛みに耐えるのがやっとな状態では、目を開けて確認することは難しかった。

「すま、ない……っ」

再度の謝罪も聞こえてきたが、そんなものはこの状態では何の意味もない。

直後に、激しい抽挿が始まり――その後はもう、ヴァレンティナは何かを考えるなどできないほどの混乱の嵐に巻き込まれたのだった。

◆

――そんな出来事があった数時間後。

「本当に申し訳ないことをいたしました。この責任は必ずとらせていただきます」

王都にあるノチェンティーニ侯爵家の邸内。私的な来客の応接用の、この家の基準ではこぢんまりとした部屋に比較的若い男女と彼らよりは年上に見える男女の計四人が集まっていた。

年若いほうの女性に向かってキラキラしいイケメンが、土下座せんばかりの勢いで謝罪している。

彼はこの侯爵家の三男であり、王都騎士団に身を置くイヴァン・デル・ノチェンティーニだ。

そしてその謝罪を受けているのは、昨夜の彼の被害者——ヴァレンティナの姉のシアンであった。

被害者本人が不在なのは、事《こと》が事《こと》だけに同席がはばかられたためである。

昨夜、ヴァレンティナは意識を失った後、遅まきながら正気を取り戻したイヴァンにより、客間の一つに運ばれた。今頃は目覚めて、この屋敷に仕える心配りの行き届いたメイドらに甲斐甲斐《かいがい》しく世話を焼かれているはずだ。

「責任、とおっしゃいますが、どうなさるおつもりですの?」

平々凡々な自分とは違い（とヴァレンティナは思っている）彼女の姉は、幼い頃から美女の誉《ほま》れも高く、聡明で、そして気が強い。

「無論、世間知らずな妹から目を離した私も悪かったのかもしれません。ですが、まさかノチェンティーニ侯爵家主催の夜会に、このような不埒者《ふらちもの》が紛《まぎ》れ込《こ》んでいようなど、普通は思いません。しかもそれが、この家のご子息であるなんて……」

「本当に申し訳ない」

「私からもお詫《わ》びいたしますわ、シアン……不肖の息子が、本当に申し訳ないことをしました」

「侯爵閣下、それにミランダ夫人――お二方よりのお言葉、ありがたく頂戴いたします。ですが、とっくに成人を迎えていらっしゃるご子息の不始末を、お二方が詫《わ》びる必要はございませんわ。私が思いますに、今回の責はすべて、ご子息にあられます」

侯爵夫妻の言葉に柔らかな笑みで答えた後、シアンはがらりと表情と、ついでに声音《こわね》も変えて冷たく言い切る。

「嫁入り前の娘にとって、今回のことがどれほど大変なことか……まさか、自分は男だからわからないなんて世迷言《よまいごと》はおっしゃらないでしょうね？」

伯爵令嬢であったシアンが嫁《とつ》いだのは子爵家だ。

貴族には珍しい恋愛結婚で婚家はかなり裕福なのだが、貴族としては下位に属する。

だが、このノチェンティーニ侯爵夫人はあまり身分の上下にこだわらない人柄で、とある夜会で知り合ったシアンを気に入り、以来親しくしてくれている。とはいえ、それはあくまでも夫人に限定した話だ。夫である侯爵やその子息は、子爵家の者がこんな風にずけずけとした発言をしたら腹を立てるはずだ。

しかし――

「そう言ってくれるのはありがたいが、やはり当主としての責任がある」

「姉君のお言葉は、誠にもってその通りです。本当に、本当にっ。申し訳ないことをいたしました」

侯爵はともかく、イヴァンは両親の手前あからさまな怒りは見せなくとも少しはむっとするのでは……というシアンの予想は綺麗に外れた。

気分を害す様子を見せるどころか、あくまでも真摯《しんし》。一言たりとも見苦しい言い訳を口にすることなく、本心からとわかる反省の弁に、急カーブを描いていたシアンの眉が、わずかに下がる。

「謝罪は先ほどいただきましたわ。それで……？　責任をとるとか聞こえた気がいたしましたが、どうなさるおつもりですの？」

それでも、この程度で許す気のないシアンが、侯爵に気を遣いつつも加害者に舌鋒《ぜっぽう》鋭く問いかけると――ある意味、予想通りの答えが戻ってきた。

「ご令嬢と結婚させていただきたく存じます」

きっぱりと言い切るイヴァンの目に、迷いの色はない。

本当に覚悟を決めているのがわかる。

もっともそこで素直に頷《うなず》くわけにはいかない。可愛い妹のこの先がかかっているのだから。

「無理やり純潔を奪っておいて、結婚してやるからそれで勘弁しろ。責任はとったのだから、後はまた自分勝手に好き放題する――という意味かしら？　申し訳ありませんが、貴方のお噂《うわさ》は私も存じておりますの。侯爵閣下と夫人の前でこのようなことを申し上げるのは気が引けますが……もしこれが普通の縁談でしたら、絶対にお断りする案件ですのよ？」

シアンがそう言うのには訳がある。

ノチェンティーニ侯爵家の三男といえば、王都の社交界では結構な有名人だ。色男、遊び人、女たらしと、その呼び名は様々だが、その身分、見た目、更には女性に対する愛想のよさから、未婚既婚を問わず、貴婦人方からの人気が非常に高い。

本人もそれを十分自覚しているようで、艶聞《えんぶん》には事欠《ことか》かなかった。

遊びの相手としては最適と言えても、政略が絡む案件でもない限りは、夫としては不適格この上ない。

だが――

「確かに、自分のこれまでの行動がお世辞にも褒められたものでないことは自覚しております。今回の件も申し開きの仕様がありません。ですが、このような出来事がその発端だとしても、身を固めるからには心を入れ替え、今後は妻一人を守り、慈《いつく》しむつもりです。この言葉に偽《いつわ》りあらば、どのような罰でもお受けいたします」

正面からシアンの目を見てよどみなく告げられた言葉に、とりあえず嘘偽《うそいつわ》りは感じられなかった。

流石《さすが》は女性の扱いを心得ている——とは、少々意地の悪すぎる見方かもしれない。とはいえ、ここで妙な言い訳を並べ立てるよりは、はるかに好感が持てるのは確かだ。

それに、どのみちこうなってしまったからには、結婚が一番穏便な解決方法であることは、この場にいる全員がわかっている。

純潔を失ってしまった貴族の令嬢の行く末として他に考えられるのは、一生家で飼い殺しにされるか、修道院に送られるか、或《ある》いはほとぼりが冷めた頃にどこぞの後妻に収まるか——どの場合でも本人の希望やつり合いは一切考慮されないだろう。

それに比べれば、彼の言葉に賭けてみる価値はある。

「そのお言葉、信じさせていただきましょう……後々、この判断を私が悔いることのないように祈ります」

シアンはちくりと釘をさしておくのを忘れない。

「私の名と名誉に誓って——」

イヴァンが恭《うやうや》しく一礼する姿は、こんな時だというのにシアンすら惚《ほ》れ惚《ぼ》れするほどに美事《びじ》だった。

これが、普通の縁談であれば、どれほどうれしいことだったか……

今を時めくノチェンティーニ家との縁談。

辺境の伯爵家にはすぎた話で、それによる弊害も考えられるが、本心からヴァレンティナに恋焦《こいこ》がれての求婚ならば……自分はきっと、もろ手を挙げて賛成したに違いない。

そんな思いを淑女の仮面の下に押し隠して、シアンは重々しく頷《うなず》いた。

こうして——ほぼ空気だった侯爵夫妻は勿論《もちろん》、この場に不在のヴァレンティナの父親はおろか、当事者であるヴァレンティナ本人の意向すらさしおいて。

イヴァンとシアンの間で、婚約をすっ飛ばしての結婚が決定したのだった。

第一章　いきなり結婚相手が決まりました

「おめでとう、ヴァレンティナ。貴女《あなた》の結婚が決まったわ」

あんなことがあった翌日――つまりは今日のことである。『話し合い』のために貸してもらったノチェンティーニ侯爵家の一室で、開口一番、姉からそう告げられた。

躾《しつ》けの行き届いた侯爵家のメイドに薫《かお》り高い紅茶をサーブされ、おずおずと口に運んでいたヴァレンティナは、危うくそれを噴き出しそうになる。

「……ごめんなさい、お姉さま。お話に全くついていけません」

それはそうだろう。昨夜、自分の身に起こったことがまだ消化できていない上に、ろくに――というか、全く説明もされないままの姉の発言である。

――もしかして、私、まだ寝ぼけているのかしら……？

ヴァレンティナは思わずそんなことを考え、今朝、自分が目覚めてからのことを思い返した。

ヴァレンティナが目を覚ましたのは朝というには些《いささ》か遅い時間。場所は、おそらく昨夜とは別の室内だった。おそらくというのは、昨夜は暗すぎて部屋の調度品など見えなかったし、それらを確認する余裕もなかったせいだ。

目覚めた時ベッドにいたのは自分一人で、そこに『眠る』以外の用途に使用されたと思える痕跡はない。一瞬、あれは全部夢だったのかと思いそうになるが、体のあちこちに残る鈍痛がそれを否定した。

そしてヴァレンティナの頭にまず浮かんだのは、己《おのれ》の身に起きた悲劇を嘆《なげ》くことではなく、どうやってこっそりとここから出ていくか、である。

嫁入り前の娘が、どこの誰とも知らない相手に純潔を奪われた。しかもそれが、このノチェンティーニ家の屋敷内で行われたとなれば、侯爵家にも何らかの迷惑をかける。

昨夜の夜会に招いてもらうために骨を折ってくれた姉に合わせる顔がない。

冷静になって考えれば、自分が眠っているうちに部屋を移された時点で、既《すで》に侯爵家にはバレている。常のヴァレンティナであればすぐに気がつくことなのだが――やはり、相当に動揺していたのだろう。

「……お嬢さま、お目覚めでいらっしゃいますか？」

「え？　あ……は、はいっ」

扉の向こうから問いかけられた声に、咄嗟《とっさ》に寝たふりをすることも思いつかず、ヴァレンティナは素直に返事をしてしまう。その直後に、しまった……と思ったが、後の祭りだ。

「失礼いたします」

丁寧なお辞儀と共にそう告げて入ってきたのは、数人のメイドだった。

彼女らは、下着の残骸《ざんがい》だけを身にまとい身を竦《すく》ませているヴァレンティナをベッドから連れ出し、まずは浴室に連れていってその身を清めさせた。

夜会用に髪を結い上げたまま、あれやこれやの行為があったおかげで、髪の毛ものすごいことになっていたが、それも手際よく処理してくれる。

浴室から出た後は薄化粧を施《ほどこ》され、ヴァレンティナには見覚えのない新しいドレスを着せかけ、軽い食事をとるようにすすめられた。

この間《かん》、メイドたちが無駄口を叩《たた》くことはなく、あからさまに情事の痕跡を残しているヴァレンティナの体を見ても、眉一つ動かさない。だが、だからといって無機質な扱いをすることはなく、そこはかとなくヴァレンティナを労《いたわ》ってくれる。流石《さすが》は侯爵家に仕える者、といったところだろう。

そして、ヴァレンティナの様子が一応の落ち着きを見せたところで、待機していた姉との対面となったという次第だ。

当然のことながら、メイドたちからは何の説明もなく、姉自身の第一声が結婚だったわけで――ヴァレンティナが混乱するのは無理もなかった。

「あの……お姉さま。それはどういうことなのか、説明してはいただけませんでしょうか？　私の嫁入り先が決まったとは……？」

「説明も何も、当然のことでしょう？」

「……つまり、責任をとってくださる、ということですね」

ヴァレンティナも、貴族の令嬢のはしくれだ。自分たちの階級の結婚というものが、どのような意味を持つのか理解している。

重要なのは本人の意思ではなく、家同士のつながりだ。

基本的に爵位というものは、その領地の広さによって決まっている。故《ゆえ》にヴァレンティナの生まれたアルカンジェリ伯爵家もそれなりの広さの領地を持ってはいるのだが、生憎《あい》とその大部分が険《けわ》しい山や手のつけられない原生林。わずかな平地はあるものの、これといった特産品があるわけではない――はっきり言って貧乏だ。ろくな持参金も用意できないであろう自分を妻にするのに、責任をとった以外の理由は考えられない。

「我が家の事情もすべて話されたのですね？　その上で、本当にそれでいいとおっしゃってくださったのですか？」

「勿論《もちろん》よ。そうでなければ、貴女《あなた》に言ったりはしないわ」

「そ、そうですか……」

楚々《そそ》とした美女の外見とは裏腹に、シアンがなかなかに苛烈《かれつ》な性格をしていることを、実の妹であるヴァレンティナはよく知っている。

しかも、昨日の今日だ。ヴァレンティナたちが王都に出てくるのと入れ違いに遠い領地に戻った父に知らせる暇があるはずもなく、『話し合い』を行ったのはこの姉だろう。見ると、うまく化粧で隠してはいるが、目の下にはうっすらとクマが浮いており、表情にも疲れた様子が漂《ただよ》っていた。

急に夜会から姿を消した妹を案じ、事《こと》が露見した後は、その始末に奮闘してくれたに違いない。

自分がノンビリ（？）と寝ていた間に……と、改めて感謝をする。いや、とりあえずそれは置いておいて――

「それで、その……私を娶《めと》ってくださるというのは、どこのどなたなのでしょう？」

何をおいても、まずはそれを知らねば話が始まらない。そう思い、純粋に自分の疑問をぶつけたのだったが、それを聞いた途端にシアンの眉がものすごい勢いで吊り上がった。

「……ティナ。もしかして、貴女《あなた》、相手が誰か知らないの？」

『ティナ』というのは、ヴァレンティナの愛称である。

「え？　は、はい……昨夜は、突然、その……それで、あの……お互い名乗る暇もなく……」

「……そうだったのね。そう。そんな状況だったのね……」

唇は笑みの形になっているものの、目がそれを裏切っている。それはそれは冷たい眼差《まなざ》しで、シアンは目の前にいるヴァレンティナではなく、違う場所にいる『誰か』を見ているようだ。

「それなら私から教えるわ。貴女《あなた》の夫になるのはここ――つまり、ノチェンティーニ侯爵家の三男のイヴァンさまよ」

その姉の言葉を聞いた途端に、ヴァレンティナの顔から血の気が引いた。

どこぞの貴族の子弟だろうとは推測していても、よりによってこの家の息子とは思わなかった。

「ご、ごめんなさい、お姉さまっ！　私、大変なご迷惑をおかけしてしまって……っ」

ノチェンティーニ侯爵家といえば、今を時めく大貴族だ。三男坊とはいえ、そんな家の息子が嫁《い》き遅《おく》れ寸前の自分を娶《めと》る羽目になるとは——はっきり言って、相手方にとっては災難でしかない。

「どこが迷惑なの？　——状況はあちらから聞いています。ティナ、貴女《あなた》は被害者なのよ。何も気にすることはないわ」

シアンはそう言うが、ヴァレンティナとしては到底そんな風には思えない。

「で、ですが、いくら何でも侯爵家の方と……」

「確かにお父上は侯爵でいらっしゃるけど、後を継ぐのはご長男よ。三男のあの方は子爵位は持っていらっしゃるらしいけれど、今は王都騎士団に所属されているだけだし、ウチとのご縁があっても不自然ではないわ」

現に子爵家に嫁《とつ》いでいるシアンが言うことだ。確かに説得力はある。

「それよりも……一応の事情はあちらから聞かせてもらいはしたけれど、私としてはできれば貴女《あなた》の口からも、どういう状況だったのか聞かせてもらいたいの。勿論《もちろん》、貴女《あなた》にとってはとてもつらい出来事だったのだから、話したくないのなら無理はしなくていいわ」

シアンがヴァレンティナを気遣うのは当然だった。常日頃、しっかり者だと評判の妹ではあるが、普通ならショックのあまり取り乱し寝込んでしまったとしても不思議はない。本人から話を聞くにしても、本来はもっと時間をおいて、ある程度落ち着いてからが望ましい。

なのにそうしなかったのは、シアンが既《すで》に嫁《とつ》いだ身であるためだ。

諸事情あって一時的に妹の保護者代わりを務めているが、間もなく婚家に戻らねばならない。そして、一旦戻れば、実家とはいえ『他家』になり、そうやすやすと口を挟めなくなるのは容易に想像できた。

無論、ヴァレンティナの精神状態も心配しているに違いないが、ここまでの会話で彼女が予想したほどには衝撃を受けていない様子なので、思い切って尋ねてみたらしい。

「無理強《じ》いするつもりは本当にないの。だから――」

「……いえ、お話しします。ただ、私もよくわからない部分があるので、そこはごめんなさい」

「いいのよ。貴女《あなた》が話せることだけでいいのだから」

「はい、お姉さま」

そう言いはしたものの、ヴァレンティナはすぐに話し出せはしなかった。

やや冷めてしまった紅茶を口に運び、何をどう言えばいいのかを考える。

この一連の騒動の発端は――少し前のことになるが、五年前に嫁《とつ》いだ姉のシアンが夫と子供を連れて初めての里帰りをしたことだった。

◆

シアンは貴族には珍しく熱烈な恋愛の末に、裕福な子爵家に嫁《とつ》ぎ、すぐに子宝にも恵まれた。その子がようやく長旅に耐えられるようになったため、久方ぶりの里帰りが実現したのだ。

残念なことに母と兄——長女であり最初の子だったシアンにとってはすぐ下の弟は、三年ほど前に事故で他界していたが、王都にいた父親と弟も彼女の里帰りに合わせて領地に戻ってくる。数年ぶりの再会に、皆うれし涙にくれた。同行してきたシアンの夫も息子と一緒にそんな愛妻の様子を、温かく見守る。

それだけなら、よくある貴族一家の微笑《ほほえ》ましい光景だったろう。

それが一変したのは、久方ぶりの再会の感激も収まり、家族で夕食を囲んだ時のことだ。

「——ところで、ティナはいつ、お嫁に行くの？　デビュタントの舞踏会への出席はお母さまたちのことがあった上に、私も出産したばかりで手伝えなくて、残念ながら見送らないとならなかったでしょう？　だから、今度こそ私もちゃんとお祝いしたいと思っているのよ。確か、ヴェノン伯爵家の次男とのお話が進んでいたと思うのだけど、お式はいつ頃になる予定なのかしら？」

この時、ヴァレンティナは十八歳の誕生日を迎えたばかりで、貴族の子女としては適齢期の真っ盛り。縁談の一つや二つ——というか、普通ならとっくの昔に婚約が調《ととの》っている年齢だ。

尚、デビュタントというのは、貴族の子女が正式に社交界の一員として認められお披露目の舞踏会に出る際の呼称である。ただし、このお披露目は必ずやらなければならないというものでもない。母と兄の事故死によりヴァレンティナのそれが見送られたのはシアンも知るところであった。

シアンとしては和気あいあいとした家族の会話に彩《いろどり》を加えるつもりでの発言だったらしく、その途端に凍り付いた場の空気に仰天している。

「……どうしたの、お父さま？　ティナ？」

「あ、あの……お姉さま。実は……」

黙って俯《うつむ》いてしまった父親に代わりシアンの問いに答えたのは、ヴァレンティナだ。

「婚約はその……お話は進んでいたのですが、少し事情がありまして……」

「事情？　どういうこと？」

シアンの眉が吊り上がる。それが危険な兆候だとわかっているヴァレンティナが慌ててなだめようとするその前に、父親が口を開いた。

「シアン。それは私から言おう——確かにティナの縁談は一旦、まとまりはした。だが……その後で、あちらから破談にされたのだよ」

「破談ですって？　何故《なぜ》そんなことにっ？」

「もっと旨味《うまみ》のある縁談が持ち込まれたのだろうよ。理由は、あれこれ言いつくろってはいたが——一番主張したのは、ティナが『前世持ち』だからということだった。前世が平民の令嬢など、我が家にはふさわしくない、とな」

　この世界には、時々、『前世』の記憶を持って生まれてくる者がいる。おおよそ千人に一人程度の割合で、それが多いか少ないかはともかく、珍しくはあるが『あり得る』存在として認識されていた。

　そういった者たちは、幼児の頃こそ多少普通とは違った反応を示すものの、大抵の場合は四、五歳くらいまでに前世のそれが現世の記憶に吸収され、その後はごく普通の一生を送る。ごくごく稀《まれ》に記憶を保持する場合もあるが、例えば農民の家に生まれた子供の前世が王族であったとしても、現世にどれだけの影響を与えられるだろう？　『余は王である』といくら主張しようとも現実には彼はただの平民だし、今更、数代前に死んだ王様に出てこられてはその国も困る。

それでもそういった前世の記憶を保持した者たちは二回目の人生を歩んでいるわけだから、同世代の普通の人々と比べて知識は無論のこと、洞察力や判断力に優れていることが多い。故《ゆえ》に、よほど突飛な――それこそ『自分は王だ！』などと言い出したりしないならば重宝される存在となっていた。

『前世持ち』とは、そんな人々を指した言葉だ。

「――そんなもの、単なる言いがかりではありませんかっ！」

そういったわけで、シアンは怒った。ヴァレンティナの前世が平民だとしても、それを理由に破談というのは無理やりこじつけたとしか思えない。

「……あちらとの話が持ち上がった頃は、まだアリーシャもフレデリックも健在で、うちの領地経営もうまくいっていた。だが、今の状況を見れば、手を引きたくなっても仕方なかろう」

アルカンジェリ伯が名を挙げたのは、数年前に亡くなった妻と長男の名だ。実はその二人が亡くなるのとほぼ同時に、領地の経営が傾き始めていた。

それをヴァレンティナの婚約相手の家――ヴェノン伯爵家も知ったのだろう。

しかし、一旦は婚約を結んだ以上、相手方の経済状況を理由に破棄するのは外聞が悪い。

そこで、普通は問題にはならないはずの、彼女の『前世』のことを押し出してきたということだ。

「……お父さまは、それで納得されたのですか?」

低い声で再度、シアンが父に問いかける。

「あちらの本音は透《す》けて見えるが、ひたすらティナの『前世』のことを言い立てるばかりでな……」

逆に言うと、その点を除けばヴァレンティナには瑕疵《かし》がない、ということでもある。

シアンのように目を見張るほどの美女ではないが、見た目も平均で、性格は大人しく真面目。贅沢《ぜいたく》を好むわけでもなく、領政についても明るい。

少しばかり内向的ではあるものの、大貴族に嫁《とつ》ぐのではないのだから大した問題にはならないはずだった。

「それで、お父さまは、あちらのそんな勝手な言い分を黙って聞いていらしたのですか?」

更に激昂《げっこう》するシアンを、ヴァレンティナが慌てて止める。

「落ち着いてください、お姉さま――私が前世持ちであることは本当です。その頃の名はとっくに忘れてしまいましたが、確かに平民でしたし、その他の記憶もまだ幾分かは残ってございます。薄気味悪く思われても仕方ありません」

一部の者ではあるが、そんな風に前世持ちに差別的な見方をする者もいる。が、仮にも貴族――しっかりと教育を受けたはずの者が、そのようなことを言い出すとは。

ヴァレンティナがどう言おうと、シアンは承諾しがたいようだ。

「だけど、ティナはその知識でこの領地を盛り立ててくれているでしょう？　お母さまたちがお亡くなりになって、お父さまも王都でのお仕事で留守にすることが多いのに領地が回っているのは、貴女《あなた》のおかげじゃないのっ」

兄が亡くなり、新たに跡継ぎとなった弟はまだ十四歳になったばかり――今は姉の里帰りに合わせて戻ってきてはいるが、普段は王都にある貴族の子弟のための学院で学んでいる最中だ。

そんな状態でアルカンジェリ領がきちんと統治できているのはヴァレンティナがいてくれるからだというのは、この地に住まう者全員の一致した意見である。

「お姉さまはそうおっしゃってくださいますが、何度も申し上げましたように、私はただの『もじょのおーえる』でございました。前の世《よ》の知識といっても大したことはございませんし……」

『前世』が、この世界に生きた者とは限らない。

ヴァレンティナの前世は、ここととは別世界の日本という国の、ごく一般的な会社の普通のOLであった。

三十を過ぎるまで男性と付き合ったことはなく、特にこれといった趣味もなく、ひたすら真面目に、地味に日々を過ごしていた……そんな前世の記憶がそうさせるのか、ヴァレンティナの自己評価は何処《どこ》までも低い。

だが、この世界より文明が進んでいた『前の世界』での知識は、一般的な教育しか受けていなかったヴァレンティナのそれでさえ、非常に有益だった。

ヴァレンティナ自身は、誰もが知っていて当たり前の知識――程度の認識だが、これがもし、彼女の前世がライトノベル好きなら、大喜びでその知識を活用していただろう。

――ただ、その場合『転生キター！』とばかりにはっちゃけていた可能性が高いので、これはこれでよかったのかもしれない。

「……『もじょ』とは、確か結婚できなかった女性のことだったかしら？　でも、前の人生でよいご縁がなかったのは、今の貴女《あなた》とは関係のないことでしょう。そのせいで結婚にあまり積極的でないのは知っているけれど、亡くなられたお母さまも貴女《あなた》が嫁《とつ》ぐのを楽しみにしていらしたのよ？」

「それは存じておりますが……でも、そんな風におっしゃるお相手のところに無理をして嫁《とつ》ぐのも……」

「私もそう思ったんだよ、シアン」

ほとんど言いがかりに等しい理由による婚約破棄の申し出だ。出るところに出れば、軍配はアルカンジェリ家に上がる。

だが、その結果、婚家でヴァレンティナがどのような扱いを受けるか……そう言われると、シアンとしてもこれ以上は主張しがたいようだ。

だが、黙って引っ込む性格はしていない。

「わかりました。その件についてはもう何も言いません。でも――ティナのことだから、このまま独り身を通して弟が成人したら修道院へ……なんてことを考えているのかもしれませんけど、この私が！　絶対に！　そんなことはさせませんからね？」

この姉が言い出したら、決して後には引かないことを家族は全員、承知している。

吊り上がった眉と眦《まなじり》なのに、それはそれは美しく微笑《ほほえ》む姿に思わず腰が引ける父親とヴァレンティナ。そしてそれとは対照的に、シアンの夫はニコニコと妻を見つめていた。

流石《さすが》この姉と熱烈恋愛できただけはあるが、それはさておいて。

その宣言通り、シアンは己《おのれ》と婚家の持てるすべてのコネを使い、あっという間にヴァレンティナを王都の社交界に引っ張り出すことに成功した。

つまりはそれが、昨夜のノチェンティーニ侯爵家の夜会だったわけだ。

◆

「……お姉さまもご存じのように、私はあのような華やかな場に出るのは初めてでございました」

ヴァレンティナが口を開くのを辛抱強く待っていたシアンは、黙ってその言葉に頷《うなず》いた。

「それでも、お姉さまと侯爵夫人から何人かの方にご紹介をいただきました後は、私なりに頑張ってお話をしてみたのですが、そのうち少し疲れてしまって……」

ド田舎《いなか》辺境の領地からいきなり王都の煌《きら》びやかな社交界へ——それも今を時めくノチェンティーニ侯爵家の夜会に連れてこられたのだから、無理もない。

貴族の令嬢のたしなみとして一通りの礼儀作法は身につけてはいたが、デビュタントも経験していないヴァレンティナにとっては、何もかもがぶっつけ本番。何かヘマをしでかさないか、という精神的な重圧がかかっていた。

無論、そのあたりは手抜かりのないシアンと、彼女と懇意《こんい》の侯爵夫人の計《はか》らいで、今回の夜会に集められたのは、年が若くまだお相手の決まっていない貴族の子女が主となっている。所謂《いわゆる》『お見合いパーティー』のような様相を呈するかなり気楽なものであった。ただ、それでもヴァレンティナにとってはハードルが高かったようだ。

当たり障《さわ》りのない会話をするだけでも、精神的疲労が半端《はんぱ》なく、顔に貼り付けていた微笑《ほほえ》みがひきつるのが自分でもわかってきたあたりで、一旦、退却する。

そのタイミングで、夫と共にヴァレンティナに付き添っていたシアンが知り合いの貴族に声をかけられたことが、この後に起こる悲劇の一因であった。

「少しだけお酒もいただいておりましたので、お庭で涼みたいと思いましたの。勿論《もちろん》、そんなに遠くに行くつもりもなくて、バルコニーから少しだけ歩いたところで休んでおりました。そうしているうちに、植え込みの陰にしゃがみ込んでいる殿方を見つけてしまいましたの……」

最初、ヴァレンティナはすぐにその場を離れるつもりだった。世間知らずな彼女でも、シアンが口を酸っぱくして言い聞かせたこともあり、こういった夜会に紛《まぎ》れ込《こ》んでは不《ふ》埒《らち》なことをたくらむ者がいることは知っている。

踵《きびす》を返し、室内に戻ろうとしたものの――その耳にかすかなうめき声が聞こえた。

「暗くてよくはわかりませんでしたけど、その方はとても苦しそうなご様子で……急なご病気かもしれないと思って、つい、声をかけてしまったんです」

「そうだったのね」

ヴァレンティナが心優しい娘であるのは、シアンも百も承知だ。

一応の警戒はしていても、その相手が具合が悪そうだと知り、自分の安全など二の次で相手を心配したのだろう。

「最初は、私が声をかけても聞こえていらっしゃらない様子でした。それでも、何度か声をかけるうちに、その方も私に気づかれたのです。でも、立ち上がる力もないご様子で——そこまで具合がお悪いのでしたら、私の手には余りますので、人を呼ぶべきだと考えたのです」

ヴァレンティナの判断は間違ってはいない。成人した男性を、非力な娘が一人でどうこうできるはずもないのだから。

「室内に戻って、どなたか男の方に来ていただこうと思ったのですが……」

——ちょうどその時、一人の令嬢がバルコニーへ出てくる。シアンに紹介された面々には入っていなかったのでどこの誰かは知らないが、ヴァレンティナは彼女に声をかけ、誰かを呼んでもらおうとした。

その時だ。

ヴァレンティナが言葉を発する前に、いきなり伸びてきた手に口をふさがれる。

更には、あろうことか背後から抱きすくめられ、蹲《うずくま》っていた彼に植え込みの陰へ連れ込まれてしまった。

突然のことに恐慌状態になりかけたヴァレンティナの頭の上から聞こえてきたのは、ひどく苦し気な切れ切れの声だ。

『っ……す、まない……あいつには、気づかれたくない、んだ……』

普通に話すことさえつらそうな様子なのに身を隠す必要がある――ヴァレンティナには、その理由が想像できなかったが、背後から伝わってくる切羽《せっぱ》詰まった気配と、拘束されはしたがそれ以上は不埒《ふらち》な雰囲気がないこともあり、とりあえず様子を見ることにする。

正体不明の男とヴァレンティナが息をひそめて見守る中、バルコニーに出てきた令嬢が何かを捜すようなそぶりであちこちをのぞき込む。

一度など、二人の潜《ひそ》む植え込みのすぐ側までやってきたので、二人の体に緊張が走った。が、運よく見つからず、しばらくそのあたりを探し回っていたものの、やがて諦めたのか彼女はまた邸内に戻っていった。

それを見送ってようやく警戒を解いた男につられ、ヴァレンティナ自身もほっとする——まではよかったのだ。

緊張の糸が緩んだことで、ようやくヴァレンティナにも相手にこの状況に対する説明を求めようという余裕が生まれた。身振りで、口を覆《おお》っている手を離してほしいと伝える。すると、彼は素直に解放してくれた。

後から考えると、その時にすぐに悲鳴の一つでも上げていれば、その後の悲劇は防げたかもしれない。

だが、妙な連帯感が生まれていたせいもあり、まずは状況の説明を求めるべくヴァレンティナは背後の男に向き直った。その時に『それ』が起こる。

「何やらよい香りがした、と思った途端にめまいのような感覚に襲われて……その前にいただいていたお酒の酔いが回ってきたのかもしれませんが、体が火照《ほて》って、見ている風景がぐるぐると回り……それで、思わずその方に抱き着いてしまったんです」

抱き着いたというよりも倒れ掛かったという表現のほうがしっくりくる状況だったが、この場にいる二人共が体調不良というのは非常にいただけない。せめて自分だけでもしっかりしないと、とは思っても、自分の体が自分のものではないような——胸の鼓動が速くなり、呼気も熱くなった。

四肢《しし》に力が入らず、それでも必死に気力を振り絞って体勢を立て直そうとしたヴァレンティナだったが、またしても彼女より先に男が動く。

『は、離れて、くれ……さもないと……っ』

自分からヴァレンティナを引き込んだくせに、そんなことを言ったかと思うと、どん、と乱暴に突き放された。

貴族令嬢であるヴァレンティナは、こんな風に手荒に扱われことは一度もない。

ちょうど姿勢を変えようとしていたこともあり、あっけないほど簡単にバランスを崩し、むき出しの地面に倒れ込む。

『っ！　すまないっ、そんなつもりでは……っ』

男のほうも自分のしでかしたことに驚いたようで、慌てて彼女を抱き起こしてくれはしたのだが、その動きによって、先に感じた香りが更に強くなったようにヴァレンティナには思えた。

この香りは目の前の男性が発しているみたいだが、男性が使うコロンにしては甘すぎる。

誰かの移り香かもしれないけれど、それにしては強いようにも思えた。それを深く追及するよりも早く——

『しまった……っ！　くっ』

ヴァレンティナを抱き起こした男が苦しそうな声を上げ、何かに耐えるそぶりを見せる。

必死で何かにあらがっている様子だが、ヴァレンティナには訳がわからない。

例の香りのせいで思考がまとまらないのに加え、紳士的なのか粗野なのか一向に正体がつかめない男にどう反応すればいいのかわからなかった。

『……だめ、だっ！　すまないっ……っ』

しばし、ただ呆然と見つめる間にも、男の葛藤《かっとう》は続いている。やがてひどく苦し気に低く叫んだかと思うと、ヴァレンティナの体を抱き上げた。

先ほどまでの様子は仮病だったのではないかと思えるくらい素早く背中と膝裏を掬《すく》い上《あ》げ――所謂《いわゆる》『お姫様抱っこ』の体勢だ。あまりに突然の変わりように、ヴァレンティナは抵抗を忘れ、されるがままになる。

夜会の行われているホールの光で男の髪が金色に輝いているのは見えたが、後は薄闇に閉ざされてよくわからない。自身の体を抱き上げている腕は逞《たくま》しく、体つきもそれなりに鍛えられているようだ。ヴァレンティナにわかったのはそれだけだった。

『すまない……許して、くれっ』

重ねられるそれが何に対しての謝罪なのか？　その時のヴァレンティナは豹変《ひょうへん》した彼の行動についてのものだと思ったのだが、まさかその続きがあるとは露《つゆ》ほども予想していなかった。

ヴァレンティナの体を軽々と抱き上げた彼が向かったのは、ホールではなく庭園を挟んだ侯爵家の一角だ。

闇の中、どうしてこんなに素早く的確に動けるのか。不思議なほどに迷いのない足取りで棟に向かい、閉ざされていたドアを開けて窓際に置かれていた寝台の上にヴァレンティナの体を放り投げる——いやそれは、言いすぎかもしれない。

実際にはそれなりに丁寧なしぐさで横たわらせてくれたのだが、乱暴にだろうが丁寧にだろうがヴァレンティナの意に反した行為であることは間違いなかった。

そしてここにきてようやく本格的な身の危険を感じたヴァレンティナは、相変わらず酩酊状態に似た感覚に苛《さいな》まれた状態でも悲鳴を上げようとするが、男がそんなことを許すはずもない。

「……いきなり口づけられてしまい、誰かに助けを求めることもできなくて……その後は、あまりはっきりとは覚えていないのです」

切れ切れの記憶はあるものの、それを自分の口から姉に告げるのは流石《さすが》に躊躇《ためら》われた。

「っ！　もういいわ――ごめんなさい、つらいことを言わせたわね」

「いえ、おかしな話かもしれませんが、あまりショックはないのです。自分に起こったことなのですが、どこか他人事のような気がして……ああ、こういった時、前の世《よ》では『野良犬に噛まれたと思え』と言われていた気がします」

ここことは違って、前の世界では処女性にそれほど重きを置かれていなかったのが影響しているだろう。

それに加えて前世では『喪女《もじょ》』――つまりは処女を貫《つらぬ》き通し、今世でもほとんど結婚を諦めていたヴァレンティナだ。

――一度くらい経験しておくのもいいかも、って思っちゃったのよね。確かに無理やりではあったけど、とっても優しくしてくれたし。あまりよくはわからなかったとはいえ、すごいイケメンみたいだったし……

無論、それが自分を納得させるための言い訳であるのはヴァレンティナも自覚している。腕力では到底太刀《たち》打《う》ちできなかったのだから、諦めるしかないのもまた事実だ。

怒り心頭状態のシアンをなだめるためもあって、そう言ったのだが――

「……野良犬ではなく血統書付きの駄犬ね。大丈夫よ、ティナ。駄犬の飼い主の方にも、きっちりと責任をとってもらえるように話はつけてあります。貴女《あなた》は何も心配しなくていいわ」

余計に怒りに油を注ぐ結果になる。仮にも侯爵家の子息を『駄犬』呼ばわりだ。ここには当の侯爵家のメイドもいるが、そんな暴言を耳にしても、彼女たちに全く反発する様子はない。それどころか、それが当然だとでもいうようなムードを漂《ただよ》わせている者すらいる。

シアンの話だと、その『駄犬』がヴァレンティナの夫になるということなのに。

「きちんと躾《しつ》け直しておく、とのお言葉もいただいています。だから貴女《あなた》は、安心してその日に備《そな》えていればいいいわ」

にっこりと、ただし何やら黒いものをにじませながら笑う姉を前にして、ヴァレンティナにできるのは素直に頷《うなず》くことだけだった。

第二章　いきなり新婚生活っぽいです

ヴァレンティナとイヴァンの婚儀は、『あの夜』から二か月後に執《と》り行《おこな》われた。婚約すらしていなかったのを考えると、脅威のスピードである。

これは、万が一にも『あの時』に子供ができていたら……という可能性に基づいての日程だ。幸いにもヴァレンティナは懐妊していなかったが、そうでなかった場合、二か月なら、『早産でした』でごまかせるぎりぎりのラインということらしい。

もっとも、そんな内情を知っているのはノチェンティーニ家の面々と、ヴァレンティナ、シアンのみだ。父親には『初めて出た夜会でイヴァンに見初《みそ》められ、一刻も早く結婚したいという彼の希望のため』と告げてある。

強姦されてその責任をとってもらった結果などと、わざわざ教える必要はないというシアンの主張が通ってのことだ。

また、跡取りである弟がまだ幼く、王都で奉職している父が不在の間の領地運営をヴァレンティナが担《にな》っていた事情もあり、彼女が王都のイヴァンに嫁《とつ》ぐのではなく、彼のほうが妻のいるアルカンジェリ伯爵領に来るという、少々変わった形の結婚となる。

つまり、ヴァレンティナはノチェンティーニの姓を名乗ることになるが、実質的にはイヴァンが婿入りした状態になるのだ。新居もアルカンジェリ邸の使われていなかった別棟に定められた。

結婚式は、アルカンジェリ領の伯爵家の大広間で、花嫁花婿双方の家族の他はごく親しい知人のみを招き、厳《おごそ》かに執《と》り行《おこな》われる。ちなみにだが、ヴァレンティナたちの住まうこの国（ダーイットという名で、専制君主国家だ）では、あまり宗教の影響が濃くなく、人前式が普通だった。

元はといえば息子の不始末が原因ということで、ノチェンティーニ侯爵夫妻もわざわざ辺境まで足を運んでくれる。式の最中に夫人がうれし涙を流す場面もあったが、滞《とどこお》りなく式とその後のささやかな祝宴は済み、新居での夫婦の時間となった。

◆

――ものは言いようよね。使われてなかったっていうより、老朽化しすぎて使えなかったっていうのがホントなんだけど……

二人の新居と定められた別棟だが、つい先日までは壁一面にツタが絡み、雨漏りはするし、そのおかげで床のあちこちが腐り落ちるしで、扉や窓もガタガタの、ホラーゲームの舞台にできそうな様子だった。

それを突貫で補修工事をした結果、新築同然の輝きを取り戻したのだから驚きだ。

勿論《もちろん》、財政難でここを放置せざるを得なかったアルカンジェリ伯爵家にそんな費用が捻出できるはずもなく、イヴァンの当座の家賃という名目でノチェンティーニ侯爵家がすべてを負担していた。

外観だけでなく内装も一新され、華美ではないが上質で落ち着いた調度品が運び込まれている。

その中でも最も入念に整えられたのは、夫婦の寝室——これから新婚夫婦が使うことになる部屋だ。それを見回すヴァレンティナは、正直、開いた口がふさがらなかった。

「……お金持ちってすごい。流石《さすが》は侯爵家だわ」

普段は貴族の令嬢として恥ずかしくない振る舞いを心掛けているヴァレンティナだが、前世の影響もあり、独り言になると言葉遣いが砕けがちになる。なるべくしないように気をつけてはいるものの、何せ今夜は夫婦としての初の夜だ。

頭のてっぺんからつま先までこれでもかというほどに磨き上げられ、夫から——というか、これもノチェンティーニ家からのプレゼントである、レースをふんだんに使った夜着に身を包み、今、まさにその夫を待っていた。

初夜の慣習として、花婿は花嫁より少し遅れて寝室にやってくる。

たった一人この部屋で待機せざるを得ないヴァレンティナとしては、独り言でも呟《つぶや》いていなければ平常心がもちそうにない。

「そんな侯爵家のご子息で、王都騎士団の中隊長。おまけに超モテまくりの恋多き男って……どう考えても、こんな田舎《いなか》の貧乏伯爵家の娘と結婚する人じゃないよね。しかも私は、何か特技があるわけでもない十人並みの器量なわけだし……」

最初は名前さえ知らなかった新郎の情報を、この二か月の間にヴァレンティナもそれなりに得ていた。

年は三十一歳。噂《うわさ》によれば幼い頃から優秀で、行く行くは次男と共に長兄を補佐し、ノチェンティーニ侯爵家を盛り立てていくであろうと将来を嘱望《しょくぼう》されていたそうだ。身分を考えれば近衛《このえ》騎士団にも入れたはずなのに、現在、王都騎士団に所属しているのは、王宮で飾り物になっているより現場に出たいという本人の希望で、わざわざ平民もいる王都騎士団を選んだからだという話だった。

また、それと同時に恋多き男としても有名で、浮き名を流した相手は数知れない。もっともその対象はあとくされのない未亡人や仮面夫婦で夫も好き勝手している妻のような相手ばかり。嫁入り前の娘に手を出すことは決してなかった。その栄《は》えある（？）初の相手がヴァレンティナ、ということらしい。

浮き名云々《うんぬん》はさておいて、とにかく彼は自分と色々と違いすぎる。

「どう考えてもあんまり明るい未来は……ないわよねぇ」

そんな相手と円満な夫婦生活を送れるかどうか……は火を見るよりも明らかだ。

「女性の扱いには慣れてるだろうから、私相手でもうまいことを言ってくるかもしれないけど、信じちゃダメ。浮気されて当たり前だと思ってなきゃね」

新婚初夜の花嫁の独白としてはあり得ない内容だ。

しかし、前世は仕事に没頭するあまり縁に恵まれず三十歳を超えて『喪女《もじょ》』の称号を獲得し、今世でも一方的な婚約破棄という憂《う》き目《め》に遭《あ》ったヴァレンティナに、今更、結婚への夢などない。

現時点での嘘偽《うそいつわ》りのない心情の吐露《とろ》だった。

「最初から期待してなければ、失望することもない。責任をとって結婚してくれただけでもありがたいと考えれば……うん、何とかなるでしょ、きっと」

身も蓋《ふた》もない言葉を発し内心の暗澹《あんたん》たる気持ちをため息と共に吐き出すと、それなりに覚悟も決まる。

そのタイミングを見計《みはか》らったように、部屋のドアをノックする音が響いた。

「は、はいっ——どうぞ」

若干ひきつった声で応じてすぐに、扉が開く。

入ってきたのは——当然のことながら、つい先ほど、ヴァレンティナの夫となったイヴァンその人だ。

「待たせて申し訳ない。うちの母がなかなか離してくれなくて……放蕩《ほうとう》息子が身を固めたことがよほどうれしかったようだ」

スラリとした長身で、体つきに比べてやや頭が小さく見えるのは、彼の肩幅が広く胸板も厚いせいだ。騎士団に属していたそうだが、それもあってしっかりと鍛えてあるようだ。

そして、その顔というのが、キラキラしい金髪にエメラルドグリーンの瞳。すっきりと伸びた鼻梁《びりょう》は高すぎも低すぎもせず、その下にある唇も神が造形したのでは？　と思うくらいに形よい。

ヴァレンティナの前世の世界で繁華街を歩いていたら、スカウトマンが黒山の人だかりになるだろう。

その美しい顔に、すまなそうな表情を浮かべながら謝罪され、ヴァレンティナの心拍数が一気に上がった。

――な、何度見ても、見慣れない。まばゆすぎるっ……何なのよ、このイケメンはっ！

『あの』出来事の後すぐに領地に戻っていたヴァレンティナと、王都であれこれと身辺整理にいそしんでいたイヴァンとは、これまで顔を合わせる機会がなかった。一応、婚約者同士ということで手紙のやり取りはしていたが、実際に再会したのは今日――つまりは結婚式当日である。

美人は三日で見飽きるというが、イヴァンの顔は前世を含めて、これまでヴァレンティナがお目にかかったことのないレベルだ。見飽きるどころか、この美貌に慣れる日が来るとは到底思えない。

彼女は結婚式の折も、隣に立つその顔をそっと窺《うかが》い見てはあまりの麗《うるわ》しさに放心しそうになっていた。

そもそも、お互いが顔を合わせた時間は、合計してもまだ丸一日分にもならないのだ。『てれび』や『えいが』に出ていた俳優も裸足《はだし》で逃げ出すほどの美形を前に、平常心でいろと言われても、ヴァレンティナには無理だとしか思えない。

「い、いえっ。お気遣いなく……？」

何とか無難な返事をしぼりだした——と、ヴァレンティナは思ったのだが、それを聞いたイヴァンが苦笑いを浮かべる。

「夫婦になったのだからもっと気楽に接してほしい——そうお願いするのは無理かな？」

「はいっ？」

ちょっと何を言っているのかわかりません——いや、特に難しいことは言われていないのだが、色々いっぱいいっぱいなヴァレンティナは、思わずそんな思いを顔に出してしまっていた。

「……まぁ、無理か。とりあえず座らないか？　二人して立ったままで会話というのもおかしいだろう？」

「は？　……え？　あの……は、い」

一人で待っている間にうろうろと室内を歩き回っていたヴァレンティナは、ついそのままイヴァンを迎え入れていた。

こういう場合、もしや先にベッドに入っているべきだったのかと青くなる。流石《さすが》にそこまでは誰も教えてくれなかった。

「とりあえず、こちらへ——俺はこっちに座ろうか」

そうして誘われたのは、夫婦用の広くて大きな寝台からは少し離れたところに置かれた応接セットだ。先にヴァレンティナを座らせ、イヴァンはテーブルを挟んだ反対側に腰かける。

またしても真正面から向かい合う形になるが、間にテーブルという障害物があるだけ、ヴァレンティナに精神的な余裕ができた。

もしやそこまで考えて？　いや、まさか……と思っていたヴァレンティナだが、イヴァンの次の台詞《せりふ》でそれが正解だとわかる。

「これで少しは気が楽になったかな？　できればワインでもあれば――ああ、そこか。少し待っていてくれ」

部屋の隅の小卓に赤ワインの入ったデキャンタとグラスがあるのを目ざとく見つけ、イヴァンはそれらを手に戻ってきた。ヴァレンティナが「自分が……」と言い出す暇もない早業で、中身をグラスに注いですすめてくる仕草も全く押し付けがましくない。

「とりあえず飲まないか？　お互い、少しリラックスする必要がありそうだ――もし苦手なら、少し口を湿《しめ》らすだけで構わない」

そう言うとイヴァンは率先してグラスに口をつける。それに釣られるようにして、ヴァレンティナもほんの少量を口に含むと、イヴァンがほっとしたように小さく呟《つぶや》いた。

「……ありがとう」

「え？」

まさかこの場面で礼を言われるとは思わなかった。ヴァレンティナがうっかり正面から彼の顔を見ると、そこには少しばかり照れ臭そうな笑顔がある。

――目がっ！　目がつぶれそうっ。

ヴァレンティナがイヴァンの笑顔を見るのは、実はこれが初めてだ。苦笑は先ほど見たが、本物の笑顔は攻撃力が激上がりだった。

動揺のあまりグラスを取り落としそうになり、すんでのところで握り直して事《こと》なきを得る。が、胸の動悸《どうき》は治まらず、更にもう一口二口とワインを口に運んで、やっと幾分かの落ち着きを取り戻す。

酒に強くないヴァレンティナは、その程度でも早くも酔いが回り始めた。先ほどイヴァンが言ったようにリラックスする効果は確かにあったようだ。

「あの……何故《なぜ》、そんなことをおっしゃるのですか？」

「そんなこと？　ああ、今の礼かな？」

「ええ」

新婚初夜の夫婦としてはぎこちないこと甚《はなは》だしい会話だが、何しろほとんど初対面のようなものなので仕方がない。

「俺の注いだワインに口をつけてくれたこと、にかな」

「そんなことで……？」

「そんなことも何も。俺としては、すんなり部屋に入れてくれただけでもありがたかった。その上に、だ。当たり前だな」

「……よくわかりませんわ」

夫婦になったのだから、同じ部屋で寝るのが自然だ。それを拒むのは、この結婚自体を拒否しているのと同じである。

ヴァレンティナは普通とは言いがたい理由でイヴァンと夫婦となったわけだが、本当に嫌ならば断っても構わないとシアンからは言われていた。そうしなかったのはヴァレンティナの判断なのだから、当然、その後に起こるとについても納得――というか覚悟して受け入れている。

「わからない、か……なるほど、貴女《あなた》の姉上があれほど心配されるわけだ」

「姉？　シアン姉さまのことですか？」

「ああ。あれほどの女性には滅多にお目にかかれない――あの時も、とても恐ろしかったよ。無論、非はすべて俺にある。言われて当然だったが、流石《さすが》にこたえた」

一体、姉はイヴァンに何を言ったのだろう……？　非常に気になるが、さしあたってはそれよりも先に話さねばならないことがある。

初夜というものは、有無を言わさずベッドになだれ込むものだと思っていたのに、イヴァンはまずは会話をしたい様子だ。

先ほどのワインがいい仕事をしてくれていて、最初に比べてヴァレンティナもリラックスできている。若干ふわふわとした感覚が目の前の超絶美形の威光を減じてくれているらしく、声を出すのもかなり楽になっていた。

この機会を逃す手はない。

「では……まずは、イヴァンさま、とお呼びしても構いませんか？」

「勿論《もちろん》。というか、さまはいらない。ただ、イヴァンと呼んでもらえるとうれしいな」

にっこりと微笑《ほほえ》まれ、また鼓動が跳ね上がるが、そこは大きく息を吸うことで平静を保つ。

「夫となる方を呼び捨てにはできませんわ。それよりも、お詫《わ》びしなければならないことがございます」

「詫《わ》び？　貴女《あなた》が？」

「どうぞ、ヴァレンティナとお呼びください――お礼と、お詫《わ》びと申し上げるべきでしょうか。ノチェンティーニ侯爵家の力をもってすれば、あのこと自体をなかったことにできたでしょうに、責任をとってくださると伺い、とてもありがたく思いました。ですが、そのせいで私のようなものと結婚をせざるを得なくなったこと、誠に申し訳なく思っております」

何度も頭の中でリハーサルをした甲斐《かい》があり、今のところ、すらすらと言葉が出てきてくれる。

「本来ならば、私のほうから辞退すべきだったのでしょうが、父の喜びようを目にしてそれもできず、イヴァンさまにご迷惑をおかけすることになってしまいました。言葉で詫《わ》びて済むことでもございませんが、どうかお許しください。そして――どうか、私のことなど気にせず、イヴァンさまはお心のままにお振る舞いください」

要するに『責任感だけで結婚してくれて感謝しています。自分の身のほどはわきまえていますので、既婚者になったからといって女遊びを我慢することはないのですよ』ということだ。

これは、この結婚が決まって以来、ヴァレンティナが考え抜いた内容だった。

初夜の床《とこ》の前で言うことではないかもしれないが、こういうことは最初が肝心。早めに言っておいたほうがいい。

そう考え、実際に行動に移したヴァレンティナだったのだが――最初は彼女が何を言い出すのかと興味深げだったイヴァンが、話が進むにつれて難しい顔つきになっていく。そして、ヴァレンティナが話し終えると、何故《なぜ》か深いため息をついた。

「あの……イヴァンさま？」

この提案を喜ばれるものとばかり思っていたヴァレンティナは、予想が外れて困惑する。

しかし、言いたいことは言ってしまった後だ。これ以上、何をどう……と困っていると、イヴァンがもう一度ため息をついた後、口を開いた。

「警戒されているだろうとは思っていたが、何度も手紙のやり取りをして、少しは俺のことをわかってもらえただろうと安心していた。自分の不明を恥じるばかりだ」

「イヴァンさま、あの……？」

「引き継ぎに時間をとられて、ここに来るのが遅くなったのが原因か……いや、今更言っても仕方ない」

喜ぶどころか落ち込んでいるように見え、ヴァレンティナの困惑が深くなる。しかし、そんな彼女の様子には構わず、唐突にイヴァンが立ち上がった。

一体何をするつもりなのかと見守っていると、ぐるりとテーブルを回ってヴァレンティナの側まで来る。そしていきなり傍《かたわ》らに跪《ひざまず》いた。

「イ、イヴァンさま……何を……？」

先ほどからの彼の反応は、ヴァレンティナの予想を裏切ってばかりだ。彼女はこの行動にどう反応すればいいのか、わからない。

「改めて自己紹介をさせていただきます。私はイヴァン・デル・ノチェンティーニ。先ほど、貴女《あなた》の夫となった者です」

恭《うやうや》しくヴァレンティナの手を取り、まるで初対面の挨拶《あいさつ》のように名乗られる。

「は？　……え？」

「私はこれより、貴女《あなた》の夫として、貴女《あなた》を守り慈《いつく》しんでいくことを、我が名と命にかけて誓います」

その言葉は、先ほどの式の時にも聞いたし、ヴァレンティナ自身も、同じ意味の文言を口にした。

それを今ここで繰り返すことに一体どういう意味があるのだろうか。

「……といっても、今の貴女《あなた》にはたわ言としか思えないだろう。これ以上はないというほど、それは理解した。流石《さすが》はあの姉君の妹だけはある——ここから挽回するのは至難の業《わざ》だろうが、俺にも意地があるし、そうだな……ヴァレンティナ？」

まさかシアンも先ほどの自分とほぼ同じことを言っていたとは知らないヴァレンティ

ナは、突然のイヴァンの行動に目を白黒させるばかりだ。そんな彼女の名をイヴァンがさわやかに呼んでくる。

「は、はいっ⁉」

「夫婦になったのに、この呼び方は少し堅苦しい。愛称で呼びたいと思うんだが、確か皆からは『ティナ』と呼ばれているそうだね？」

「は、はい。そうですが……」

「他と同じ呼び方しかできないのは、夫としての沽券《こけん》にかかわる。ヴァレンティナ……ヴィア……いや、ヴィーと呼んでも？」

「……は？　へ？」

何がどう沽券《こけん》にかかわるのか。思わず貴族の令嬢にはふさわしくない声が漏れてしまうが、新しい愛称を、何故《なぜ》かうれし気に何度も繰り返すイヴァンに、ヴァレンティナはそれ以上は何も言えなくなった。そして――

「今は口で何を言ってもヴィーには響かないだろう。だったら、行動で示していくしかない。さしあたっては、即物的で申し訳ないが……」

「え？　……きゃっ⁉」

イヴァンは跪《ひざまず》いた状態から立ち上がるのと同時に、座っていたヴァレンティナの体を椅子から抱き上げる。

「イヴァンさまっ！　な、何を……っ？」

「とりあえず、新婚の夫婦がやるべきことをしたいと思う。勿論《もちろん》、ヴィーが嫌なら隣で寝るだけにする」

至近距離から微笑《ほほえ》みと共に問いかけられ、まだ免疫のできていないヴァレンティナの顔が真っ赤になる。しかもその内容が内容だ。隣に寝るだけという彼女にとっては魅力的な提案にうっかり頷《うなず》いてしまいそうになるが、それでは何のために覚悟を決めていたのかわからない。

しかし、流石《さすが》に口に出して答えるのはハードルが高く、逞《たくま》しい胸に顔をうずめるようにしながら小さく首を縦に振る。ありがたいことにそれでイヴァンには通じたようだ。

「わかった。できるだけ優しくする」

そう告げられて、それだけで報《むく》われた気持ちになったのは、それが本当にうれしそうな声だったからだろう。

◆

ヴァレンティナを抱き上げたまま部屋を横切ったイヴァンは、丁寧な手つきで彼女をベッドの上におろした。その後、部屋を明るく照らし出していた燭台《しょくだい》のいくつかを吹き消すと、室内はほどよい薄闇に包まれる。

その様子を横たえられた状態で見守っていたヴァレンティナだったが、いざ彼が自分の上に覆《おお》いかぶさってくると『あの夜』のことが唐突に思い出され、思わず身を固くした。

「楽にして……といっても無理かな」

「ご、ごめんなさい……」

「いや、当然だ――今なら、まだ止められるが？」

「い、いえ……どうか、このまま……」

今はそれでよくても、いつまでも避けてばかりではいられないのだ。だったらさっさと済ませてしまったほうがいい。

そんなヴァレンティナの心中を知ってか知らずか――イヴァンは、またしても小さな苦笑を漏らし、ゆっくりと口づけてきた。

「っ！」

柔らかく温かな唇の感触を覚え、ヴァレンティナの体が小さく撥《は》ねる。ぎゅっと目を閉じ、無意識にきつく引き結んだそこに、何度も、ただ触れるだけの口づけが繰り返された。

時折、舌先でツンツンとノックするように唇を刺激されるのは、口を開けろということだろう。

ヴァレンティナの豊富（?）な知識と乏《とぼ》しい実践経験の両方がそれを教えてくるものの、がちがちに緊張している今は難しい。

一方、イヴァンはといえば、自分の誘いに一向に乗ってこないヴァレンティナにやや戸惑《とまど》っている様子だ。彼が今まで相手にしてきた女性ならば、打てば響くように応じてきたのだろうが、これがほぼ初体験のヴァレンティナに、それを求められてもはっきり言って無理だ。

頑《かたく》なに唇を閉じ小さく震えながら必死で耐えているヴァレンティナの様子に、イヴァンもそれをようやく察したらしい。

「……すまない、そうだな。ろくに知りもしない相手といきなりは……」

一旦口づけを止めて、自嘲《じちょう》するみたいに呟《つぶや》く。

「ご、ごめんなさい……」

「いや、これは俺が悪い。申し訳なかった」

一言、謝罪した後、安心させるようにヴァレンティナの額《ひたい》に口づけを落とす。

「無理に応《こた》えようとしなくていい。ただ、俺を受け入れてくれ」

改めてイヴァンはそう告げると、着衣の上から彼女の胸の片方の膨《ふく》らみを掌《てのひら》で包み込んだ。

初めて——厳密にいえば二度目だが——のその感触に、びくりとヴァレンティナの体に震えが走る。そしてイヴァンの手が緩やかな円を描くようにして刺激を与え始めると、彼女の口から小さな吐息が漏れた。

「んっ……」

さほど強い刺激を与えられたわけではない。胸を包み込んでいる手はほとんど添えられているだけで、動く速度もひどくゆっくりだ。まるで、イヴァンはヴァレンティナに自分に触れられることを慣れさせようとしている——いや、おそらくはその通りなのだろう。

もう片方の手は、彼女の肩口から腕、そして一旦戻って胸から腰のラインを動いている。そちらもやはり触れるか触れないかの微妙な強さで、少しでもヴァレンティナが拒絶したら、たちまち離れていくに違いない。

それほどに繊細《せんさい》な注意を払い自分に触れてくるイヴァンの意図に、いくら極度の緊張をしていようとも、ヴァレンティナが気がつかないわけがなかった。

これまで彼が相手にしてきた女性なら、これほど彼に気を遣わせる必要などないはずだ。

不意に、前世の記憶から『処女は面倒なので嫌がられる』などという、いらぬ知識が浮かび上がる。

今まさに、自分がその状態になっていないか？

「も、申し訳……」

思わず謝罪が口をついて出る。

しかし——

「……やはり、嫌か？」

それが純粋な謝罪ではなく、ヴァレンティナが行為を中止してほしがっていると取ったらしく、イヴァンが困ったように問いかけてくる。

「い、いえっ、そんなことは……っ」

その意図はなかったので、当然ながらヴァレンティナはそれを否定した。

正直、今のところ、イヴァンの行為は『嫌』ではない。というか、この柔らかな接触はどちらかといえば心地よかった。しかし、流石《さすが》にそれは言えず、ただ否定だけを口にしたヴァレンティナを誰も責められないだろう。

「そうか。ならよかった」

微妙にお互いの意思疎通ができていないのに、イヴァンにとっては『ヴァレンティナが嫌がっていない』という事実が重要らしい。

会話中は目を開けていたヴァレンティナは、うっかりとその顔――ほっとしたように、そしてどこかうれし気に笑うイヴァンの表情を至近距離から見てしまった。

「っ!?」

どくん、と一つ、心臓が大きく脈打つ。

――む、無理無理無理っ、こんな……っ。

何が『無理』で、何が『こんな』なのかは自分でもわからないが、とりあえず刺激が強すぎる。

元々、かなり速くなっていた心臓の鼓動に拍車がかかり、理由は不明ながらも全身が熱くなる。

慌てて、もう一度、きつく瞼《まぶた》を閉じるが、その裏にはたった今見たばかりのイヴァンの笑顔が焼き付いて――不意に全身の力がふっと抜けた。

「……あ?」

「ヴィー？」

「え、いえ……」

がちがちに固まっていた体が、いきなり柔らかくシーツに沈み込んだことに、イヴァンが気がつかないわけもない。彼がこれまでに踏んできた場数がものを言っている。思わず漏れた意味不明のヴァレンティナの呟《つぶや》きも、さりげなく、何も問題ないといった風にさらりと流すのは流石《さすが》だ。

そのおかげで、ついにイヴァンの手がヴァレンティナの夜着の合わせに伸びても、彼女は悲鳴を上げたり、彼を突き飛ばしたりはしなかった。

襟《えり》もとで結ばれたリボンがほどかれると、まろやかな双丘があらわになる。

「んっ！」

直接肌の上を滑るイヴァンの手の感触に、ヴァレンティナが小さな声を漏らすが、それに嫌悪の気配はない。

騎士団に所属していた彼の手には剣だこができており、少し硬く、それでいて温かい。乾いた掌《てのひら》が、緊張して汗で湿《しめ》ったヴァレンティナの体をゆっくりと撫《な》でさする。

決して強すぎも急ぎすぎもせず、軽くその形や質感を確かめるだけで、胸の膨《ふく》らみもあえてそこに濃厚な愛撫《あいぶ》を施《ほどこ》すこともない。要するに、ヴァレンティナに自分の存在を慣れさせるのが主目的のようだ。

そんな閨《ねや》の出来事としてはあまりにも柔らかな接触を繰り返され――結果としてヴァレンティナは自分の反応に戸惑《とまど》った。

――どうしよう、嫌じゃない……嫌じゃないっていうより、これって……

ヴァレンティナは、淡々というか、至極事務的にコトが進むと予想していたのだ。

元々、男性経験どころかろくに家族以外の異性と話したことのない彼女は、自分が閨《ねや》で何かができるとは思っていない。一応知識（だけ）はあるし、確かに一度経験してはいるものの、耳学問や、正気でなかった状態での経験など役に立つはずがなかった。

勿論《もちろん》、乱暴にされたり、痛い思いをさせられたりするとも思わなかったが、イヴァンの主導のもとに、さっさとヤるべきことをヤり、それでこの『初夜』が終わると考えていたのだ。

それがまさか、これほどに気遣われ、丁寧に扱ってくれるなど、想定外もいいところである。

とりあえず、ひたすら『耐えて』いればいい。そんな風な考えを変える必要がどうやら出てきたようだ。

ヴァレンティナがそんなとりとめのないことを考えていた間にも――考える余裕があるという事実そのものが想定を超えているのだが、イヴァンは己《おのれ》のなすべきことを進めていた。

初夜用の衣装は、簡単に脱がせられるようにできている。

胸元から一列に並んだいくつかのリボンをほどくと、あっという間に綺麗に剥《む》けた。

下着は着用していない——というよりも端《はな》から用意されていなかった。

生まれたままの姿をイヴァンに見られるのは、自分の体型に自信のないヴァレンティナにはひどく恥ずかしいことだ。しかし、この先に待っているのはもっと恥ずかしい行為だった。

「可愛いな」

——それって、胸のボリュームのことですかっ⁉

イヴァンが思わず……といった風にこぼした一言に、コンプレックスを刺激されたヴァレンティナは内心で大いに抗議する。

無論、イヴァンとしては、初夜で羞恥《しゅうち》に震える花嫁の、初々《ういうい》しさへの言葉だったのは言うまでもない。

彼は震えるヴァレンティナを安心させるように額《ひたい》に一つ口づけを落とした後、おもむろに彼女の下肢へ手を伸ばした。

「あっ！」

淡い下草に覆《おお》われた秘密の場所に、そっと指が宛《あ》てがわれる。

まだほとんど潤《うるお》いのない乾いた感触にイヴァンの眉根がわずかに寄せられた。彼が中指をソコに軽く沈めると、くちゅん……と小さな水音が室内に響く。

「……っ!?」

まさか自分のソコから、そんな音がするなど――ヴァレンティナは羞恥《しゅうち》で全身を火照《ほて》らせるが、その場所が潤《うるお》っていないとつらいのは彼女のほうだ。

イヴァンはそれがわかっており、彼女の負担を少なくする意味もあって、ソコに刺激を与え始めたのだろう。

重なり合った襞《ひだ》をかき分けるようにして、まずは指一本を緩やかに上下に動かす。すぐ上にある小さな突起にはまだ触れない。とにかくそこに触れられることに慣れさせようとしているらしい。

じれったいほどにゆっくりと動かされているうちに、やがて狭い入り口から、とろりとした蜜があふれてきた。イヴァンはそれを指先で掬《すく》い取《と》り、周囲に塗り込めるようにして指を動かす。その量がだんだんと増えてくる。

「んっ……つ、あ……」

ヴァレンティナの口からは熱い吐息が漏れ、彼女は慌てて自分の手で口元を覆《おお》った。

うれし気にその様子に目をやった後、イヴァンの指がとうとう小さな花芽に触れる。

「あっ！」

ほんの少し、指先がかすめる程度の刺激だったはずなのに、その瞬間、ヴァレンティナの体に電撃が走った。

「感じやすいんだな、ヴィーは」

そんなことを言われても、ほぼ初めての経験ではどう答えればいいのかわからない。

体全体からすれば、ほんのわずかな部分。そこから与えられる感覚が全身を支配しているようだ。

更にそこに指が添えられる。それでも決して強いものではない。柔らかく円を描いて、くりくりと指の腹で刺激されているだけなのに、その感覚は今までヴァレンティナが経験したことのないものだった。

「っ！　……っ、んっ……つっ！」

必死で口元を押さえていなければ、あられもない声が漏れていただろう。

胸や体のあちこちに触れられていた時のものを、数倍——いや数十倍にもしたかのような刺激的な感触がそこから湧《わ》き出てくる。

小さな入り口からあふれてくる蜜が急激にその量を増し、上がる水音も大きくなってきた。けれどヴァレンティナにはそちらに気を回す余裕がない。

そして、ヴァレンティナの意識がその一点に集中している隙に、とうとう、イヴァンの指が彼女のナカへ侵入した。

「んんっ！」

粘着質の液体をかき分けるようにしながら自分の内に入り込んできた異物に、ヴァレンティナが一瞬体を固くする。だが、そちらに意識が完全に移る前に、突起を弄《いじ》っていたイヴァンの指が、そこを強く刺激した。

「っっ⁉」

挿《い》れられた指に意識を集中しようとすると、突起に触れている指に邪魔をされる。さりとて、そちらばかりを気にすることもできず、ナカの指が緩やかに出入りするのも気になる。

まだ慣れていないヴァレンティナには『快感』とは認識できないものの、強い刺激であることは間違いない。

一体どちらがより強いのか……あまりにも近すぎて、それでいて異なる感覚に翻弄《ほんろう》されて、ヴァレンティナにできるのは、必死で喘《あえ》ぎ声《ごえ》をこらえることだけだ。

「んっ……ふ、はっ……」

それでも甘い吐息が漏れるのまでは止められない。

ヴァレンティナは恥ずかしさに身をよじるが、彼女の下肢に屈《かが》み込《こ》んだイヴァンに阻《はば》まれてしまう。

そしてとうとう——その瞬間が近づく。

自分の声と体を制御するのに手いっぱいだったヴァレンティナは気づいていなかったが、彼女の体はイヴァンを受け入れる準備を整えつつあった。

秘密の入り口は愛液でてらてらと濡れ光り、いつの間にか胎内に三本もイヴァンの指が埋められている。

きつく締め付ける内壁をほぐすようにばらばらに動く指に、ヴァレンティナの腰の揺れが大きくなった。頃合いを見計《みはか》らいイヴァンが指を抜くと、ヴァレンティナのソコとイヴァンの指の間に光る糸が引く。

その濡れた手で大きく足を割り広げられ、硬く滑らかなイヴァンのモノの先端がそこに押し当てられる。またもヴァレンティナの体に緊張が走った。

「行くよ——できれば、もう少しだけ力を抜いてくれ」

そのほうが苦痛が少ないだろうことはヴァレンティナもわかってはいる。懸命にそうしようと努力をしている間に、ゆっくりとソレが侵入してきた。

「ん、うっ！　……んんっ！」

先ほど、イヴァンの指を受け入れていた時もかなりきつかったというのに、今度のソレの苦しさは比べものにならない。一度目ほどの痛みはないものの、代わりに緩慢《かんまん》な速度で押し入ってくるその大きさに、息が詰《つ》まった。

「っ！　ヴィー……もう少し、緩め……っ」

イヴァンの苦し気な声を聞くまでもなく、ぎちぎちという音すら聞こえてきそうなほどにきつく彼を締め付けているのが自分でもわかる。必死で力を抜こうとするが、あまりの質量にそれもかなわない。

息をすることすら忘れて、悲鳴をこらえるのがやっとだ。

今すぐにでも引き抜いてほしいと願っているのに、ヴァレンティナと同じく歯を食いしばっているイヴァンにそうしてくれる気配はない。

それでも、一度にすべてを収めるのは無理だと悟《さと》ったようで、小刻みに前後に動きながら、内部の滑りの助けを借りて、少しずつ奥に進んでくる。

やがて、お互いのその部分がぴったりと密着した。

「くっ……」

そこで一旦動きを止めたイヴァンが、苦し気に息をつく。

「ヴィーっ……君も、息を……っ」

そう言われて、酸欠になりかけていたヴァレンティナも、ようやく呼吸することを思い出した。

ひゅっと大きく息を吸うと、自分の体がどれほどがちがちになっていたかわかる。イヴァンもさぞや苦しかっただろうが、内部からのとてつもない圧迫感に耐えるのがやっとのヴァレンティナには、そこまで気を回す余裕はない。

浅い呼吸を繰り返し、そのおかげでほんの少し体の力が抜ける。そのタイミングを見《み》計《はか》らっていたのか、イヴァンが軽く腰を動かした。

「う、んんっ！」

ずくん、と奥を抉《えぐ》られ、また息が止まる。それでも今回は、イヴァンに言われる前に呼吸を思い出した。

「いい子だ……そのまま、で……っ」

腰を揺らし、ヴァレンティナの内部を刺激しているイヴァンが言う。

正直なところ、ヴァレンティナにとってそこから湧《わ》き上がる感覚は、『快感』には程遠い。圧迫感と、異物を呑み込まされたことによる違和感――それにほんの少しのむず痒《がゆ》い感覚、それがすべてだ。先ほどまでの熱や小さな気持ちよさもどこかに行ってしまっており、今はただ、イヴァンを受け入れるだけで精一杯だった。

イヴァンもそれは承知しているはずだ。ヴァレンティナの体の奥からあふれ出していた蜜もすっかりとその量を減らしているし、きつく眉根を寄せた表情は、快感に浮かされているものとは思えない。

しかし、ここまで来た以上、お互い、最後まで行くしかなかった。

「すまない。もう少しだけ、我慢してくれ」

初夜に花婿が花嫁に言う台詞《せりふ》ではないかもしれないが、ヴァレンティナにしてみれば、そうやって気遣ってもらえるだけでもありがたい。

必死で笑みを作り、こくりと頷《うなず》く。イヴァンが一つ大きく息を吸い、そこから激しく動き始めた。

「っ！　んっ……ふっ、ぁ……んんんっ！」

つながり合った部分から、ぐちゅぐちゅという水音が上がる。同時に、少しの間放置されていた小さな突起にイヴァンの指が添えられて、先ほどよりもわずかに強い力で刺激を与えられた。

くりくりと円を描くように押しつぶされ、時に指の間に挟み込まれる。かろうじて快感と呼べそうな感覚が湧《わ》き上がった。それに呼応するようにして体の奥からもわずかだが新たな蜜があふれてきて、イヴァンの動きを助ける。

「っ！　ふ……あっ⁉」

ほんの一瞬、イヴァンの先端がヴァレンティナの内壁の一点をかすめ、そこからジワリと湧《わ》き上がるものがあった。

それに気がついたイヴァンが、そこを狙うように腰を突き入れる。刺激が更に大きくなった。

「あっ……んっ……ん、ぁんっ……」

片手でイヴァンがヴァレンティナの足を大きく広げると、密着の度合いが増す。

ぐちゅぐちゅという水音と共に、イヴァンの荒い呼吸とヴァレンティナの押し殺した声、それに二人の体のぶつかり合う音が寝室に響き渡る。

「っ、くっ……もう、少し……っ」

イヴァンは全身から汗を滴《したた》らせ、額《ひたい》から流れ落ちたそれが顎《あご》を伝って、ヴァレンティナの体にポトリと落ちた。激しく揺さぶられて懸命に衝撃に耐えていたヴァレンティナは、そのかすかな感触をひどく鮮明に感じる。

そして――

「つっ……く、ぁ……っ！」

ひときわ激しく奥をつかれた。その一瞬の後、イヴァンの体がブルりと大きく震える。

「……んんっ！」

ヴァレンティナにも、受け入れていたイヴァンのソレが容量を増し、びくびくと震えながら自分の体内の一番奥に何かを叩《たた》き付《つ》けたのが感じられた。

「……ふ、ぅっ」

不規則な放出にイヴァンの体が震え、やがて力を失ってヴァレンティナの隣に倒れ伏す。

はあはあと荒い息をつきながらも、彼はわずかに身をよじって自身のソレをヴァレンティナの体内から抜き去る。そこでようやく彼女もまた体の力を抜くことができた。

しばらくの間、寝室には二人の乱れた呼吸の音だけが響いていた。けれど流石《さすが》に常日頃から体を動かしているだけあり、イヴァンの息はかなり早めに通常のそれに戻る。

彼は億劫《おっくう》そうに体を起こすと、隣にぐったりと横たわっていたヴァレンティナに目をやり、汗で額《ひたい》に張り付いていた髪を優しい手つきでかき上げてくれた。

「無理をさせたと思うが、大丈夫か？」

まだ声が出せるところまで回復していないヴァレンティナは、それに小さく頷《うなず》くことで応《こた》える。疲れ切っていて、できればこのまま眠り込みたいところではあったが、イヴァンが会話を求めている様子なので、懸命に瞼《まぶた》を引き開けた。

「眠たいんだろう？　わかっているが、もう少しだけ辛抱してくれ」

「……イヴァン、さま？」

かすれた声で彼の名を呼びながら、まだこの続きがあるのかと、一瞬身構える。けれどヴァレンティナは、イヴァンの次の行動に仰天した。

彼はちらり、と二人がつながっていたあたりのシーツに目をやったかと思うと、小さく「やはり、な」と呟《つぶや》く。

そして右手の人差し指を口元に持っていき、その甲をいきなり噛み破った。

「イヴァンさまっ⁉」

突飛な行動と、その直後にジワリとにじんできた血を見て、ヴァレンティナの顔から血の気が引く。

しかしイヴァンはそれには構わず、自分の血をシーツにこすりつけた。そこでヴァレンティナも気がつく。

彼が、『初夜の証《あかし》』を肩代わりしてくれたことに。

「も、申し訳ありませんっ！」

純潔の令嬢が初夜を迎えれば残るものなのだが、ヴァレンティナは既《すで》に一度経験してしまっている。二度目でも出血がある場合もあるが、彼女はそうではなかったようだ。

イヴァンとの間の出来事であるので、当人たちには問題はないが、これらの後始末をするのは屋敷に仕える者たちだ。彼、彼女らには詳しい事情は説明していないため、この証《あかし》がなければ不審に思われる。

そこまで考えていてくれたことにヴァレンティナは感動し、そしてまだ血が滲《にじ》み続けている指にまたしても申し訳なさが募《つの》る。

「す、すぐに手当をっ」

自分の意のままにならない体を何とか動かし、イヴァンの手当てをしようとしたが、それを当の本人に止められた。

「大丈夫だ、すぐに止まるように噛んだ。それよりも疲れただろう？　もう大丈夫だから……」

そんな器用なことができるのかとまたも驚く。けれど、確かに彼の言うように血の量もだんだんと少なくなっていた。

舐《な》めておけば大丈夫だから、と、妙に男くさい笑顔に、ドクンとまたも心臓の鼓動が跳ね上がるが――やはり疲労には勝てない。

「ゆっくりお休み、ヴィー」

優しく髪を撫《な》でられ、その感触に安心を感じると共に遠ざかっていた睡魔が一気に押し寄せてくる。最後に何か一言でも……と思いつつ。

そのままずぅっと眠りに落ち——そうしてヴァレンティナとイヴァンの初夜はつつがなく終わったのだった。

◆

新婚の二人が、初夜に行うべきことにいそしんでいた頃。アルカンジェリ家の本邸では、未だ祝いの宴《うたげ》が続いていていた。

両家の家族、親族などが集まったメインホールは勿論《もちろん》だが、その場に列席できない身分の者——イヴァンの従者や部下なども当然、そのおこぼれに与《あずか》っている。

「……それにしても、まさかあの隊長が身を固める気になるとはなぁ。しかもよりによってこんなど田舎《いなか》に婿入りだなんて、今でもまだ実感がねぇわ」

各家に仕える者たちでごった返す中、隅のほうに陣取っているのは、どう見ても『従者』とは思えない風体《ふうてい》の数人だ。

「キース、声が大きい。ここにはこの家に仕える者もいるんですよ」

その中でも比較的がっしりとした体格の者の呟《つぶや》きに、すらりと背の高い一人が応じる。

「ん？　ああ、悪ぃ悪ぃ。気ぃつけまーす――しかしよぉ、王都から五日ってだけあって、まじで田舎《いなか》なのな、ここ。領都だってのに娼館が二軒しかねぇとか、あり得ねぇだろっ⁉」

「それのどこが気をつけている言葉なんですか……」

「だって事実じゃんよ」

「……副長、キースには言うだけ無駄です。その口は何をどうしても止まりません――とばっちりを受けたくないなら、少し離れたほういいです」

そこでもう一人、この会話に参加してきたのは、キースと副長と呼ばれた二人のちょうど中間くらいの体格で、一人だけ髭《ひげ》をたくわえている男性だ。

「おい、ユージンっ⁉」

「それもそうですね。コレと同一視されたのでは、僕もたまったものではないですし……」

「わかったわかったたっ！　ちと控えるからっ――何だよ、もぅ、二人共。せっかく堅苦しい騎士団から抜けて、自由にできると思ったのによぉ……」

この場所に対する不満をぶちまけるのは止まったが、今度は別の方向の愚痴になる。

そんなキースを呆れたように見る二人――長身の副長と呼ばれた男性と、ユージンというらしい髭面《ひげづら》を含めたこの三人は、実は王都騎士団で中隊長をしていたイヴァンの部下たちだ。

「隊長も隊長だよ。てっきり『ついてこい』って言ってくれると思ってたのに……」

「散々泣きついたおかげで、こちらに来る許可が出たんですからありがたいと思いなさい。トーマやゲイル、ダリオは居残りなんですよ？」

副長――イヴァンの副官を務める彼の名をリカルドという――が、無念にも許可の下りなかった残り三名の名を出してたしなめるが、キースの不満は収まらない。

「副長とユージンはあっさりついてくる許可が下りたのに、なんで俺だけ、あんなに頼み込まなきゃなんなかったんだよ。副長はともかく、俺とユージンはおんなじ小隊長だろっ？」

「それは理由があったからですよ」

「はぁ？　理由って何だよ？」

憤懣《ふんまん》やるかたないといったキースに、ユージンが淡々と説明する。

「娘が少し体が弱い。ごみごみした王都ではなく空気のいいところで育てたい、と願い出たら許可が出た」

「っ！　その手があったのかっ⁉」

「その手も何も……君は独身でしょうに」

髭《ひげ》を生やしているために老けて見えるが、実はこの三名の中でユージンが一番若く、かつ、イヴァン直属の部下の中で唯一の妻帯者だった。

「とにかく。ついてくる許可は出ましたが、送り返されないという保証はないんですからね。あまりにも目に余るようなら、僕から隊長に進言して……」

「ちょっ！　マジでやめてっ……ください！　ちゃんと言動には気をつけますっ」

優し気な顔立ちで言葉遣いも丁寧なリカルドだが、その外見に騙《だま》されてなめてかかると痛い目を見るのは、これまでの付き合いでキースもよくわかっている。

「ぜひ、そうしてください。ここの人たちとは長い付き合いになる予定なんですよ。ですから、くれぐれも！　余計な軋轢《あつれき》は生まないように」

「……へーい」

不承不承《ふしょうぶしょう》の返事だが、リカルドはいつものことだと流す。

ここでもまた結婚の初夜はにぎやかに更《ふ》けていったのだった。

◆

そんなヴァレンティナとイヴァンの結婚の日からしばらくして。

アルカンジェリ家の屋敷では、最近、面白……いや、微笑《ほほえ》ましい光景が、頻繁に目撃されるようになっていた。

「お疲れ様、ヴィー。そろそろ昼だ。今日は天気がいいからテラスで昼食にしないか?」

「イヴァンさま——もうそんな時間ですか?」

アルカンジェリ家の本邸の執務室で、留守の父親に代わって諸々の書類に目を通していたヴァレンティナは、突然乱入してきたイヴァンに驚きつつも、窓の外に目をやる。

「そう言うということは、また時間を忘れて書類仕事に没頭していたね?」

「最近、執務を始めるのが遅くなってしまっておりましたので……」

「それにしても、正午の鐘はとっくに鳴っているよ」

娯楽らしい娯楽もないド田舎《いなか》のため、早寝早起きの生活習慣が染みついていたヴァレンティナは、その早く起きた時間を有効利用して領地の運営にいそしんでいた。

それが一変したのは、イヴァンと結婚してからだ。ほぼ毎日、深夜まで——あくまでもヴァレンティナ基準であり、イヴァンとってはまだ宵の口だが、眠らせてもらえず、かつ多大に体力を消耗させられて、すっかり朝寝坊になってしまった。

初夜の時の彼がどれほど自制心を発揮していたのか……つくづくと思い知らされる日々である。

ヴァレンティナ自身が、イヴァンが側にいることに、そして彼に触れられることに少しずつ慣れてきており、それがまた彼の行動に拍車をかけているのだが、そのことには気がついていない。

自覚のないまま、今まで以上に執務に集中しなければならなくなった原因の彼を軽くにらむが、そうさせた張本人はどこ吹く風だ。

「昼食は、何か軽いものでも運んでもらおうかと思っていたので……」

「それで、ここで一人で食べるつもりだった、と？　……悲しいな。ただでさえヴィーが忙しいから一緒にいる時間が少ないのに。せめて食事くらい、一緒にとりたいと思うのは俺だけということか？」

しょんぼりと肩を落とす超絶イケメンというのは、普通、なかなかにお目にかかれないはずだが、最近のアルカンジェリ邸では度々見られる。

「いいえ、決してそんなことは――あの、お誘いいただいてうれしいです」

「そうか。ならよかった」

その効果は抜群で、あっさりと自分の考えを引っ込めたヴァレンティナに、イヴァンがにっこりと微笑《ほほえ》んだ。

うまく誘導されているのはヴァレンティナにもわかっているものの、あんな顔をされては、とてもではないが無下にはできない。

――美人は三日経てば見慣れるもんなんじゃないの？　未だに心拍数が跳ね上がるんですけどっ。

多少は慣れたつもりだったが、こうやって不意打ちをくらった場合は、その限りではないようだ。

ヴァレンティナが執務にいそしんでいる時は遠慮してくれているが、忙しくて食事をおろそかにする気配を見せようものならば、イヴァンは今みたいに強引に部屋から連れ出してしまう。

それ以外の時はほぼべったりとくっつかれ、食事に関しては昼食はともかく、夜は本邸の食堂が大きすぎてお互いの距離が遠くなるという理由で、わざわざ別棟の小さめの食堂でとるくらいだ。そして、寝室では――言うまでもない。

前世は『喪女《もじょ》』、今世でも嫁《い》き遅《おく》れかけていたヴァレンティナとしては、どうしてこうなったのか、未だに理解できない。何より、心臓に悪い。

そして、そんな威力抜群の笑顔のままイヴァンは、ヴァレンティナが座る執務机にうずたかく積み上げられた書類の山に目をやる。

「それにしても……俺がここに来たのはつい最近だが、その頃と比べても書類が増えていないか？　前の量でも、ヴィーが一人で裁くのは大変だったろうに」

「父がまた不在となりましたので……」

二人の結婚のために一時的に領地に戻ってきていたアルカンジェリ伯が、まとめて決裁をしてくれた。おかげで、その頃は書類の量が減っていたのだが、それが元に戻っただけである。

「仕方ありませんわ。弟はまだ若すぎて任せるわけにはいきませんし」

ヴァレンティナの弟であり、アルカンジェリ家の跡取りでもある弟は、今はまだ十四歳だ。

本来はヴァレンティナとシアンの間に兄がいて、彼が跡取りだったのだが、母と共に数年前の事故で命を落としていた。もし彼らが生きていたなら、ヴァレンティナは今のように執務に忙殺されることもなく、とっとと嫁《とつ》いでいたのかもしれない。

「だが、これでは体を壊してしまうぞ。もう少し、人に任せたほうがいいんじゃないか？」

「できるところは他に回しております。ですが、どうしても私が最終的な裁定をせねばならないものもございますから」

「それはそうかもしれないが――ん？　これは、警備隊からの報告か？」

書類の山の一番上に載っていた一枚を、イヴァンがひょいと取り上げる。

警備隊の活動は領内の治安や防衛と密接な関係があるため、本来は機密扱いなのだが、イヴァンはヴァレンティナの夫であるので見られても問題ない。

「見かけたことのない顔が市中に増えている……？」

彼はそんな些細《ささい》なことが、どうしてわざわざヴァレンティナのところまで上がる報告書に書かれているのかが、不思議らしい。

これは、まだイヴァンが王都の感覚を引きずっているせいだ。国中から人が集まってくる王都ではよそ者などいて当たり前で、地域によっては生粋《きっすい》の王都育ちのほうが少数派となる。

だが、ここはド辺境のアルカンジェリ領だ。一応、他の地域との交流はあるが、取り立てて特産品もないために商取引なども最低限。昔からの顔なじみの商人はいても、わざわざこんな場所で新規開拓をしようという者はほとんどいない。

「……ああ、そうか。なるほど、わかった。これは俺に任せてくれないか、ヴィー？」

もっとも、顔に比例するように頭の中身も優秀なイヴァンだ。すぐにその事情に思い当たったようだ。

「俺も、いつまでも遊んでいるわけにはいかないからな。義父殿にお願いして、警備隊を取りまとめる許可をいただいた。騎士団時代の部下もいるし、少し調べさせてみよう」

「え？　いつの間に……？　いえ、願ってもないことですけれど、イヴァンさまはそれでよろしいのですか？」

警備隊の職務は市中の見回りだけではない。田舎《いなか》とはいえそれなりに広い――というか、田舎《いなか》だからこそ広大な領地の巡回や、過疎地が盗賊の秘密の根城にならないように警戒したり、果ては山から下りてきた害獣を駆除したり、とやることは山積みだ。

弟が成人して采配《さいはい》を振れるようになるまでは、引き続きヴァレンティナがアルカンジェリ領の運営に携《たずさ》わることが決まっているが、あくまでもこれは緊急避難的な措置である。数年もすればお役ご免となって、その後二人は王都か、イヴァンの領地（侯爵家令息だった彼は子爵位を持っており、当然、その領地もある）に行くものだと思っていた。

それに今はまだ目新しいせいか自分と一緒にいてくれているが、そのうち飽きて一人だけ古巣の王都に戻ってしまわれても、自分の事情に付き合わせているヴァレンティナに文句は言えない。

つまり、わざわざイヴァンが率先して厄介事《やっかいごと》をしょい込む必要は全くないのである。

なのに――

「いいに決まっているだろう……ああ、そろそろテラスの準備ができたようだ。こちらの書類はもらっていくから、とりあえずは一区切りつけて食事にしよう」

そんなヴァレンティナの懸念を一蹴《いっしゅう》したイヴァンは、彼女の承諾を得る前に、既《すで》に昼食を手配済みだったらしい。

その強引さに呆れると共に、ときめいてしまうのは、前世と今世を通じて恋愛経験値が皆無《かいむ》に等しいヴァレンティナでは仕方ないことだった。


「――本当にここは、空気が綺麗だな。おかげで食事が進みすぎて困る」

そう言ってもりもりと料理を口にしているイヴァンが、輝くような笑顔をヴァレンティナに向けてきた。

「田舎《いなか》料理ですが、お口に合ったのならよかったです」

てっきり食事をとりながら先ほどの話の続きになると思っていたヴァレンティナだったが、イヴァンが『一区切りつける』と言ったのは本気だったようで、仕事の話は全く出てこない。

自分の王都時代の話や、アルカンジェリ領に来てからのあれこれを、面白おかしく話すだけだ。

自分をリラックスさせてくれようとしているのはヴァレンティナにも察せられるが――食堂ではなく、テラスにテーブルを持ち出しての昼食なので、いつもよりお互いの距離が近い。まだまだ免疫ができていないヴァレンティナにとっては、近すぎるとさえ感じられた。

「……どうした？　あまり手をつけていないが、体調がよくないなら、午後の執務は控えたほうがいいんじゃないか？」

超絶イケメンと至近距離で差し向かい。二人きりになりたいというイヴァンの希望で、給仕の者は少し離れたところで待機させている。そんな状態では食べ物以外のもので胸がいっぱいになる。空腹であるはずなのにあまり食が進んでいないのを目ざとく見つけられたヴァレンティナは慌てた。

「い、いいえ、おいしくいただいています。大丈夫ですわ」

「ならいいが……ヴィーは、少し無理をしすぎるところがあるからな。この家の状況からして、これまでは仕方なかったにせよ、今は俺がいるんだ。遠慮せず、頼ってくれ」

「っ!?」

思いがけない言葉に、むやみやたらと料理をつつきまわしていた手が、一瞬止まる。

急な母と兄の死と、不在がちの父。跡取りの弟はまだ幼く、姉も遠くに嫁《とつ》いでしまっている。

消去法的にアルカンジェリ領とそこに住まう領民への責任は、ヴァレンティナが一身に負うことになっていた。勿論《もちろん》、部下たちの助けもあったが、最終判断はまだ十八歳の彼女が下さねばならないことも多い。それがどれほどの重圧だったか……

喉の奥に何かが詰《つ》まったようになり、鼻の付け根がツキンと痛む。

カトラリーを持つ自分の手が細かく震えているのに気がつき、ヴァレンティナは慌てて膝の上でぎゅっとこぶしを握った。

「大丈夫、です。ずっとやってきていることですし……」

声までが震えを帯《お》びそうになるのをありったけの自制心で押しとどめ、無理やりに笑みを作る。

「それに……イヴァンさまもお聞き及びでしょう？　私は、『前世持ち』ですから」

前世持ちは、それ以外の者に比べて判断力や洞察力に優れているというのが定説である。しかも、普通は四、五歳あたりで前の世《よ》の記憶が消えるのに、ヴァレンティナは完全とはいいがたいとはいえ、成人した後もかなり多くの記憶を保持していた。

そもそも彼女が采配《さいはい》を振るようになったのは十四歳の時で、当然反対意見もあったのだ。それを黙らせたのが魔法の言葉――『前世持ち』である。

『おーえる』――こちらではまだまだ珍しい職業婦人としてそれなりに有能だった前世の記憶は、今のヴァレンティナを随分と助けてくれていた。

そのせいで婚約を破棄されたのだが、それはともかく。

イヴァンも納得してくれる、そう思っての発言だったのだが――

「ああ。だが、前世持ちだからといっても、ヴィーがまだ十八だということには変わりないだろう？　大の男でも苦労する領地運営を一人でこなすのは、大変だったはずだ。縁あって夫婦になったのだし、これからは少しでもいいから、俺にもその重荷を背負わせてほしい」

――あ、ダメだ……涙腺崩壊する……っ。

無理やり責任をとって結婚させられ、煌《きら》びやかな王都から一転してド田舎《いなか》に島流しにも近い状態になって、それなのにこんな優しい言葉をかけてもらえるとは、全く思っていなかった。

「ヴィー」

やせ我慢はヴァレンティナの得意技だが、それにも限度というものがある。

前世では三十歳を過ぎていたヴァレンティナだが、記憶は記憶。人格そのものではない。影響が全くないとは言えないが、イヴァンの言葉通り、今の彼女は少しばかり役に立つ知識を持っただけの十八歳の娘なのだ。

孤軍奮闘するヴァレンティナを家族も領地の者も労《いたわ》ってはくれたが、代わりはできず、彼女はずっと気持ちを張り詰《つ》めさせていた。

その上、降って湧いたようなこの結婚だ。

ヴァレンティナ自身は自覚していなかったものの、もう限界がきていたようだ。

椅子に座り、膝の上で両手を握り締めたまま、静かにぽろぽろと涙をこぼすヴァレンティナの名を、イヴァンが優しく呼ぶ。

「ご……ごめん、なさ、いっ」

「可哀そうに……ずっと、我慢していたんだな?」

静かに泣き続けるヴァレンティナへの対処を、彼は間違わなかった。椅子から立ち上がり、テーブルを回ってヴァレンティナの側に膝をつく。

初夜の時にもこれと似たことがあった——と、ぼんやりとヴァレンティナは思う。けれどその時とは異なり、両の腕で抱き締められた。

強すぎもせず、かといって遠慮しすぎることもない絶妙の力加減で、自分の胸にヴァレンティナの顔をうずめさせようとする。背中に回された手は、小さな子供をなだめるみたいに優しく上下していて――その優しいぬくもりにまた涙があふれた。

「うっ、く……ふぇっ、うぁぁぁん……っ」

いつしか、ヴァレンティナはイヴァンの胸に縋《すが》りつき、声を上げて泣いていた。

これほど泣いたのは、母と兄の訃報《ふほう》を聞いた十四歳の時以来だったかもしれない。

ヴァレンティナに王都の洗練された貴婦人風に涙だけ流す器用な泣き方ができるわけがなく、色々と垂れ流すガチ泣きである。

流石《さすが》に声を聞きつけた屋敷の者が驚いて駆けつけてきたが、イヴァンが身振りで押しとどめてくれた。おかげで、その様子を目にしたのは彼一人きりだ。それを、後になってヴァレンティナは大変に感謝した。

もしかすると、一番見られてはならない相手にばっちりと目撃されたのかもしれないが――

「……も、申し訳ありません……」

かなり長い間、溜まりに溜まっていたものをすべてぶちまける勢いで泣いていたヴァレンティナだったが、ようやく冷静さを取り戻し、己《おのれ》の醜態《しゅうたい》に気がつく。

「お、お洋服が……っ」

そして、直後に今度は顔から血の気が引いた。

ずっとイヴァンに抱き着いていたのだ。彼が着ていた服がどうなっていたかは、言わずともわかるだろう。


彼の着ていた上着は、ヴァレンティナの涙とその他（あえて詳細は記《しる》さない）で、びっしょりと濡れてしまっている。この分では下に着ているものにもにじんでいるかもしれない。普段はほとんど化粧をしないヴァレンティナなので、白粉《おしろい》や口紅はついていないが、それにしてもかなり悲惨な状態だ。

「ごめんなさいっ！　すぐにお着替えをっ」

泣きはらした真っ赤な目と、赤くなったり青くなったりと忙しい顔色で謝られたイヴァンが、苦笑する。

「そんなに気にしなくてもいい。こんなものはすぐに乾くよ」

「いえっ！　そんなわけにはまいりませんっ」

涙だけならそうかもしれないが、残念ながら他の成分も混じっているのだ。

急いで使用人を呼ぼうとしたヴァレンティナだが、それをイヴァンが止める。代わりにこんなことを言い出した。

「俺にすまないと思ってくれるなら……そうだな、一つ、お願いを聞いてもらえるかな？」

「な、何でしょうか？　何なりとおっしゃってくださいっ」

失敗を挽回するためなら何でもする勢いで尋ねたヴァレンティナに、イヴァンが告げたのは意外な台詞《せりふ》である。

「落ち着いてからでいいから、昼食を全部食べ切ること。それと、目の赤味が取れるまでは、執務に戻らないでいてくれるか？」

厳密には一つではなく、二つであるが、この状況でヴァレンティナに拒否権はない。

そしてイヴァンは、自分がいては気づまりだろうからと、まだ食事の途中であったのに席を立つ。

去り際に、近くにいた者に何やら話しているのは、事情を説明しているのかもしれない。

案の定、すぐにずっと昔からヴァレンティナの世話をしてくれていた年配のメイドが、慌てた様子で駆けつけてきた。

その彼女に、幼い頃のように世話を焼かれつつ、ヴァレンティナは何とか食事を終わらせる。火照《ほて》った目を冷たい水に浸《ひた》した手拭《てぬぐ》いで冷やしながら思った。

――そういえば、何人もの人と付き合っていたみたいだけど、二股は絶対にしないと聞いたっけ。付き合っている時はその人に誠実だから、いざ別れる時もあんまり修羅《しゅら》場《ば》ったことがない、と……

これは姉のシアンからの情報だ。姉は領地にひきこもり王都の噂《うわさ》に疎《うと》い妹を案じて、あれこれと教えてくれていた。

単なる恋人、或《ある》いは愛人関係とは違い、ヴァレンティナとイヴァンは結婚しているので、全く同じには語れないかもしれないが、少なくとも『今』は、自分に誠実に接してくれるつもりなのだろう。

ただ、それがいつまで続くのかは、神ならぬ身のヴァレンティナには知るすべがない。

「それでも……ああ言ってくれてうれしかったのは本当だし……」

「お嬢さま？　何かおっしゃいました？」

「あ、ううん。何でもないわ」

思わず漏れた独り言を、温《ぬる》くなった手拭《てぬぐ》いを新しいものに替えていたメイドに聞きつけられ、曖昧《あいまい》に笑ってごまかす。

――少しだけ……うん、ほんのちょっとだけ。今だけは、頼らせてもらってもいいのかも。

決してイヴァンを信用していないのではない。ある意味、信用しているからこそ、頼りきりになった後で去られたらつらさが増す。

ヴァレンティナのイヴァンに対する『信用』は、現段階では残念ながらまだまだその程度であった。

◆

ヴァレンティナのもとを辞したイヴァンが向かったのは、伯爵邸の敷地内にある、この領の警備隊の本部だ。

「揃っているか？」

「三名共ここにおります。こちらに来られたということは、準備が整ったんですね」

『隊長室』というプレートが掲《かか》げられている一室は埃《ほこり》っぽく、あちこちに雑然と物や書類が積み上げられている。これはまぁ仕方ない。兵舎――警備隊と兵士は違うといわれるかもしれないが、名前が異なるだけで中味はほぼ同じだ――というものは、大体こんなものだ。

そんなむさくるしい一室で、イヴァンを待っていたのは、雑然とした室内には不似合いなほどに整った出《い》で立《た》ちの三名だった。

彼らは王都でのイヴァンの部下であり、物好きにもこんなところまでついてきてしまった面々である。

「ああ、その通りだ。待たせて悪かったな」

「いえ、とんでもありません。ですが、そうですか……これでやっと、ここの掃除ができますね」

三名を代表して受け答えをするのはリカルドだ。イヴァンの右腕としてずっと働いていた彼は、実はかなりの綺麗好きで、この状態がストレスだったらしい。

少し前からここには出入りしていたが、まだ本決まりではない状態では、元からの隊員たちの反発を恐れて手がつけられなかったのだ。

「この埃《ほこり》っぽさには辟易《へきえき》していましたからね。うれしい知らせです」

「いの一番に喜ぶのがそこなんスね、副長……」

うれしさを隠し切れない様子のリカルドを見て、キースがぼやく。

彼も仕事場が綺麗になるのは歓迎だが、そうするための作業に自分も当然のように協力させられる――長い付き合いなのだ、それくらいはわかっていた。

「せっかく空気のいい場所に来たんだ。職場にもそれを求める副長は間違ってない」

「そーですか、そーですねっ！　てか、お前んとこの娘、どうなってんだよ？」

ぼそりとツッコミを入れてきた同僚に、八つ当たり気味に問いかける。

「おかげでかなり調子がいい。妻がお屋敷で雇ってもらえることになって、娘も他の使用人の子供たちと遊べて喜んでいるし――隊長、本当にありがとうございました」

愛妻家で娘を溺愛しているユージンらしい台詞《せりふ》に、イヴァンも顔をほころばせた。

「そうか。それは何よりだ――さて、そろそろ本題に入りたいんだが、構わないか？」

その台詞《せりふ》で一斉に顔が引き締まるのだから、流石《さすが》は王都で騎士をしていただけのことはある。

「情報としては、今のところはまだこれだけだ。だが、何かきな臭い」

隊長用の机の上に積み上がっていた埃《ほこり》まみれの書類を乱雑に片側に寄せると、イヴァンは先ほどヴァレンティナのところから持ってきた書類を広げる。

「……急な他領の人間の流入、ですか」

巻き上がる埃《ほこり》に顔をしかめながらも素早く内容を読み取ったリカルドが、イヴァンに確認を取る。

「これが収穫期なら、まだ話はわかる。だが、今の季節でとなるとな」

今は、春から夏になったばかりである。領地のほとんどが険《けわ》しい山と原生林で占められているアルカンジェリ領は、耕作可能地が少ない。野菜などは自領で消費する以外は、生活必需品を賄《まかな》う程度の量を生産するのがやっとだ。そんな状態で唯一、まとまった量の商いができそうなものといえば秋に収穫される小麦くらいのものである。

「隊長たちの結婚を聞きつけて――というのも考えづらいですね。ノチェンティーニ家に出入りしていた商人なら、何かしらの連絡があるはずですし」

「ああ。それに、どう見ても堅気には見えない風体《ふうてい》の者も交じっているとなると、警戒するなというほうが無理だろう」

「確かに……放置できませんね」

「このタイミングで、義父殿の許可がもらえたのはありがたかった。それと――こちらは、かなり辺鄙《へんぴ》な場所の村からの報告書なんだが――見てくれ」

次に出したのは、同じくヴァレンティナの書類の山から抜き出したものだ。

「村人以外が森に入った形跡がある……って、こんな報告が領主まで上がってくるって、どんだけ平和なんすか、ここはっ」

領都であるこの町のことならばともかく、辺境の一寒村《いちかんそん》からの報告まであると知ったキースが目を剝《む》く。

「ヴィーがそう決めたそうだ。すべての町や村に兵士を配備するのはここの状況では到底無理だが、その代わりに希望者を募《つの》って方々に連絡員を配置したらしい。人数は一人か二人にして、無論、ずっとそこに住まわせるのではなく、数年おきに交代させる。家族がいる者は一緒についていけるし、その分の手当ても出しているそうだ。そうやって、遠隔地から定期的に報告書を上げさせている、と」

「ヴィー、というのは奥方のことですよね？　似たような制度を作っている領地はあるでしょうが、そこまで手厚く遇しているのは珍しい……しかも、今のお話では、必ず奥方のところまで報告が上がるという風に聞こえましたが？」

キースの叫びにイヴァンが答え、更にその確認をするようにリカルドが念を押してくる。

「その通りだ。おかげで、朝から晩まで書類漬けになってる」

それにイヴァンがため息と共に答えた。先ほど目にした書類の山を思い出す。

その他にもこまごまとしたトラブルに対処し屋敷の采配《さいはい》まで振っていれば、ヴァレンティナが自分の嫁入りのことなど後回しにして当然だった。

「一人ですべてを抱え込むのはお勧めできることではありませんが、少なくとも治安に関しては、きちんと領主一家の者が確認するのは理にかなっています。そして、そうしていたからこそ、領内の異常が隊長の目に留まった。その僥倖《ぎょうこう》に感謝すべきでしょうね」

「そうだな。そして、更に幸いなのは、俺一人ではないということだ」

十年来の副官にイヴァンは信頼のこもった目を向ける。俺も俺も、とキースが手を上げ、その横ではユージンもこっそりとアピールをしていた。

「俺が直接動いたのでは、出てくるはずのネズミも穴に引っ込みかねん。任せきりにするつもりはないが、主立って動くのは任せることになる……」

構わないかとイヴァンが目顔で問うと、三人から笑顔が返ってくる。

「お任せください――とはいっても、流石《さすが》に現段階では情報が少なすぎます。それと、ここの警備兵たちは少々平和に慣れすぎているようですので、そちらへの対処と並行で動きたいと思います」

ニコニコと優し気な笑顔で告げるリカルドの台詞《せりふ》の意味を悟《さと》り、キースとユージンの顔色が青くなる。

「それで構わん。責任は俺がとる」

視界の隅でその様子には気づいていたイヴァンだが、これがリカルドの通常運転だとわかっているので、特に感想はない。伊達《だて》に十年も付き合ってきたのではなかった。

「今の言葉、お忘れなきように願います――ところで、隊長。奥さまには先日、ご挨拶《あいさつ》をさせていただきました。まだ十八歳でいらっしゃるのに大変に落ち着いて大人びた方だと思いましたが、先ほどからのお話を伺うと、それだけではなさそうですね」

仕事の話が一区切りついたと判断したリカルドが、がらりと話を変える。

「まだお若いのに、領地を取りまとめる能力をお持ちのようだ。それほどの方が、こんな場所におられたとは驚きです」

最初に事《こと》の本質に食いついてくるのがキースなのは、いつものことだ。

「落ち着いて大人びてって、要するに地味ってこったろ？　それは俺も思ったし――でもって、確か、前世持ちって聞いたし、だったらこれくらい……」

「たとえ前世持ちだろうと、奥さまがお若いのには変わりない。俺の妻がお屋敷に奉公できるのも、奥さまが口添えしてくれたからだ。感謝している。――ところで、隊長。さっき、その奥さまの泣いている声が聞こえてきました。もしや、隊長が泣かせたんですか？」

キースはともかく、リカルドとユージンには自分の妻が高評価なのを聞いて、顔をほころばせたイヴァンだったが、油断していたところに先ほどの出来事を持ち出され少々慌てる。

「泣かせた？　……先ほどから気になっていましたが、その胸のシミはもしや奥方の？　そこまでなるとはどれだけ泣かせたんですっ？　てっきり心を入れ替えてくださったとばかり思っていましたが……」

「いや、誤解だ、それはっ！」

「えー？　白粉《おしろい》も口紅もついてねーじゃん？　俺は、うっかり水でもこぼしたのかと……」

「キース。いいから、君は黙ってらっしゃい——隊長？」

「だから誤解だっ！」

リカルドにまで詰《つ》め寄られ、這《ほ》う這《ほ》うの体《てい》で事情を説明する。

「……なるほど、そういうことでしたか」

「緊張の糸が切れて、隊長の胸で号泣っすか……何か、可愛いとこあるっすね」

「ずっと無理をしていたんだろう。お気の毒に」

説明の甲斐《かい》あって、誤解が解けて何よりだ。

しかし、何分にも付き合いの長い面子《メンツ》である。たとえ上司とはいえ、言いたいことがあれば遠慮なく口にしてきた。

「安心しました。三十も過ぎてようやく出会えた理想の相手なんですよね？　粗末にして逃げられることのないように、くれぐれも気をつけてください」

「は？　理想って、隊長のっ？」

思いがけないことを聞いたとばかりに、キースが反応する。

「マジっすか？　だけど、今までの隊長の相手ってすげぇ美人ばっかだったし、体もボン・キュッ・ボン的な、お色気ムンムンの……」

身も蓋《ふた》もないが、事実であるのでイヴァンとしては抗議するわけにもいかない。

「確かにそうでしたね。ですが、キース。君はその中の一人でも、隊長が『本気』になったのを見たことがありますか？」

問われて考え込んだキースだが——心当たりを探《さぐ》り当てることができなかった様子だ。

「そう言われてみりゃ、確かに……だけど、あの奥方って地味だし、あんまり凹凸《おうとつ》もな——」

「ヴィーは地味じゃない。慎《つつし》み深いだけだ」

イヴァンは間髪《かんはつ》を容《い》れずに反論する。

先ほどは話が横にそれるのを懸念して見逃したが、二度はない。更なる暴言など言語道断《ごんごどうだん》だ。

「どうやらキースは、王都に帰りたくて仕方ないらしいな——致し方ない。トーマかゲイルあたりと交代させるか」

「すいませんでしたっ！　二度と奥さまを貶《おとし》める発言はしないと誓いますっ！」

「本気で懲《こ》りない奴だな。隊長、交代要員なら俺はダリオを推します。あいつは人懐っこいから、こいつよりははるかに早く、ここの領地の人にも受け入れられるでしょう」

「ああ。言われてみればその通りです。暴言大王を野放しにしておくより、僕たちのためにもそちらのほうがずっといいですね」

イヴァンの提案に、ユージンとリカルドも同調する。

「マジで！　本気で、もう二度と言いませんっ！」

実際のところ、キースもそれほど悪い人間ではない。小隊長になる実力は持っているし、機転を利かせて隊の危機を救ったこともある。ただ少しばかりお調子者で口が悪く——ついでに、自分の隊長が大好きすぎるだけだ。

「ホントにホントですからっ！　戻らせるのだけはやめてくださいっ！」

キースはイヴァンの三つ下だ。ちなみにリカルドはイヴァンの一つ年上だったりする。そんな三十歳近い大の男が半泣きになって懇願《こんがん》するのを流石《さすが》に哀れに思ったのか、リカルドが救いの手を差し伸べる。

「まぁ、キースの気持ちも理解できないこともありません——理解できるだけで共感はしませんが。隊長が身を固めただけでも衝撃だったのに、そのお相手というのが奥さまですからね。キースとしては、あれほど様々なご婦人方と交際していた隊長の妻というものに自分勝手な理想像でも抱いていたんでしょう」

「ついでに、隊長に溺愛されている奥さまに嫉妬《しっと》でもしたんじゃないか？」

「ち、ちげーしっ！　んなこと、絶対にねぇしっ」

せっかくのフォローを台なしにされて、リカルドの目がきらりと光る。

「ほう？　……では、単なる悪意で奥さまを貶《おとし》めた、と」

「え？　いや、それはちがっ……ああ、もうぅっ！　勘弁してくれよぉ」

半泣きを通り越してべそをかき始めたあたりで、イヴァンはやっと許してやる気になったらしい。

「三度目はないぞ？　……ところで、さっきから『理想の相手』だの『溺愛』だのという単語が聞こえてきたが、もしかしてそれは俺のことか？」

「え？　まさかとは思いますが……自覚がなかったんですか？」

身も蓋《ふた》もないとはこのことだ。リカルドばかりでなくキースやユージンまでが同じ反応を示している。

「あんだけ人目もはばからずいちゃついてて？」

「奥さましか目に入ってないのに？」

「……そう見える、のか？」

「見えるも何も。事実、その通りでしょうに……はぁ、まったく。あれだけ遊び回っていたくせに、実は恋愛初心者だったとか、笑い話にもなりませんよ」

「いや、しかし……結婚した相手に誠意を尽くすのは当然……」

「黙らっしゃい」

イヴァンの副官であるリカルドは、イヴァンとの付き合いがこの三名の中では最も長く、更には、騎士学校時代の一年先輩でもある。それもあって、こういう時は本当に容《よう》赦《しゃ》がない。

「自覚できていなかったのなら、今からしてください——その顔は、まだ納得できていないようですね？　ならば……イヴァン・デル・ノチェンティーニ。いいですか、耳の穴かっぽじってよく聞きなさい」

イヴァンが素直に拝聴する姿勢になってしまうのは、リカルドの口調が学生時代のそれに戻っていたせいだ。理不尽な仕打ちをされたことは一度もなかったが、彼はとにかく怖い先輩だった。

「そもそも、今まで貴方が交際してきた相手というのは、どれもこれも先方からのアプローチがあったものばかりでしょう。告白してきてくれた女性に恥をかかせるわけにはいかないと、妙な騎士道精神を発揮していたからですよね？　そして、あくまでも受け身で本気ではないからこそ、次々とその相手を替えていた」

相手をとっかえひっかえしていたのはそういう理由だったのかとキースとユージンは秘かに頷《うなず》く。二人には初耳だった。何しろ、二人がイヴァンに出会った時には既《すで》に『ノチェンティーニ侯爵家の三男は恋多き男』という認識が出来上がっていたのだ。

「未婚のご令嬢とは絶対に付き合わなかったのは、深入りした場合に責任がとれない自分がわかっていたため。褒められたことではありませんが、とれない責任は最初から回避するというのは、ある意味正しい姿勢です――そんな貴方が、です。突然、どこかの伯爵令嬢と結婚すると言い出したかと思うと、あっという間にそれまでの恋人とはすっぱりと手を切り、騎士団まで辞めてこの辺境に婿入りしてしまった。それだけでも驚きましたが、自分が奥方を『ヴィー』と呼ぶ時の顔と声に気がついていますか？　甘ったるいというか、何というか……見ているこちらが恥ずかしくなるくらいです。そんな態度を見せておいて『結婚相手だから誠実に接しているだけ』とは、どんな冗談です。全く笑えません」

「いや、それは……色々と事情が……」

「勿論《もちろん》あるでしょう。そうでなければ、貴方が結婚なんかするはずがありません」

ひどい言いようだ、とは思ったが、そのことを口に出す勇気は二人にはない。

「……まだ納得できていませんか？　ならば、仕方ありません。仮にも子爵家の奥方について、僕如《ごと》きがどうこう言うのは失礼ではありますが、あえて言わせていただきます。まずは――」

今までのイヴァンの交際相手とは違い、けばけばしくなく清楚《せいそ》である。

擦《す》れたところがなく、素直で心優しい。

貴族という身分に胡坐《あぐら》をかくこともなく、身分が下の者たちへも思いやりと気遣いができる。

責任感が強く、自分のことを後回しにしてもそれを成《な》し遂《と》げようとする。

何より、馬鹿ではない。

「ざっと挙げただけでも、これだけ出てきます。さて、ノチェンティーニ子爵さま？ そろそろ気がついたかもしれませんが、奥方はもしや貴方の理想なのではありませんか？」

そういえば、昔もお説教をされる時は『ノチェンティーニ候補生』と呼ばれていたんだった……などと、現実逃避をしている暇はイヴァンにはなかった。

「え？ ……いや、でも……まさ、か……？」

戸惑《とまど》いが先に来てはいても、次第に理解の色がその顔に浮かぶ。

そして、リカルドと比べれば付き合いの浅いキースとユージンは、初めてイヴァンの顔が怒り以外の感情で赤くなるのを目撃した。

いや、顔どころか、首筋から耳まで真っ赤だ。

「……要するに、自覚なしにあんだけいちゃついてたってことだよな、これ？」

「息を吸うように無意識に甘いムードを醸《かも》し出《だ》す……俺には逆立ちしても真似できそうにない」

外野に置かれた二人がぼそぼそと言葉を交わしているが、イヴァンにそれをとがめる余裕などあるはずがない。

彼にとっては青天の霹靂《へきれき》。だが、こうして言われてみれば納得できることばかり――「遅すぎる初恋の相手が、自分の妻だった。そんなとてつもない幸運を手にしていたのに、自覚していなかったなんて――馬に蹴られて死んでしまえばいいんです」

「すみません、ヨーグ先輩。おっしゃる通りです……」

つられて騎士学校時代の口調になるイヴァンだったが、現在の自分の状態に気がつけたのは何よりである。

「奥方を大切にしてください――僕なんかが言うことでもないでしょうけれど」

「あ、ああ。肝《きも》に銘《めい》じま……いや、銘《めい》じる」

口調を和《やわ》らげ、本来の副官としての態度に戻ったリカルドに、イヴァンが感謝の眼差《まなざ》しを向ける。

そして、残る二人――ユージンはともかく、キースのほうは、以後の言動にはくれぐれも気をつけようと再度、固く決意したのだった。

第三章　いきなり溺愛されているようです

拝啓、天国のお母さま。

お久しぶりです、貴女《あなた》の娘のヴァレンティナでございます。

お兄さまと一緒に、遠い空の上から私たちを見守っていてくださっているお母さまに、私から一つ報告と、それから相談をさせていただきたく、筆を執《と》った次第です。

もうご存じかもしれませんが、つい先日、私は結婚いたしました。旦那さまはイヴァンさまとおっしゃいます。ノチェンティーニ侯爵家のご三男で王都騎士団で中隊長をなさっていた方ですが、我が家の事情をご理解いただいて、婿入りのような形で我が領に来ていただけました。

そのイヴァンさまというのは、とても見目麗《うるわ》しい殿方です。御年三十一になられるとのことですが、大変に若々しく、凜々《りり》しく、誰もが見ほれる立派な騎士さまでいらっしゃいます。私とでは到底釣り合いが取れず、本当にこの方の妻が私でいいのかと思ってしまいます。

ところで、この結婚には少々事情がございまして（空の上のお母さまにはバレているかもしれませんが）、私はてっきり仮面夫婦のような関係になるとばかり思っておりました。

ところが、です。

蓋《ふた》を開けてみれば、イヴァンさまは私に大変に優しく接してくださるのです。とてもありがたいことで、うれしく思うのですが、実は少しばかり困ってもおります。

ご存じの通り、私は取り立てて秀《ひい》でたところもなく、どこにでもいるような平凡な娘なのに、イヴァンさまはまるで王家の姫君のように私を扱おうとなさるのです。

顔を合わせるたびに髪型やドレスを褒めてくださったり、どこに行くにもエスコートの手を差し伸べてくださり、この前の夕食の時など、手ずから私に食べさせてくださりそうになったりもいたしました。

実は、イヴァンさまはとても女性におモテになっていらした方で、これまでお付き合いされてこられた方々にもおそらくは同じように接してこられたのでしょう。ですが、はっきり申し上げまして、洗練されていたであろうその方々とは違い、そのような扱いをされても私はどうしていいのかわからないのです。

とは言え、せっかくのイヴァンさまのお心遣いを無下にするわけにもまいりません。

お母さま。私は一体どうしたらよいのでしょう？　どうか教えてくださいませ……

思わず心の中で天国の母に手紙をしたためてしまうほど、ヴァレンティナは困っていた。

普段通りに本邸の執務室で書類をさばいているのだが、いつもならうずたかく積み上げられているはずの書類がおよそ半分ほどの量になっており、あいた空間には可憐《かれん》な野の花が生けられた花瓶が置かれている。

それはいいのだ。仕事の量が減るのも、殺伐とした執務室が小さな花の存在で、随分と雰囲気が和《やわ》らぐのもとてもありがたいことだ。

ならば何に困っているのかといえば――半分の書類を引き受け、早朝の遠乗りの途中で摘んできたと言って花束を渡してくれた相手に、である。

現在、その人物は、ヴァレンティナが知らぬ間にこの執務室に運び込んだ机に向かい、かっさらっていった書類と格闘中だった。

「……ヴィー。悪いがこの書類の、ここのところを見てくれないか？」

この屋敷で、彼女を『ヴィー』と呼ぶのは一人しかいない。つまり、イヴァンだ。

「はい、少々お待ちください」

ちょうど一つの案件の裁可を終わらせサインをするところだったヴァレンティナは、そう断って急いでそれを仕上げてしまう。そうして立ち上がり、イヴァンのところへ行こうと――する前に、彼のほうが彼女のもとに来た。

「すまないが、俺では判断できなくてな――ここなんだが」

これがヴァレンティナの部下であるなら、机の向かい側から書類を見せてきただろう。だがイヴァンはそうではなく、こちら側――つまりはヴァレンティナの座る椅子の横に立ち、屈《かが》み込《こ》むようにして書類を差し出してくる。

――近いっ！　近いです、近すぎます、イヴァンさまっ⁉

当然ながらイヴァンの顔が至近距離に来た。

少しはイケメン耐性のできてきたヴァレンティナだが、それはプライベートな時間であればの話だ。今は仕事モードになっているため、これは不意打ちに等しい。

――しかも、どうしてさりげなく背中に手を回してくるんですかっ⁉

イヴァンとしては、自分が気になった部分をヴァレンティナにもよく見てほしいだけなのかもしれないが、息をするように自然にボディタッチしてくるのは、流石《さすが》というか何というか……。

不可抗力で赤面するヴァレンティナだったが、イヴァン自身が自分の行動に気がついていないので、口に出して抗議するのは墓穴を掘るようなものである。

尚、イヴァンがこういった行動に出るようになったのは、ヴァレンティナが彼の胸で大泣きした日以来のことだった。

それ以前も勿論《もちろん》、何くれとなく世話を焼き、優しく接してくれてはいたのだが、あの日を境《さかい》にそれに拍車がかかったようにヴァレンティナには思える。自分用の机を運び込ませたのもその翌日のことであるのだ。あながち見当違いでもないだろう――相変わらず、その理由についてはとんと思い当たらないのだが。

「ど、どこでしょうか……ああ、これですね」

それはともかく、今はイヴァンもきっちり仕事モードで、真面目な顔でヴァレンティナの返事を待ってくれているのが幸いだ。彼女は必死で平静を装《よそお》い、指摘された箇所に目を落とす。

「傷病手当とあるが、これはどういう意味だ？」

書類の中身は、イヴァンが担当してくれることになった警備関係のものだ。

「職務中に怪我をしたり、病気になった場合に支給される金銭のことです」

「怪我をしたら金銭を支給する？　俺がいた騎士団では、任務中の怪我の治療費は団が持っていたが、それ以外は特にはなかった。ここでは怪我をすれば金がもらえるのか？

ならば、ここの休業補償《ほしょう》というのも、もしかして休んでいる間も給料が出ているのか？」

「すべての場合に出しているわけでもないですが、基本はそうですね。怪我をしては当然、任務につけません。その分がお休み扱いになってお給金が減るので、その補填《ほてん》です」

「そんな話、聞いたことがないぞっ？」

この時代、この国（というかおそらく他の国も同じだろうが）では、労働者の権利はほとんど尊重されていない。このアルカンジェリ領でもそうだったのを、ヴァレンティナが采配《さいはい》を振るようになって改革したのだ。

「王都騎士団であれば、使い捨て——言葉の選び方が悪いかもしれませんがご容赦《ようしゃ》ください——にしても、補充は簡単だったのかもしれませんが、ここではそうはまいりません。警備兵に志願してくれる者は少なく、練度を考えましても容易《たやす》く次が見つかるものでもないのです。ならばどうすればいいかとなれば、今いる者を大事にするしかないでしょう？」

現に、ヴァレンティナがこの制度を採用するまでは現場で怪我をしても、一通りの治療は施《ほどこ》されるとはいえ給金が減るのを恐れ、完治前に無理をして結局退役になる者が一定数いた。それ以前に、前世の記憶がある彼女にしてみれば、業務命令で負傷したのに、その後のフォローが何もないなど考えられないことだ。

質のよい労働力を求めるなら、雇用側もそれなりの配慮が必要になる。

福利厚生はとても大事なのだ。

「それはそうかもしれないが……では、その者たちに支給するための金は何処《どこ》から出しているんだ？」

「警備関係にはあまり予算が組み込めませんので、伯爵家からですね」

本来は予備費から出すべきだろうが、領の運営費はかつかつであるために余裕がない。

勿論《もちろん》それは伯爵家自体も同じだ。故《ゆえ》に――

「……なるほど。わかった、ありがとう」

余分な装飾が一切なく、窓にかけられているカーテンもどこかすすけてほころびさえある執務室の様子を見て、イヴァンは察してくれたらしい。

なんとも言えない優しい目をしてヴァレンティナを見下ろす。

まだ火照《ほて》っている顔を見られたくなくて、俯《うつむ》き書類に集中するふりをしていたヴァレンティナは、それに気がつかなかった。

「だが、この書類から見るに、負傷者が少し多すぎるように思う。回復を待って復帰させるのなら、その間が手薄になる。少ない人数で回そうとしたんじゃないか？」

「それは……確かにその通りだと思います」

警備の人数が減ったからといって、それに合わせて事件が減ってくれるわけではない。しかし、それに対応するためにやたらと警備隊の人数を増やせば、あっという間に領の財政が破綻《はたん》してしまう。

「すまない、ヴィーを困らせるつもりで言ったんじゃない――稼働人数の減少が、負傷者が増えた原因の一つだろうが、それについては練度を上げることで、ある程度は減らせると思う。そちらについては、俺についてきてくれた連中が今やっているところだ」

「ああ、あの方たちですね」

リカルドたち三名とは、彼らがこちらに来てすぐにイヴァンから引き合わされていた。流石《さすが》は彼の部下、といった感じのイケメン揃いだったが、ヴァレンティナは既《すで》に夫のある身だ。夫以外の男の顔をまじまじと見るような無作法をするわけもなく、彼らを純粋にイヴァンを助け共にアルカンジェリ領を盛り立ててくれる人間として受け入れた。

そのことで、イヴァンを含む男連中からの評価が激上がったというのはさておいて――

「巡回のルートも、少し弄《いじ》ろうと思うんだが、構わないか？」

「領内の治安に関することは、イヴァンさまにすべてお任せせよと父からも言われております。正直なところ、私では方針の指示は出せても、実際の現場についてはわからないことが多くて……イヴァンさまが来てくださって、とても助かっております。ありがとうございます」

俯《うつむ》いた状態で礼を言うのは失礼にあたる。そう考えて、思い切って顔を上げると、至近距離でイケメンの輝くような笑顔がヴァレンティナを待ち受けていた。

「妻を助けるのは夫の役目だ。改めて礼を言われることじゃない……にしても、やはりそう言ってもらえるのはうれしいな」

「も、もったいないお言葉で……きゃっ⁉」

それでも何とか立て直し当たり障《さわ》りのない返事をしようとしたところで、不意にイヴァンの顔が近づき、唇に軽いキスをされる。

「イ、イヴァンさまっ⁉」

「公務の時間だが、ヴィーを喜ばせることができたご褒美ということで、お目こぼしに与《あずか》れるとありがたいな。ああ、勿論《もちろん》、この続きはまた今夜、ということで？」

パチン、という音が聞こえてきそうな綺麗なウィンク付きの台詞《せりふ》に、またもヴァレンティナの顔が火照《ほて》った。無論、心臓の鼓動もそれに連動する。

天国におわすお母さま。ヴァレンティナの心臓は、もうあまりもちそうにありません……近々、お側に行くことになりましたら、どうか優しく迎え入れてくださいませ。

動揺のあまり、心の中でしたためていた亡き母への手紙に、追伸まで加わってしまう。

もっとも、幸いなことにその後はイヴァンも通常の執務に戻ったため、ヴァレンティナと母親の再会は、まだしばらくは先送りにできそうだった。

◆

午前中はヴァレンティナの執務を手伝い、午後からは警備隊やその他の現場を見回り、必要に応じて指示を出す。それが、ここ最近のイヴァンの習慣となっていた。

本日もそれに漏れず、ヴァレンティナと差し向かいの昼食をとった後で彼がまず向かったのは、警備隊の本部だった。

「すまないが、これを見てくれるか？」

既《すで》に集合していたいつもの三名に、先ほどの書類と、それに関する資料を見せる。

ヴァレンティナに説明を受け、理解したことで認可はしたイヴァンだったが、すべてを納得したわけではない。ヴァレンティナ自身が言ったように、上から指示するだけでは見えてこない現場の事情というものがあるのだ。

「傷病手当に休業補償《ほしょう》ですか。それはまた……なんとも手厚いことですね」

「現場で不慮の事故というのは確かにあるでしょう。ですが、町のごろつきへの対処や辺境の村の害獣駆除程度で毎回怪我をされては、それを補償《ほしょう》するほうはたまったものではないのでは？」

基本的にアルカンジェリ領は平和なので、兵士の出番といってもその程度である。野盗すら滅多に出ない。貧しすぎて実入りが少なく、危険を冒すには割が合わないのだ。

「だからじゃねぇの？　ここの兵士共がイマイチ暢気《のんき》っつーか、自分らが命懸けの仕事をしてるっつー意識が低いんだよな――まぁ、そこら辺については今、性根を叩《たた》き直《なお》してるとこだけど」

さわやかな笑顔でキースが言い、他の二名も揃って頷《うなず》く。

王都騎士団で最前線をはっていた騎士にシゴかれれば、すぐとは言わないが近い将来、そこそこ使い物になるだろう。無論、その間に脱落者を出すようなへまはしない。

「そのあたりはお前たちを信頼している。とりあえずは、一月《ひとつき》以内に負傷者を今の半分に減らすのを目標にしてほしい」

「半分というのはえらく低い目標ですが、現状を考えれば仕方ないですね」

ため息をつきながらリカルドが応じる。早くもその頭の中では訓練計画を練り直しているらしい。おそらくだが、半月以内には目標達成できるくらいのものを、だ。

「ご命令は承《うけたまわ》りました――他に何かありますか？　ないようでしたら、こちらからも一件、報告したいことがあります」

そう言って差し出してきたのは、一枚の報告書だった。

「南西部の村から上がってきたものですが、不審者に畑を踏み荒らされたとのことです」

「……踏み荒らされた？　荒らされただけか？」

「そのようですね」

二人の会話を聞いて、キースが天を仰《あお》ぐ。隊長と副官の会話に割り込むべきではないので黙っているものの、そうでなければ『そんな報告まで上がってくるとか、どんだけ平和なんだよ、ここはっ！』くらいは叫んでいるだろう。

「盗難ではなく、単に荒らされただけ、だと？」

「まだ穂も出ていない麦畑です。盗むにしてもどうしようもないでしょう」

アルカンジェリ領は、山地と原生林が大部分を占める北部と、わずかとはいえ平野部のある南部に分けられる。自然と、南部が領全体の食糧生産の大部分を担《にな》っていた。

「加えて、こちらはやはり南部の、先ほどの場所からは少し東の村からのものですが、飼育している家畜が何者かに殺されたと」

「もしかして、そちらも、ただ殺されただけで持ち去られてはいない、とかか？」

「はい」

先回りしてのイヴァンの問いに、我が意を得たとばかりにリカルドが頷《うなず》く。

「いつからだ？」

「報告自体は少し前に届いていたようです。ただ生憎《あいにく》なことに、僕の目に留まったのが今朝のことでして……」

ヴァレンティナがどれほどよい制度を取り入れたとしても、その報告が途中で止まっていては意味がない。勿論《もちろん》、いつかは届くのだろうが、情報とは鮮度が命なのだ。

「それと、その後の報告も同じようになっていたことも判明しました。どちらも村人を動員して捜索をしたが、犯人を捕縛するところまではいかなかったと――尚、報告を滞留させていた者には、二度とこのようなことがないように、きっちりと言い聞かせてあります」

「……ヴィーの苦労がしのばれるな」

イヴァンは重いため息をつく。

　だが、これが判明したのが今でよかった、という考え方もある。イヴァンが治安関係を担当することになった今なら、わざわざヴァレンティナに知らせる必要はないのだ。

「おそらくだが、似たような報告が他からもきているんじゃないか？　きっちり調べて……」

「現在、精査中です。すべて判明した後に、傾向を把握して対処する方針ですが、それでよろしいでしょうか？」

　リカルドが報告する。

　イヴァンは何か心当たりでもあるのか？　とは訊《き》かない。今必要なのは、現場としての方針だ。

「ああ。人数が必要だと思ったら、必要なだけ動員してくれ。責任は俺が持つ」

　お互い、すべてを口に出さずとも通じるのは、この二人だからこそだ。

「あれもこれもと任せきりにしてしまってすまんが、よろしく頼む」

「今の貴方は、単なる中隊長ではないですからね。わかっていますよ――それにしても、やはり奥方さまの影響力はすごいですね。前は思っていても、わざわざ口に出したりはしなかったのに」

　そして一通りの業務連絡が終わると、がらりと打ち解けた時間になるのはいつものことだ。

王都騎士団時代、他の中隊長からは眉を顰《ひそ》められてはいたが、これがあるからこそイヴァンの隊が騎士団随一の結束力を誇っていたといってもいい。

「ヴィーは、少しばかりおっとりしたところがあるからな……きっちり言葉にしないと、こちらの気持ちがわかってもらえないんだ」

言葉にして告げても半分以上は流されている気がするのは、ここでは口にしない。ならばと、その分まで行動で示しているのだが——真っ赤になって逃げられてしまうので、こちらもなかなかに前途多難だった。

「そこでいきなり惚気《のろけ》っすか……」

「まだ新婚ほやほやだからな、隊長は。俺も覚えがある」

ジト目になるキースだが、ユージンは自分の新婚時代でも思い出しているのだろう。微笑《ほほえ》ましいと言わんばかりの態度に、流石《さすが》にイヴァンも少し赤面する。

「別に惚気《のろけ》ているつもりはないんだが……」

「安心してください、しっかり惚気《のろけ》になっていますよ——ついでですから、他のも聞いて差し上げます」

フォローというよりも止《とど》めを刺す発言をしたのは、勿論《もちろん》リカルドだ。穏やかに微笑《ほほえ》んでいるように見えるが、目が『吐け』と告げている。

「貴方は鬱屈《うっくつ》を抱えていると、途端に性能が落ちますからね。奥方に全力で尽くしたいなら、今のうちに全部ぶちまけてしまったほうがいいですよ」

十五、六の頃から自分を知っている『先輩』の言葉は、イヴァンも無視できない。言われたことに心当たりがありまくるので、観念するしかなかった——どのみち、この面子《メンツ》相手に今更格好をつけても始まらないというのもあったのだが。

はぁ……と、またしてもため息をついた後、イヴァンは覚悟を決めて話し始める。

「ヴィーが何も受け取ってくれないんだ」

『は？』と聞き返したのは、三名がほぼ同時だ。

「いや。受け取ってくれない、というのは語弊《ごへい》があるな……今朝、遠乗りに行った帰りに摘んだ花は机の上に飾ってくれていたし、前に町の視察ついでに市《いち》で買ってきた果物も喜んでくれた」

どんな悩みが飛び出すのかと思えば……リカルドも、これは予想外だったらしい。他の二名と同じく、咄嗟《とっさ》には言葉が出ない様子だ。

そんな部下たちの様子に当然、気がついているイヴァンだが、一旦話し出した手前、もう後には引けない。半《なか》ばやけっぱちで話を続ける。

「だが、素直に喜ぶ様子を見せてくれたのはその程度のものだけだ。流行のドレスを贈っても、普段使いにはもったいないからと言って着てくれない。装飾品も、つけて出かける機会がないと仕舞い込んだきりだ――デザインが気に入らないのかと、好きに選んでもらおうとしても『今あるもので十分』と言うし……」

ああ……、とやはり三者三様に納得した様子を見せる部下たちである。その脳裏に浮かんでいるのは、既《すで》に何度も顔を合わせているヴァレンティナだろう。

いつ見ても、よく言えばつつましやかな――言葉を飾らなければ、質素と倹約を極限まで追求したようなドレスに身を包み、装飾品といえば、母親の形見と言っている小さなイヤリングと、結婚する時にイヴァンから贈られたシンプルなリングのみ。化粧もほとんどしていない。

「家もそうだ。今、住んでいる棟の改築については俺に持たせてくれたが、本邸の修理費は頑として受け取ってくれない。自分はもうノチェンティーニ家の人間だから、アルカンジェリ家のための金銭を受け取るのは筋が通らないんだそうだ」

イヴァンには子爵位があり、自分の領地（信頼できる管理人に任せっきりではあるが）も持っている。この領に比べれば狭いが、海に面しているために港があり、交通の便もよく、そこからの税収はアルカンジェリ家のそれとは段違いだ。本人も王都騎士団に奉職していたので、その給金だけでも独身男の掛かりを賄《まかな》うには十分すぎた——要するに金持ちであり、その財力にものを言わせて、あの手この手でヴァレンティナを喜ばそうとした結果、玉砕《ぎょくさい》続きなのだ。

「ドレスも宝飾も欲しがらないって、普通はうらやましいって言われることとっすけど……」

何を思い出したのかは知らないが、妙に実感のこもったキースの言葉に、イヴァンは食ってかかる。

「うらやましい？　どこがだ？」

「……まぁ、隊長の気持ちもわからないでもないです」

そうユージンが言う。

妻を喜ばそうと思ったのに果たせないやるせなさは、やはり既婚者にしかわからないものなのだろう。だからといって、ユージンに解決策があるわけでもないのだが。

「言葉に出しても、本気にとってもらえない。行動に出れば、逃げられる。贈り物をしても、喜んでもらえるのはその辺の野の花かどこでも買えるような果物だけ……ならばせめて実家のために何かしたいと言っても、筋が通らないと拒否される。俺は一体どうすればいいんだ？」

せっかく先ほどは濁したことまで白状してしまうが、それだけイヴァンも必死ということだ。

「……とりあえず、本気で恋した貴方が、ここまでポンコツになるとは思わなかった、と申し上げておきましょう」

そんな苦悩を、リカルドが一刀両断に切って捨てる。

これが片思い（笑）の相手ならともかく、歴《れっき》とした妻相手となれば、真面目に尋ねた自分が馬鹿のように思えても仕方ない。

「落とせない相手はいない、とまで言われていたのに……」

「俺から口説《くど》いたことは一度もない」

「知っています。だからこそ、今、苦労しているんですすよね」

『恋多き男』が、実はひたすら受け身のヘタレだったというのは笑い話にもならなかった。

しかし、だからといってこのまま放置するわけにもいかないのが、リカルドのつらいところだ。

最初に話せと言ったのは彼だし、そもそもの話、イヴァンに己《おのれ》の恋心を自覚させたのもまた彼だ。

その時はまさかここまでポンコツになるとは思ってもいなかった。

　平時ならばいざ知らず、長年鍛えられた騎士としての嗅覚《きゅうかく》が、何やらきな臭い気配を嗅《か》ぎ付けた現在、イヴァンが本調子でないのはまずい。何とかしなければ……とは思うが、リカルドは独身で妻がいるわけでもなく、イヴァンのように女性関係が華やかだったわけでもないのだ。

「念のために伺いますが、奥方に嫌われているのではないのですね？」

「嫌われてはいない……と思う」

　何事にも自信満々なのが売りになっているイヴァンなのに、なんとも情けない返事をする。

　あまりのギャップにリカルドは笑いが出そうになるが、ぐっとこらえて先を続けた。

「そして、野の花は喜んでもらえた、と」

「……要するに、アプローチの仕方が間違ってるんじゃないんですか？」

　ここに来て、普段はあまり口数の多くないユージンがぼそりと呟《つぶや》く。

「どういうことです？」

「いや、ただなんとなく思っただけなんで……」

「いいから言ってくれ！」

　キース一人が蚊帳《かや》の外になっているが、茶化していい話題ではないのを悟《さと》ってか、大人しく聞き役に回っていた。

「……隊長の行動は、王都のご婦人方にやってたのと同じですよね。だけど、俺にはあの奥さまが最新流行のドレスや宝飾で大喜びするような人とは思えないんですよ。どっちかというと、野の花に喜んだって聞いて納得したというか……」

流石《さすが》にユージンは既婚者だけあり、独身男たちとは違う目線でヴァレンティナを見ているらしい。

「ならば、毎朝花を贈れば……」

「確かに奥さまは喜んでくれるでしょうが、それじゃ先に進めないでしょう？　おそらくですが、ドレスも宝飾もうれしくなかったわけじゃないと思うんです。ただ――まだ慣れてないんじゃないですか？　戸惑《とまど》ってる状態なんだと思います」

「戸惑《とまど》っている……何にだ？」

「隊長に、ですよ」

付け加えるなら『守られ甘やかされることに』だろう。

しかし、これを口に出せば伯爵家を非難することにもなりかねないので、ユージンは口をつぐむ。暴言大王のキースとは違って、彼はきちんと空気が読める男だった。

「隊長と奥さまって、ほとんど婚約期間もなしで結婚されましたよね。しかも、結婚前に顔を合わせる時間もろくになかったでしょう？」

騎士団の引き継ぎや諸々の後始末で、イヴァンが結婚式の直前にここに来たのはユージンでなくても知っている。

「ああ。だからこそ、その分もヴィーと一緒にいるようにしてる」

恋心を自覚する前は『夫としての責務』として。自覚して以後は、自分の欲求に忠実に。そのために、イヴァンは同じ執務室で働けるように手配もしたのだ。

「今までほとんど知りもしなかった相手と四六時中一緒ってのは、結構きついですよ。特に隊長たちの場合、ほぼずっと室内でしょう？」

「……つまり、ヴィーと離れていろということか？」

ここで正直に『そうだ』と言えれば簡単なのだが、ユージンもまた自分の上司が大好きな一人だった。

「環境を変えてみる、って手もあると思いますよ」

第四章　いきなりデートっぽいものに連れ出されました

綺麗に晴れ渡った初夏のとある一日。

この日は、アルカンジェリ領の領都で月に二度ほどある市《いち》が立つ日でもあった。

中央に小さな水飲み場があるだけの、どこか寂しげな中央広場も、今はあちこちに荷車が停まり、その前には即席の商店が軒《のき》を連《つら》ねている。

町の住民や、この日に合わせてここを訪れる近隣の村人らがそれらを冷やかし、または熱の入った値段交渉をしている間、子供らも市《いち》の活気に誘われてか、歓声を上げながら走り回る。

そんな広場を歩く人々の中に、非番の警備隊らしき服装で帽子を目深《まぶか》にかぶった男と、日よけのつばの広い帽子と涼し気なドレスを着た女性が交じっていた。

仲睦《なかむつ》まじそうに寄り添い合う二人の様子からして、新婚ほやほやの若夫婦といったところだろうか。夫であろう男性が物珍し気にあちこちの店をのぞき込むのに、一つ一つ説明している若妻の様子を周囲の人々が微笑《ほほえ》ましく見守っていたのだが、ここで一つ小さな事件が起こる。

　はしゃいだ様子で集団で走り回っていた子供たちの一団が、二人に急接近したのだ。遊びに夢中の子供らは前をよく見ていないようで、危うく女性のほうにぶつかりそうになり――すんでのところで男性がその腰に手を回し、抱き寄せることで回避した。

「おっとっ……大丈夫か、ヴィー？」

「は、はい。ありがとうございます」

　この二人、イヴァンとヴァレンティナである。

「……子供が元気がいいのは何よりだが、親は何をしてるんだ？」

「次の市《いち》まで間がありますので、買い物に忙しいのでしょう。あの……イヴァンさまのおかげでぶつからずに済みましたし、あの子らを叱《しか》らないでいただけると……」

「ん？　ああ、大丈夫だ。流石《さすが》に俺も、あんな子供らに目くじらを立てるほど狭量《きょうりょう》じゃない」

　その言葉にほっとしたのはいいが、今度は大荷物を両手に抱えた女性とぶつかりそうになり、ヴァレンティナはまたしてもイヴァンに助けられる羽目になる。

「あ、ありがとうございます――何度も申し訳ありません」

「気にするな。それよりも、ちゃんと周りを見るんだぞ？」

腰を抱かれた状態から更に抱き寄せられ、イヴァンの胸に顔を押し当てた状態での会話だ。一応、不可抗力の結果なのだが、端《はた》から見れば単にいちゃついているだけなのだろう……周囲の視線が痛い。

しかしそれよりもまず、ヴァレンティナには言いたいことがあった。

——一緒に市《いち》を見に行こうとは言われたけど、それって視察に行くって意味よね？　それなのに、なんでこんなデートみたいなムードになってるのかしら……？

提案があったのは数日前。ヴァレンティナは真面目な視察だとばかり思っていた。なので、今朝になってイヴァンの指示とのことで、町娘が着るような服に着替えさせられて驚いたし、イヴァンが平兵士が着るような服に身を包んで現れたのにはもっと驚いた。

今回の視察はお忍びで、ということらしい。領民に紛《まぎ》れ、生の市井《しせい》の様子が見たいと言われて、反対する理由がなくなり、こうしてついてきたのである。

——いつまで抱き締めてるんですかっ？　もう危なくないんだから、さっさと離してくださいぃ。

そんな切実な心の声が聞こえたのか、やっと解放されはした。けれど、何をどうされたのかわからないが、今度は腕を組んだ状態に持っていかれる。

「この前の時も思ったが、いつもは少し寂し気なのが随分とにぎやかになるものだな」

「りょ、領民たちもこの日を心待ちにしていますから……」

しかし、まさかその腕を振り払うわけにもいかない。

仲よさげに寄り添う様子を周りの人々が微笑《ほほえ》まし気に見ていることに、ヴァレンティナはいたたまれない気持ちになる。

帽子で顔の上半分が隠れてはいてもイヴァンがイケメンだとわかるため、熱い視線が飛んできているのだが、当の本人は全く気がついてもいないようだ。

とはいえ、そんな状況ではあっても、視察はきちんとしなければならない。

イヴァンに腕をとられたままで、ヴァレンティナはゆっくりと周囲を見回す。

幼い頃はともかく、大人になってから市《いち》に来たのはこれが初めてだ。

行きたいとは思っても、書類仕事に忙殺されて無理だった。報告書は提出させてはいたが、やはり実際に自分の目で見て、肌で感じるのには及ばない。

子供の頃は大層にぎやかに感じられたものだが、一度きりとはいえ王都を知った今では、実にささやかな規模だとわかる。それでも、先ほどイヴァンが言ったように、普段は人影もまばらな中央広場がこの日ばかりは大勢の人々であふれているのは、為政者としてうれしく思う。

そんな風に、至極真面目に職務に励むべく、熱心に市《いち》の様子を観察していたヴァレンティナだが、隣にいるイヴァンが、きょろきょろと何かを探しているような様子なのに気がついた。

「イヴァンさま、どうかなさいました？」

「あ、いや……この前、買い物をした店はどこだろうと思ってな」

売り買いされているのは農作物か日常使いの道具が主だ。そんなところで、イヴァンが何を買ったのかと考えて、思い出す。

「もしかして、前にイヴァンさまがくださった……果物を買われた店、でしょうか？」

「ああ。この前は、あのあたりで店開きしていたんだが……」

市《いち》では基本的に早い者勝ちで店の場所が決まるので、同じ場所を探してもお目当ての店が見当たらないのはよくあることだ。だが、今回の場合、それ以前の問題もあった。

「あの時にいただいたオレンジは大変おいしゅうございましたが、もう旬が過ぎてしまっているのではないかと……」

王都なら、多少季節外れでも高い金を出せば見つかったかもしれないが、何しろここはアルカンジェリ領だ。並んでいるのは、その時々に採れる旬のものばかりである。

「旬？　……そうなのか」

しょんぼりと肩を落とす様子に、慌ててヴァレンティナが言い添える。

「イヴァンさまは、オレンジがお好きでいらっしゃるのですね。次に出回るのは冬前だと思いますが、ジャムでよろしければ、我が家……ではなくて、伯爵家の料理人が毎年作っていたと思いますので、今度、出してくれるように頼んでおきます」

こんな自分を娶《めと》ってくれた上に、何くれとなく力を貸してくれているイヴァンのためである。こんな些細《ささい》なことしかできないが、少しでも喜んでもらえればヴァレンティナもうれしい。

ただ、ここだけの話であるが、別にイヴァンはオレンジが好きなわけではない。嫌いでもないが、どうせなら酒に合うつまみのほうがいい。しかし、わざわざヴァレンティナが『イヴァンのために頼んでくれる』というのだ。今この時より、自分の大好物に認定するのはやぶさかではなかった――君が頼んでくれるなら、今日が『オレンジ記念日』。

閑話休題。

「そうか、それはうれしいな――では、残念だが今日はオレンジは諦めて、ヴィーが欲しいものを探そう」

ヴァレンティナの提案により、現金なほどに元気を取り戻したイヴァンだったが、続いてこんなことを言い出す。

「私の、ですか？」

「せっかく市《いち》に来たんだ。何か買って帰るにしても、どうせならヴィーが喜ぶものがいいだろう？」

にっこりと微笑《ほほえ》みかけられ、毎度のことながら顔が火照《ほて》る。いい加減に慣れたいとは思うが、イヴァンの顔面偏差値の高さに玉砕《ぎょくさい》するばかりだった。

「ヴィーはどんなものが好きだ？　果物でなくても構わない。ほら、あそこに小さいが装飾を扱っている店がある。何か見てみよう」

「い、いいえ。私は特には……」

「まぁ、そう言わずに……」

◆

「……あの二人は何をしているのでしょうね？」

「さぁ……ここからじゃよくわかんねーですけど、どうせいちゃついてるだけじゃないすか？」

買う、買わないで押し問答になりつつあるヴァレンティナとイヴァンからは少し離れた物陰で、小声で会話をしているのはリカルドとキースである。

お忍びの視察――というのは建前で、実際にはユージンの提案を受けたイヴァンがたくらんだデートではあっても、子爵家の当主夫妻が出歩くのに護衛なしというわけにはいかない。しかし、だからといって普通に警備の者をつければ、せっかくのデートが台なしだ。

というわけで、色々と説明せずとも事情を把握しているリカルドとキースが、秘かに警護につくことになった。尚、三人組の残り一人であるユージンは、市《いち》で色々と買い込む必要のある妻を手伝うために、本日は休みとなっている。

「どいつもこいつもイチャイチャと……」

「それをうらやましく思うのなら、君もさっさと身を固めればいいでしょう」

「え？　いや、俺はまだ、そーゆーのはいいかな、と……」

「だったら、黙って周りを警戒していなさい」

目の前でラブラブ（死語）な光景を見せつけられるのは、独身男にはきつい。つい愚痴が出るキースだが、リカルドに軽くいなされて周囲の警戒に戻る。

とはいえ――

「どこもかしこものんびりとして……流石《さすが》ド田舎《いなか》っすねぇ」

このような場所につきものの、掏《す》りや置き引きなどといったトラブルもほとんどないようだ。たまに値段交渉で熱くなる連中もいるが、周りの人間がさっさと仲裁に入っている。酒を飲んでくだをまく者も見当たらないので、はっきり言って暇だ。

「平和なのはいいことでしょう。それで愚痴を言うのはお門違いで——おや?」

「どうしたんすか、副長?」

いつもの説教が始まりそうだと身構えたキースだったが、ふいにリカルドが言葉を切ったのを不思議に思い、その視線の先へ目をやる。

「あー……」

そこにあったのは小さな露店で、老人が一人で店番をしていた。売っているのは少々くたびれた草の束——おそらくは、薬草の類《たぐい》だろう。それだけならよくある風景だが、今はその小さな店の前にあまり風体《ふうてい》のよくない男が陣取り、老人に向かって何やら怒鳴っている。

「隊長たちからは死角ですね。あまり騒ぎが大きくならないうちに収めてしまいましょう」

せっかくのデートにこんなことで水を差すわけにはいかない。不満たらたらなキースでさえ、その思いは同じなので、リカルドに命じられる前にさっさと行動に移る。

イヴァンたちからは見えていないのを確認し、素早く現場に近づく。

普通は周りの人間が止めに入るのに、凶暴なご面相の男に恐れをなしてか、老人の周囲の者は遠巻きに見守るだけだ。

「おい、そこの――」

ところが、警備隊の制服に身を包んだキースが一声かけるなり、あっという間に男はそこから逃げ出した。

「……何なんだよ、一体……？」

あまりにあっけない幕切れに、呆れるキースである。それでも、老人に怪我がないかを確認し、ついでにどうして騒ぎになっていたのかを聞くのは忘れない。

「――どうでした？」

「北の村から来た薬師でした。詳しいことは後で話します――それより隊長たちはどうっすか？」

ほどなくして戻ってきたキースに、リカルドが首尾を尋ねるが、何故《なぜ》か先送りにされた。

その様子に何かを感じ取ったリカルドだが、とりあえず、今はイヴァンたちを優先する。

「おかげで騒ぎには気がついていないようです。ほら……」

促《うなが》されてキースが視線を向けると、ちょうど店の主から、イヴァンが可愛らしい髪飾りを受け取るところだった。そして受け取ったばかりのそれを、恥ずかしがっている様子のヴァレンティナの髪にそっと挿《さ》してやっている。

「馬に蹴られちまえばいいのに……」

胸焼けしそうな甘い情景にキースがぼそりと毒を吐くが、リカルドも多かれ少なかれ同じような心境だったらしく、今回はお説教は免《まぬが》れた。

「まぁ、何とかうまくいっているようで何よりですよ」

イヴァンの表情は遠目でよくは見えないものの、きっと満面の笑みを浮かべていることだろう。

あまりにも顔が整いすぎて時に冷たくさえ見えるイヴァンだが、笑うとその印象が一変する。どこかいたずらっ子を思わせる、晴れ渡った空みたいな本当に無邪気な笑顔なのだ。勿論《もちろん》、作り笑いではなく本当の笑みなのが前提であり、そんな機会はそうざらにはない。ただし威力は抜群で、たまたま目にしたご婦人方が一撃でノックダウンされていたものだ。

そんなレアものの笑顔だが、アルカンジェリ領に来てからはお目にかかる頻度が増えた。

それを向けられているのは、言うまでもなくヴァレンティナである。だが――彼女は今までのお相手とは異なり、未だ完全にはオチていない。

言葉は悪いが、どこででも見かけるような、至極普通の令嬢であるヴァレンティナが見せた意外な一面——前世持ちだというのもあるかもしれないが、とにかくそれによってリカルドの彼女に対する評価は、現在進行形でうなぎのぼりであった。

それはそれとして、髪飾りを購入した後二人は果物を扱っている店に移り、これこそ今の旬であるチェリーの味見をしている。どうやら気に入ったらしく大量に購入し、イヴァンが籠《かご》に山盛りにされた中から一つをつまみ上げ、手ずからヴァレンティナにも食べさせようとして——あえなく失敗していた。

「マジで死んでほしい……いや、冗談っすけどね」

断られてもそれでも笑顔なのが、もういっそ清々《すがすが》しい。

妻と娘と共に、この雑踏のどこかに紛《まぎ》れているであろうユージンがこの光景を見たならば、自分の提案がこれほど功を奏しているのをきっとうれしく思っただろう。同時に呆れ返りもしただろうが、何はともあれお忍びデートは大成功となりそうだった。

だが——好事魔多《こうじ》しと言うように、そのままでは終われない。それは慣れないことをしでかしているイヴァンのせいか、それともヴァレンティナの持って生まれた星の巡りだったのか……

◆

断り切れず、小さな花の意匠を彫り込んだ可愛らしい髪飾りをイヴァンに買ってもらう羽目になり、続いて籠《かご》いっぱいのチェリーを前に、ヴァレンティナは困り果てていた。

確かにチェリーは彼女の好物だ。まだ子供の頃、家族全員で市《いち》に来た時に買ってもらった思い出の品でもある。

だが、だからといって、大の男が両腕で抱えねばならないほどの籠《かご》に山盛りにされても困る。籠《かご》は大量買いに喜んだ店主が、陳列用をそのまま渡してくれたのだ。

あまつさえ、その中の一つを手に取ったイヴァンが『ヴィー、ほら、あーんして』などとんでもないことを言い出すに至り、彼女はいっそこのまま屋敷に逃げ帰りたくなった。

しかし、仕事を途中で放り出すわけにはいかない。

ここまで、ほぼデート的な行動しかとっていないにしても、ここに来たのはあくまでもこのアルカンジェリ領を治めていく上で、必要な視察をするためなのだ。

「――イヴァンさま。その籠《かご》をずっと持って歩かれるのはご不便でしょう。先ほどの店に一旦戻して、屋敷のほうに届けてもらってはいかがですか？」

もう少し籠《かご》が小さければヴァレンティナ自身が持ってもいいのだが、この大きさでは無理だと判断しての提案である。

「それもそうだな」

すんなりとその提案を受け入れ、再度店に歩み寄るイヴァンを見ながら、最初からそうしていればよかったことに今更に気がつく。というか、普段のヴァレンティナならそうしていたはずだ。

——なんか、私、もしかして浮かれてる……？

あくまでもこれは仕事、為政者としての義務の一環。そうくどいほど何度も自分自身に言い聞かせているが、逆に言えば、そうしなければならないほどに、このイヴァンと二人での外出が楽しい。

いつもは執務室だったり、食堂であったり、はたまた寝室であったりと、イヴァンとヴァレンティナが二人きりになるのは、閉ざされた室内が多かった。それが嫌だというのではない。だが、未だに緊張してしまうのは、如何《いかん》ともしがたい。

厳密にいえば今は二人きりというわけではないのだが、周囲にいるのは名も知らぬ領民たちで、それぞれが自分たちの用事を済ませるのに忙しい。まさか領主に連《つら》なる身分の者が、この場に紛《まぎ》れているとは誰も思うまい。

そんな状況で、晴れ渡った空の下、二人して庶民に身をやつし雑踏に紛《まぎ》れこっそりと行動するのは、不思議なことに寝室で二人きりになる以上の親しみというか、連帯感のようなものを覚えた。

それがまた——困る。

今はまだ夫になった義務とか、身近に存在しなかっただろう田舎娘《いなかむすめ》への物珍しさからあれこれと構ってくれるイヴァンだが、そのうちきっと飽きる。そうなった時に、自分が受けるダメージを少しでも減らすためにも、あまり心を許してはいけないのに——ダメージを受けると考えている時点で、既《すで》に自分がイヴァンにかなりの部分で心を許している——簡単に言えば、好きになってしまっていることに、まだ気がついていないヴァレンティナである。

そんな彼女の気持ちをイヴァンが知ればさぞや喜んだことだろうが、ヴァレンティナが自覚していない段階ではかなわないことだ。

代わりに諸々のことに頭を悩ませていたヴァレンティナがはたと気がついたのは、屋敷に直接配達してもらうのなら、自分たちの身分を明かさねばならないということだった。

これではせっかくのお忍びの意味がない。

慌てて店主と再度の交渉をしているイヴァンのもとへ向かおうとしたところで、いきなり目の前にいた老女が胸のあたりを手で押さえながら座り込んだのを目撃した。

「大丈夫ですかっ？」

イヴァンのほうも気になるが、最悪バレてしまってもすぐに屋敷に戻ればいいだけだ。

それよりも、苦し気な様子の老女を優先するのは人として当然である。

「っ……すみ、ませ……胸、がっ」

年からいって狭心症か、それとも心筋梗塞《しんきんこうそく》か。前世の知識でそんな病名が浮かぶが、医療従事者ではなかったヴァレンティナが、対処の方法など知るわけがない。

「無理をして話さなくていいわ。できるなら、ゆっくりと息をして――誰か一緒に来た人はいる？　答えは頷《うなず》くか、首を振るかでいいから」

大した荷物も持っていないことから、誰かと一緒に来たのだろうと見当をつけての問いだ。対応を丸投げするつもりは毛頭ないものの、見ず知らずの自分よりも家族のほうが対処の仕方を心得ている可能性は高い。

案の定、真っ青な顔で大量の脂汗《あぶらあせ》を流しながらも、老女が小さく頷《うなず》く。

「そう、わかったわ――もう少しだけ我慢してね」

しかし、この老女の名前も知らないのでは、連れを捜しようがない。かなりつらそうだが、せめて名前だけでも教えてもらおうか――

「ヴィーっ！　どうしたっ⁉」

そんな二人にようやく交渉の終わったイヴァンが気がつき、大声を上げて駆け寄ってくる。お忍びで衆目を集めるのはまずいが、この場合はそれがよいほうに働いた。

「婆さんっ⁉」

苦し気に座り込む老女と、介抱に必死な若い娘。そこに血相を変えて駆け寄る見目好い色男は、にぎわう市《いち》でもかなりの注目の的となり、結果的に老女の連れもこの騒動に気がついたようだ。

少し離れたところで店を出していた老人が、慌てふためき近づいてくる。

ヴァレンティナとイヴァンは知らぬことだが、それは先ほど人相の悪い男に絡まれていた薬屋の主人だった。

「この方のご主人ですか？　急に胸を押さえて蹲《うずくま》られて……」

「ああ、娘さん、ありがとう。いつもの発作ですじゃ――ほれ、婆さん、しっかりせいっ」

言葉遣いは荒っぽいが、連れ合いに差し伸べる手は優しさに満ちている。

自分が着ていたぼろぼろの上着から小さな瓶を取り出したかと思うと、老人は苦しむ老女に無理やり中身を飲み込ませた。

その効果は——絶大なものだった。

今にもこと切れそうな顔色をしていたというのに、ものの数拍もしないうちに、老女の血の気が戻ってくる。

「じ、爺様《じい》……すま、ないね……」

「まったく。調子が悪くなる前に戻ってこいと、あれほど言っておいたじゃろうが。年《とし》甲斐《がい》もなく買い物に夢中になるから、こちらの娘さんにも迷惑をかけて……」

「い、いいえ。お気になさらず——それよりもすごい効き目ですね」

狭心症の特効薬といえばニトログリセリン——くらいの知識しかないヴァレンティナだが、そんなものがこちらの世界にあるわけがない。何より、本当に狭心症なのかもわからない。

ただ、老女が命の危険にさらされていたのは事実だ。

瓶に入っていたのがどろりとした緑色の液体だったので、薬草由来のものだと思われるが、どんな病気であったにせよ、これほど劇的に症状改善ができるとは大したものだ。

「わしは薬師じゃよ。女房と一緒に、はるばる北の村から来ましてな。こんなにぎやかな都に住んでおる娘さんは知らんと思うが、いい薬草が採れる場所なんじゃよ。今、女房に使ったのもそのうちの一つじゃが、滅多に見つからん上に、採りに行くにも一苦労する場所にばかり生えておるで、難儀なことじゃて」

この町を『にぎやかな都』と評すとは、どれほど辺鄙《へんぴ》なところから来たか、想像に難くない。

詳しく聞くと、彼らは夫婦して野宿や農家の軒先《のきさき》を借りながら、五日ほどかけてここにたどり着いたらしい。老人にはきつい旅だっただろうに、どうしてわざわざ……と尋ねた答えは、次の新年で孫娘が成人するので、その晴れ着用の布を買いに来たらしい。

そちらは既《すで》に手に入れているそうで、これからまた五日かけて戻る予定だという。

「とんでもない！　こんな状態のお婆さんを、外で寝させる気ですかっ？」

商人などが、野営で旅をするのは珍しいことではない。特に今は暖かな季節でもあり、そうやってこの市《いち》に来た者も多いと思われる。しかしそれは、旅をする商人たちが健康だという前提があってのことだ。

「今日はうちに泊まってください。その上で様子を見て、この後のことを考えましょう」

アルカンジェリ領は広く、そして貧しい。領民の一人一人にまで、行き届いた対応をするのは無理がある。それでも、こうして多少なりとも関わってしまった以上、ヴァレンティナに見なかったふりはできない。

貴族の気まぐれと言われるかもしれないが、何もせずにいるよりはましだ。

「イヴァンさま。申し訳ありませんが、今回の視察はここまでということで……」

老夫婦のことに加え、かなりの注目を集めてしまっている。これ以上お忍びで行動するのは不可能だと判断した。

「気にするな。ヴィーが正しいと思ったことをやればいい」

「ありがとうございます」

幸い、イヴァンもすぐに同意してくれる。

いつの間にやら秘かに護衛をしてくれていたリカルドとキースも姿を現し、手際よく老夫婦の露店をたたみ始めている。

当事者である老夫婦のみが事情がわからずにオロオロしているが、これは館についてから説明するのでいいだろう。

あっという間に撤収作業が完了し、最後に名残《なごり》惜《お》し気《げ》に市《いち》の様子を見回すヴァレンティナにイヴァンが小さくささやく。

「今度こそ、ゆっくりと来よう——その時は視察抜きで」

その意味に思い当たり、真っ赤になったヴァレンティナを、不思議そうに老夫婦が見ていた。

第五章　いきなり波乱の予感です

「あの夫婦の様子はどうだ?」

屋敷に戻ってきてしばらくして、イヴァンは連れ帰った老夫婦についての報告を受けていた。

「かなり驚いていましたが、本邸に連れてきた後、昼食をとらせて客間に通しました。今は多少は落ち着いたようですよ」

その相手は、当然ながら副官のリカルドである。

「まぁ、そうだろうな」

親切な若夫婦に助けられたと思ったら、実は領主の娘とその夫であり、泊まれと言われて連れてこられたのが領主の館なのだから、驚くのが当たり前だ。

夫人のほうなど驚愕《きょうがく》のあまり、またも発作を起こしそうになり、受け入れた使用人たちも大慌てするという一幕まであった。

「ヴィーが気にしていた。無理やり連れてきてしまったが本当にそれでよかったのだろうか、と」

「奥方は善良な方ですからね。ご自分の行動を偽善とでも思われているのでしょう」

為政者は公平でなければならない。手を差し伸べるのであれば、すべての領民に。それができないのならば、特定の個人のみを優遇するのは単なる自己満足でしかない――そんな風に考えているのだろうとリカルドが口にすると、イヴァンは憂鬱《ゆううつ》そうに頷《うなず》いた。

「ちなみに、奥方は今、どこに？」

「執務室だ。午前中の分を片付けなければいけないと……今日は一日休みの予定にしていたはずなのに」

深いため息が出るイヴァンである。

「色々と、もっと気を楽に持てばいいと思うんだが……」

「そう思うなら、そう仕向けるのも夫の役目ですよ――それより老夫妻と話はできそうですか？　少々、尋ねたいことがあるのですが」

「尋ねたいこと？」

「報告が遅くなり申し訳ありません。実は――」

リカルドが市《いち》で自分とキースが見たことをざっと説明する。

「……薬草売りの露店の客にしては違和感がありまくりだな。しかも、脅しているようだったと？」

「キースが聞いた話では、特定の薬草を高く買うので、ありったけを出せと言っていたようです。ですが、男が求めていたものは在庫がない。ならば更に金を出すのでかき集めろと言われ、非常に希少なものであり無理だと答えたところ急に怒り始め、ついには脅迫めいた台詞《せりふ》を口にしたそうです」

「希少な薬草……？」

どこかで聞いたような話だ。

「それと、こちらは別件ですが、南部の村で頻発している被害への調査隊の準備ができました。二班に分け、それぞれキースとユージンを向かわせる予定です」

「なるほど。そちらは了解した。夫婦のほうだが、もう少し後なら許可しよう。ただ、くれぐれも『尋問』にはならないように気をつけてくれ」

「僕が行くので大丈夫ですよ」


そして、リカルドからの再度の報告があったのは、夕方になってからだった。

「面白いことがわかりました」

場所は警備隊の隊長室だ。彼は作り付けの壁の棚から一枚の地図を取り出し、机に広げる。

「あの老夫婦が来たのは、このあたりからのようです」

　この時代、しかも辺境の地図だ。子供の落書きよりは多少マシな程度の出来だが、それでもおおよその位置くらいはわかる。

　山と森と思われるものに囲まれた、いかにも辺鄙《へんぴ》な場所に×印がつけられる。そこが、老夫婦の住む村だろう。細い線は街道を表しているようだが、これもまた周辺に広がる森に呑み込まれそうな、頼りなさ気なものだった。

「そしてこちらが、以前、報告の上がってきた村です。二つの村の間の距離は、慣れた村人なら半日程度ですね」

　尾根（であろう）を越えたところにもう一つの×印があり、そちらを指しながらリカルドが説明する。

「半日……それは近いと考えていいのか？」

　王都での常識は、ここでは通用しない。短い期間ではあるが、それを痛烈に実感しているが故《ゆえ》のイヴァンの問いだ。

「話を聞いたのは主に老爺のほうからでしたが、本人は『すぐそこの』とか『近所の』という表現をしていました」

リカルドはそれには直接答えず、老爺の言葉を引用して説明する。

そこの住人がそう言っているのだから、そういうものとして受け取ればいいはずだ——おそらく。

「聞きしに勝るところだな……だが、まぁいい。それで？　前の報告とは——ああ、すまん思い出した」

イヴァンには珍しく失念していたが、それも仕方がない。報告自体が定時連絡のついでのようなものであり、内容もさして重要ではない、とその時は思っていたのだ。

「確か、森に住人以外の者が入った形跡があるとかだな？」

「ええ。私有地というわけでもありませんし、森に入ること自体は違法でも何でもありません。報告書の書き方からして、何でもいいから空白を埋めるため的なものでしたし」

イヴァンが来るまでは、そんなものをいちいち自分で裁定していたヴァレンティナの苦労はいかばかりか……違う方向で憤《いきどお》りを覚えるが、今はリカルドの話に集中すべきだ。

「基本的な話ですまんが、そもそも誰かが森に入ったとして、それがわかるものなのか？」

根っからの都会っ子のイヴァンにしてみれば、それは当然の疑問である。

「僕たちでは無理でしょうね。ですが、生まれた時からそこに住んでいる者たちには、一目瞭然《いちもくりょうぜん》らしいですよ」

大規模な利用方法のない原生林でも、そこに住まう少数の者たちには様々な恩恵を与えてくれる。

炉にくべる薪をはじめ、多種多様な食用になる野草や薬草、木の実に果実。森に住まう獣《けもの》は、貴重なたんぱく源だ。

だからこそ、住人たちは森を大切にする。むやみやたらと木を伐《き》ったりはしないし、便利だからといって無理やり新しい道を作りはしない。野草や薬草にしても、きちんと次の年のことを考えて、根こそぎにすることはなかった。

もしそのルールに反する行いをする者がいるのであれば、それは村の住人ではなくよそ者ということになるのだ。

「そして、ここからが本題なんですが――あの老人の村でも似たようなことが起こっており、しかも最近になって頻度が高まっているのだそうです」

「ほう……？」

何度も言うが、アルカンジェリ領は田舎《いなか》である。その中でも『辺鄙《へんぴ》な』といわれる場所に、よそ者が頻繁に出入りしている。これを、おかしいと思わないほうがどうかしていた。

「ちなみに人数は？」

「大体二人か三人。多くて五人程度。これは野営の痕跡からわかったらしいです」

「人数的にみても盗賊団が住み着いた、というわけでもなさそうだな」

「別々に行動して、最終的に合流するというのも考えられますが、目撃された日にちゃ場所が離れているのでその可能性は低いでしょう」

実は普通の旅人だった、という選択肢は二人には最初からない。

「詳しく調べる必要がありそうだな」

「はい――奥方があの二人をそのまま放り出すとは思えません。護衛の一人や二人はつけて送り返されるでしょう。せっかくの機会ですから、僕がそれに名乗りを上げるつもりです。ただ、キースやユージンも出張りますので、ここが手薄になりますが……」

「それは俺に任せてくれ――すまんが頼んだぞ」

リカルドが行ってくれるというのなら、安心して任せられる。

特に今回は、まだ何かが起こったというわけではない。ただ、放っておけば後々まずいことになる――論理的な根拠も、物理的な証拠も何一つないが、イヴァンの騎士としての勘がそう告げていた。

このような場合、様々な、一見バラバラな事実から結論を導き出すには、広い視野と高い能力が必要とされる。イヴァンが行ければ一番いいが、そうできない今、リカルドが適任だ。

「お任せください」

気負う様子を全く見せず柔らかく笑う副官に、イヴァンも再度頷《うなず》くことで答えに代えた。

◆

一方、市《いち》から戻ったヴァレンティナは、老夫婦を使用人たちに任せ、イヴァンと二人で軽い昼食をとった後、いつものように執務室にこもっていた。

本来は、昼は出先で済ませ帰宅は夕方の予定だったのだが、予想外の出来事で早めに戻ってきてしまった。急ぎの書類はないものの、日々の執務でつい後回しにしていたものは大量にある。それを片付ける絶好の機会を見逃すわけにはいかない。

「イヴァンさまからは、今日は休めと言われたけど、そういうわけにもいかないもの」

まだ幼い弟が成長し、この役目を引き継げるようになるまでは、不在がちの父に代わり、このアルカンジェリ領と、そこに住まう領民たちへの責任はヴァレンティナが背負わねばならないのだ。さぼっている暇などあるはずがない。

「……なんて、ね。偉そうなこと言っても、結局、これが逃避だってことくらいわかってるわよ」

勢いに任せてあの老夫婦を連れて帰ってきたが、本当にその行為が正しかったのか？ その自問にはまだ答えが出ていない。いくら考えてもダメで、なのに頭から離れてもくれなかった。

ならば……と、思いついたのが書類仕事に専念するということだ。

普段から『書類に集中したい』と、部下たちには別の部屋で仕事をさせているし、午前中は隣の机にイヴァンが座っているが、今はもう午後。つまり今の執務室には、ヴァレンティナ以外誰もいない。だからこその独り言であり、彼女の隠れたストレス解消法でもある。

しかし、今日はいつもより独り言の頻度が高い。

「珍しく市《いち》になんか行ったおかげで、他にも色々と思い出しちゃったじゃない……しかも、チェリーだなんて……」

はぁ、と小さくため息をつく。これもまた、一人だからこそ、遠慮なくできることだ。目は書類の文字を追ってはいるが、ほとんど頭には入ってこない。このままでは、とんでもないミスをしそうだ。

ヴァレンティナは気合を入れ直し書類に集中しようとするが、いつの間にかまた物思いにふけっている。

それを数度繰り返した後、とうとう諦めた。

どうせ今日の仕事は先送りが可能なものばかりだ。もう一日遅くなったとしても大した問題にはならない。

貴族の令嬢（というか夫人）にはあるまじき乱暴なしぐさで、彼女は持っていた書類を机の上に放り投げ、窓とその向こうに広がる風景に目をやった。

少しだけ歪《ゆが》んだガラスのはまった窓は、涼風を取り入れるために開けられており、些《いささ》かくたびれたカーテンが風になびいている。

イヴァンからカーテンを取り換えたほうがいい、何なら自分が手配するとまで言われていたが、妙なプライドが邪魔をしてヴァレンティナは断っていた。だが、理由はプライドだけではない。

窓の外には、綺麗に整えられた芝生《しばふ》が広がり、ところどころに植えられた木がそこに影を落としている。ノチェンティーニ家で見た庭園の見事さにははるかに及ばないが、広さだけはある。

その芝生《しばふ》の上を走り回っているのは、この屋敷で働いてくれている者の子供たちだ。使用人の子供を庭園に自由に出入りさせていることにイヴァンは驚いていたが、あまり高い給金も出せないのだから、せめてこれくらいはして当然だとヴァレンティナは考えていた。それに、子供の様子を眺めるのが好きなのだ。

子供たちは今日も元気に遊んでいる。

歓声を上げて走り回るその姿に、ふと子供時代の自分が重なった。

あれは、ヴァレンティナが十歳くらいのことだった。季節も今と同じ夏——まだ母と兄が健在で、姉も嫁《とつ》ぐ前の話だ。

いずれどこかの貴族に嫁《とつ》ぐ身として淑女教育なるものは始まっていたが、それもまだあまり本格的ではなく、子供らしく遊ぶ時間も確保されていた。窮屈な部屋での勉強が終わり、彼女はまだまだ幼い弟と一緒に庭に出て、力いっぱい駆け回る。

前世で大人だった記憶が残ってはいても、所詮は記憶でしかない。子供のヴァレンティナには、前世はまるで他人事のように思え、弟と一緒に遊ぶのが純粋に楽しかった。

日焼けをする、あまり走り回ると転んで危ない——乳母《うば》のお小言もどこ吹く風で、体力の限界まで遊び、疲れた後は木陰で一休みする。

「まぁ、ティナ。外で遊ぶのは構わないけれど、そこで寝るのはダメよ」

「お姉さまっ」

その頃の姉は既《すで》に社交界へのデビューを果たしており、どこかの夜会で知り合った貴族の子弟と恋仲になって、そろそろ結婚の話も浮上していた。ヴァレンティナよりもはるかに厳しい淑女教育の真っ最中のはずだが、姉もはしゃぐ妹弟の声に誘われて出てきたらしい。

「それに、乳母《うば》の注意を聞かないのもダメ。せめて帽子はかぶりなさい」

そういうシアン自身はというと、日傘をさして日焼けへの対処は万全だ。

「だって……」

「だってじゃありません。暑い中、帽子もかぶらずに走り回って、具合を悪くしたらどうするの？　そんなことになったら、明日の市《いち》へのお出かけもティナだけお留守番よ？」

「それは、嫌！」

だったら言うことを聞きなさい、と、側で控えていた乳母《うば》から可愛らしい帽子を受け取り、ヴァレンティナにかぶせてくれた。

「……これならいい？　ちゃんと市《いち》に行ける？」

「ええ、大丈夫よ。ほら――」

姉の指し示すほうを見ると、そこはちょうど執務室のある場所だ。夏ということでいつもは閉められている窓が開けられ、風にそよぐカーテンの向こう側に父と母、それに領主見習い中の兄の三人が揃ってこちらを見ていた。

「お父さま、お母さまっ、お兄さまっ」

順に名を呼び、そちらに駆け寄る。その声で既《すで》に夢の中にいた弟が目を覚まし、ぐずり始めたのを乳母《うば》が抱き上げた。シアンもゆっくりとした歩みでヴァレンティナの後からついてきて――それはまだ誰一人として欠けていなかった頃の、幸せな家族の思い出だ。

その翌日に行った市《いち》の記憶もそうだ。

あの時も、やはりお忍びだった。とはいえ領主本人にその妻、子供四人の大所帯では忍ぶにしても限度がある。勿論《もちろん》、護衛もいたし、公式な視察ではないという体《てい》での外出だったのだろう。

出かける前に散々言い聞かされていたおかげで、はしゃいで駆け出すことこそなかったが、大興奮していたヴァレンティナだった。何しろ滅多に連れてきてもらえない上に、来られたとしても乳母《うば》と二人、或《あ》いは姉か兄と来る程度だ。家族全員でのお出かけなど、幼い彼女にしてみれば一大イベントである。

うっかり注意を忘れて駆け出しそうになるのを姉に止められ、露店の商品に目を奪われるあまりはぐれそうになって兄に手を引かれ――そんなことを繰り返しながら家族が立ち止まったのは、果物を扱う露店の前だ。

父が何やら店主と交渉していたかと思うと、小ぶりながらもぱんぱんに膨《ふく》らんだ布袋を受け取った。それを兄弟を代表してヴァレンティナに渡してくれ、中を見るように促《うなが》される。

「チェリー！」

袋いっぱいに、鮮やかな色をしたチェリーが詰《つ》め込まれていた。歓声を上げ、早速一つを手に取って宙にかざすと、夏の日差しをつややかな表皮がはじき、まるで宝石のように見える。

食べるのがもったいないほどだったが甘酸っぱい匂いに我慢できずにパクリと口に入れ、歯で噛みつぶす。口の中にさわやかな酸味と甘みが広がった。

「おいひいっ！」

叫んだ拍子に種もろとも呑み込んでしまい目を白黒させるが、それをものともせずに次へと手が伸びる。

弟が小さな手を伸ばしながら「僕もっ！」と叫び、兄と姉もそれに続く。長男だからと、いつもは大人ぶっている兄も、もう淑女なのだからとお澄ましの姉も、この時だけは子供に逆戻りして我先に袋に手を突っ込み、ついでに父と母まで指先でつまんで、上品に口に入れていた。

二つ目からの種は――確か、父が懐紙《かいし》を兄弟全員に配ってくれた。母は、自分のハンカチにそっと出していたように思う。

あれ以前もその後も、何度か訪れていた市《いち》だが、あれほど楽しく、またあのチェリーほどおいしいものを食べたのは、後にも先にもなかった。


そんなもの思いから戻ったヴァレンティナが、室内に視線をやれば、執務机の上に置かれた小さな器《うつわ》が目に留まる。上品に、しかしこんもりと盛られているのは、今日の市《いち》でイヴァンが買ってくれたチェリーだ。執務の息抜きにと、お茶と一緒に先ほど差し入れられたものである。

あの後も、何度も数えきれないくらいに口にしてきたチェリーだが、どれもやはりあの時の味には到底及ばなかった。これは果物自体に責任はなく、ヴァレンティナ自身の受け取り方の問題だ。何度も期待しては裏切られた結果、最近ではほとんど口にしていなかった。

屋敷に仕える者もそれは知っているはずだが、今回はイヴァンが購入したものということで例外的に持ってきたのだろう。

ヴァレンティナもそれがわかっているので、家人を叱《しか》れないし、このまま放置するわけにもいかない。仕方なく一つを手に取り、口元に運ぶ。

それを口に入れる寸前――いきなり脳裏によみがえったのは、先ほどの市《いち》での出来事だ。

無造作に、そしてそれが当たり前のことのように、自分にチェリーを食べさせようとしたイヴァンの笑顔と、果実をつまんだ彼の指先が、鮮明に脳裏に浮かび上がる。

不可解な自分の心の動きに咄嗟《とっさ》に反応できないでいる間に、日常において当たり前の動作を体が勝手に続行し、チェリーが口の中に移動する。反射的に歯が果実を噛み砕き――酸味と甘みの入り混じった味が、口の中いっぱいに広がった。

「……え？」

おいしい。

今まで、どんなに丹精されたものを食べても、感じたことがないほどに。

まるで――『あの時』のように。

「な、んで……？　なんで……今、なの……？」

止める暇もなく、ぽろりと、涙が一粒、頬を伝う。

日頃から人払いをしていて幸運だった。お茶も運ばれた後なので、この先はヴァレンティナが呼ばない限り、夕方までこの部屋を訪れる者はいない。

だから安心だ。

ぽろぽろと泣きながら、チェリーを口に運ぶという異様な光景を目にする者は誰もいない。泣いて赤くなった目と鼻も、夕方までには元に戻るはずだ。

だから大丈夫。

そう自分に言い聞かせ、泣くのと食べるのを両立させつつ、ヴァレンティナはこれまでとは少し異なる決意を固め始めていた。

◆

日が傾き、そろそろ照明なしには書類の文字を追うのが困難な時間になると、ヴァレンティナは夕食のために別棟に移動した。

これはイヴァンが来てかなり早い時期に、彼と約束をさせられたことだ。止める人間がいないのをいいことに、深夜まで――ひどい時には、空が白みかける時間まで書類仕事に没頭していたのがバレたのである。

言い訳をするならば、一応、気をつけてはいたのだ。

結婚したのだから、今までほとんどを領のために使っていた時間も、妻としての務めに割《さ》かねばならないとわかってもいる。

ただ、習慣というものは一朝一夕《いっちょういっせき》には改めることが難しく、つい時間を忘れて執務室に居座った結果、夕食の席に姿を現さない彼女をイヴァンが自ら探しに来た。そこで目の下にクマを作り書類とにらめっこをしている彼女を発見し——芋《いも》づる式にそれまでの無茶な執務時間が、使用人たちの口から明らかになった次第である。

当然のようにイヴァンからは注意とお小言をいただき、同じく使用人たちにも厳命が下った。

執務の時間は日暮れまで——日没が早い冬季だけは一時間の延長を認めるが、それ以後は絶対禁止との言いつけに、ヴァレンティナは最初、難色を示した。

だが、イヴァンに強く言われ、渋々従う。そうすることによって見えてきたのは、自分がどれだけ周りに心配をかけてきたか、ということだ。

領主である父が不在の場合、領の頂点に立つのはヴァレンティナだ。周りにいる者たちは、すべて彼女よりも下の地位にいる。

屋敷の者がどれほどヴァレンティナを案じていたとしても、彼女に執務をやめろと言えるはずがない——イヴァンが来るまでは、そうだった。

ヴァレンティナは常識の範囲内での執務に切り替えた途端、明らかに使用人らがはっとしたのに気がつき、自己嫌悪に陥《おちい》った。

そんなことをつらつらと思い出しながら、別棟のドアをくぐる。

すぐに食堂に行くのではなく、一旦、居間で落ち着いた後で夕食になる。これもまたイヴァンが提案したことだ。

仕事でささくれた神経のまま食事をするのではなく、わずかでもいいのでリラックスする時間を挟むように、と。そして、その通りにしたところ、確かに以前より食が進むようになり、またしても使用人たちの顔に安堵《あんど》が浮かぶのを目にすることになった。

その他にも、改めて振り返れば数えきれないほど、イヴァンに助けられている。

——本当に、私ったら何も見えてなかった。ううん、見えないふりをしてた。だけどそろそろちゃんと向き合わないとダメよね。

しかし、今更、どう切り出せばいいのか。

それが問題だった。

◆

その日の夕食が、妙な緊張感を孕《はら》んだものになったのは、主にヴァレンティナのせいであった。

いつもより口数が少なく、黙々と食事を口に運ぶ彼女の様子に、当然ながらイヴァンが怪訝《けげん》そうな様子を見せる。ただ、流石《さすが》というか口に出してまでは問いただしてはこない。ヴァレンティナが自分から切り出すのを待ってくれている様子に、彼女は内心で感謝と謝罪をする。

話をするにしても、もう少し時間が欲しい——ヴァレンティナにしても、書類のように明日まで先送りするつもりはない。ただ、もう少しだけ……そしてできれば、イヴァンと二人きりで話がしたかった。

そんなヴァレンティナの願いがかなえられたのは、当然ながら、寝支度を済ませた寝室でのことだ。

「ヴィー、大丈夫か？　夕食の時、あまり元気がないようだったが、もしかすると市《いち》で疲れさせてしまったのかな？」

イヴァンがそう先に口を開いてくれたのは、話を切り出しかねていたヴァレンティナにはありがたかった。

「いいえ、そのようなことはありませんわ。連れていっていただけてよかったです。買ってくださった髪飾り、それから果物も――ありがとうございました」

「それならいいんだが……屋敷に届けてもらったあれを見た時の、メイドの様子が少しおかしかった。もしかして、ヴィーの嫌いなものだったかと思ったんだが？」

「いいえ、好きですわ。以前、家族で出かけた時にも、買ってもらったものですの」

「俺に気を使って言ってるのではないね？」

「はい。本当のことです」

好きなのは本当だ。大切な思い出の品で、なのにあの時ほどのおいしさを感じられないのがつらくて、遠ざけていただけなのだから。

「久しぶりに、あんなにおいしいチェリーを食べました。イヴァンさまのおかげです」

少々力の入りすぎた返事になってしまったかもしれないが、嘘偽《うそいつわ》りのないヴァレンティナの気持ちだ。

「そうか。ならよかった」

その返答に、イヴァンがうれし気に微笑《ほほえ》む。その様子に、改めて彼がどれほど自分に心を砕いていてくれるかを実感する。

だからこそ、ヴァレンティナにはイヴァンに尋ねなければならないことがあった。

「イヴァンさま。一つ、お尋ねしたいことがあるのですが、構いませんか？」

「どうした、改まって？　ヴィーが訊《き》きたいことがあるなら、何でも答えるが？」

「ありがとうございます。では、お言葉に甘えて――唐突ではございますが、イヴァンさまは私のことをどう思っていらっしゃいますか？」

「俺の妻で、大切な人だ」

即答だった。大変にうれしくありがたい答えだが、残念なことに、ヴァレンティナが求めていた回答とは方向性が違う。

「……申し訳ありません。質問が漠然としすぎておりました」

不意打ちされ、頬を火照《ほて》らせたヴァレンティナだったが、ここで怯《ひる》んでいては先に進めない。

気を取り直し、もう一度、今度はきちんとした説明付きで質問を繰り返す。

「私は女の身でありながら父に代わり領の内政を取りまとめております。身に余るお役目ではありますが、私が前世持ちのために何とかそれができているのですが……イヴァンさまは、そんな私を生意気だとか、或《あ》るいは薄気味が悪いと思われませんか？」

本来これは、婚約の折に確認しておくべきことだ。百歩譲って、結婚式まででもいい。

しかし、ヴァレンティナとイヴァンは通常の手順で婚約したのではない。結婚式の直前まではイヴァンは王都、ヴァレンティナはアルカンジェリ領と距離が隔《へだ》てられており、直接顔を合わせて話をする機会もなかった。

ギリギリ結婚式の夜、という選択肢もあっただろうが――その頃のヴァレンティナは、まさかここまでイヴァンが自分に尽くしてくれようとは想像もしていなかったのだ。故《ゆえ》に、責任をとる形で行われた『自分《ヴァレンティナ》』を含む『アルカンジェリ家』との結婚に、礼を言ったのみだった。

「……生意気？　気味が、悪いと……？」

「家族やこの家に仕えてくれる者たちは、そんな私を受け入れてくれています。ですが、それは私が生まれた時から見守ってくれていたおかげだろうと思うのです」

ヴァレンティナが口にした言葉を、イヴァンが小さな声で繰り返す。どんな顔でそれを口にしているのかを見たくなくて、彼女は目を伏せて先を続けた。

「ご存じかとは思いますが、私は自分が前世持ちだという理由で、婚約を破棄されております。その折に、どこの馬の骨ともわからぬ平民の記憶がある者は、やはり自分の家にふさわしくない。そもそも、そんな薄気味の悪い女とは子を作る気にもなれない……と」

「……そんなことを、言われたのか？」

流石《さすが》に直接言われたのではなく、婚約破棄の折の手紙に書かれていたことで、表現ももう少し婉曲《えんきょく》ではあったが――要約すればそういうことになる。前半は父にも伝わっていただろうが、後のほうはヴァレンティナへの手紙にのみ書かれていたらしく、彼女以外に知る者はいない。そして、誰にも言うつもりもなかった――今日、この時までは。

婚約破棄はショックだったが、そもそもが家同士の話し合いの末に結ばれたもので、本人とそれほど親しくしていたわけではない。仕方ないと諦めるのは、それほど難しいことではなかった。

それよりも、辺境育ちでデビュー前でもあったヴァレンティナにとっては、そういった『外部の人間』の『前世持ち』への偏見を知ったことが重要だ。

これが、すっかり前の記憶をなくしているのならばまだマシだったのかもしれないが、生憎《あいにく》とヴァレンティナには残っている。

もっとも、それがあるからこそ十代の娘であるのに領主の真似事ができているのだから、たとえ婚約破棄という憂《う》き目《め》に遭《あ》おうとも、記憶があってよかった、と思う。

勿論《もちろん》、これは強がりだ。

そうとでも思わなければ、『前世持ち』として生まれたこと、そしてそう産み落とした両親を恨んでしまいそうで……心の奥底、一番奥の奥に封印していた思いだった。

今、それを解き放ったのは、イヴァンの存在が自分の中で大きくなりすぎたから……

「ヴィーは、俺も、そうだと思ったのか？」

「い、いえ、そういうわけでは……」

不意に強い口調でイヴァンに問い返され、そこまで口に出したところで、ヴァレンティナは気がついた。

――待って、これって、確か……『かまってちゃん』？　それになってない？

ヴァレンティナの前世の記憶は、幼い頃はともかく、今ではかなり曖昧《あいまい》だ。

前の世《よ》での自分の名前も思い出せないし、家族についてなども同じである。その割にはやっていた『仕事』に関することや、死ぬ前の自分が『喪女《もじょ》』であったことははっきり思い出せるので、死亡当時に強く意識や感情に刻まれている事柄が残っているのだろう。

その中に『仕事の同僚』の記憶もある。

やはり名前も顔も思い出せないが、その頃の『自分』よりは若かった。そんな彼女がよく口にしていたのが『私なんて』『私なんかどうせ』といった言葉だ。

『私なんて特に美人でも可愛くもないし……』

『私なんかどうせ仕事もあんまりできなくて……』

美人とは呼べなくても、普通に可愛いと言われる容姿だったと思う。

仕事ができないと自覚しているのなら、努力してできるようになればいい。

『喪女《もじょ》』の『自分』はそう考えていたが、周りは彼女がそう言うたびにフォローしていたし、彼女自身もそうしてもらえることが前提で、そういった言動をしていたように感じられた。

それが嫌いで、だから前世のヴァレンティナは決してああいった振る舞いはするまいとも思っていた。

だが、気がついてみれば『前世持ちの自分は気味が悪くないのか？』という問いは、『そんなことはない』という答えを聞きたい、或《あ》るいはそう言ってくれるだろうと期待しているということだ。

嫌悪していた相手と同じことをしている。

何ということを言ってしまったのか……

イヴァンの声に怒りがこもっていたのも当然だ。

「ご、ごめんなさ……いえ、申し訳ありませんっ、くだらないことを申し上げました」

今更謝っても、もう遅い。

冷静に質問だけをするつもりが、気がつけば愚痴が交じり、果ては『かまってちゃん』だ。愛想を尽かされたとしても、ヴァレンティナが抗議することはできない。

だが――

「ヴィーが前に婚約していたのは、ヴェノン伯爵家だったな?」

「え? あ、はい。いえ、それはもう……それより、不快な気分にさせてすみま――」

「そんな愚劣な相手と同じ、と思われてるのは確かに腹立たしい。ヴィーが、どれほどその言葉に傷ついたか……よく話してくれた、ありがとう」

「は? ……え?」

まさか、礼を言われるとは思わなかった。

イヴァンの思考回路は、ヴァレンティナには謎ばかりだが、とりあえず確認をとる。

「イヴァンさまは、その……お怒りになっていらっしゃるのではないのですか?」

「ああ。だが、ヴィーに怒ってはいない」

では誰に?

そう問えば、至極当たり前といった口調でイヴァンが答えてくれた。

「ヴェノン伯とそのバカ息子だ――一度は婚約を結んでおきながら自分勝手な理由で一方的に破棄するなど、許せるものではない。その上、ヴィーへの誹謗中傷《ひぼうちゅうしょう》まであったとなれば、怒らないほうがどうかしているだろう?」

「で、では、私のために……?」

「ヴィーは俺の妻だ。夫の俺が怒らなくてどうする。まぁ、そうなれたのもヴェノン伯爵家が婚約破棄をしてくれたからなんだが、それはそれ、これはこれだ」

そこで一旦言葉を切り、口調を改めてイヴァンが先を続ける。

「それと、最初の質問だが――俺に『前世持ち』への偏見はない。ヴィーには話していなかったが、俺の副官も『前世持ち』だ」

「えっ？」

イヴァンの副官といえば、リカルドのことを指す。イヴァンより一歳年上と聞いているが、非常に若く見える容姿に反して、随分と落ち着いた――というか、老成したとでも表現すべきムードを漂《ただよ》わせていたように記憶している。

まさか彼も『前世持ち』だったとは。

「あいつの場合、七歳くらいまでは記憶が残っていたらしい。知っているのも騎士団では俺くらいだろうが、その前世というのが笑えるぞ。何でも『騎士崩れの盗賊団の頭《とう》目《もく》』だったそうだ」

今明かされる衝撃の事実――である。『異世界の喪女《もじょ》のＯＬ』と『騎士崩れの盗賊団の頭目《とうもく》』。どちらがインパクトがあるだろうか。

どちらにせよ、かなり濃い前世であるのは間違いない。

「あいつが盗賊に見えるか？」

「いえ、全く……」

盗賊どころか、常に穏やかな笑みを浮かべ、身分が下の者にも礼儀正しい姿勢を崩さず、騎士のお手本と言えそうな人物である。

「そういうことだ。今のあいつは何処《どこ》から見ても立派な騎士だ。つまり、前世がなんであれ、今の世《よ》には関係ない——記憶の残り方には個人差があるらしいが、あいつの場合は、前の世《よ》の記憶自体は消えても、それまでにそれを思い出した今の自分がどう考え、どう感じたかということは残っているそうだ。おかげで助けられたことが何度もあった」

盗賊だったからこそ、その考え方や行動がわかる——今世で、反対にそれを取り締まる立場になったため、それは非常に役に立つ。

前世と同じく盗賊になるという選択肢を選ばないでくれたのは、彼とその周囲の人間にとって幸運だったと言えるだろう。

「そんなわけで、俺にはヴィーが『前世持ち』で、その前世に助けられていることを喜びはしても生意気などとは感じない。気味悪くも思わない。それから、口に出すのも腹立たしいがヴェノン伯のバカ息子が言ったこと——俺がヴィーを抱く気になれないかどうかは、ヴィーが一番よく知っているんじゃないか？」

横道にそれかけた話を元に戻し、かつ、ヴァレンティナの質問に、身近にいる人物を例に出すことで納得のいく答えをくれたイヴァンには感謝しかない。

しかし……最後の一つは蛇足《だそく》なのでは？

「そ、それはその……」

初夜からこちら、ヴァレンティナに月の障《さわ》りがある時を除き、ほぼ毎晩だ。行為ができない日でも、一緒に眠ることは譲らず、軽い接触やキスは欠かさない。一応、個人の寝室も用意されてはいるのに、今のところ一度も使ったことのないヴァレンティナである。

「それとも、数日ご無沙汰だったから、忘れてしまったのかな？」

先日からは月のものが訪れていたが、今日あたりからは可能になる――何がか、はヴァレンティナの口から言えない。それを知っての上でのイヴァンの質問だろう。

「さて、ここからは俺が質問する番かな――ヴィー？」

「え？　し、質問ですか？」

コロコロと表情とムードの変わるイヴァンについていくのに必死のヴァレンティナは、彼の言葉を繰り返すのがやっとだった。

「俺はヴィーに触れるのが嫌ではない――というか、許されるのならばずっと触れていたい。ヴィーはどうなんだ？　俺と触れ合うのは嫌か？」

やや冗談めかした口調だが、目は真剣だ。

もしここで、ヴァレンティナが『嫌だ』と言えば、本気でこれ以後、触れてこないかもしれない。それは——ヴァレンティナの本意ではなかった。

口に出して答えるのが恥ずかしくて、首を横に振ることで応じ——その後で、イヴァンが自分の質問にこれほど真摯《しんし》に答えてくれたのだから、自分もそうすべきだと思い直す。

「い、嫌ではありません……」

そして、『きよみずのぶたいからとびおりる（だったと思う、由来は忘れた）』覚悟で、もう一言付け加えた。

「私も……イヴァンさまに触れられたいし、その……触れたい、です」

最後のほうは消え去りそうな小さな声になってしまったが、幸いイヴァンはしっかりと聞き取ってくれたようだ。

初夜の折は、結局最後まで拒み通した深い口づけも、今のヴァレンティナは自然に受け入れられるようになっていた。

「ん、ふ……は、ん……っ」

口中を這《は》い回るイヴァンの舌の感触にも慣れてきている。まだ自分から応じるほどの技巧も度胸もないが、歯列をなぞり隅々まで探るように動き回られると、体の芯が熱くなった。

「可愛いな、ヴィー……」

口づけの合間にささやかれる甘い言葉にも、ほんのりと顔が火照《ほて》る程度で収まるようにもなり——つまりは、イヴァンの努力が着実に実を結んでいるということだ。

余裕しゃくしゃくの様子が少しだけ腹立たしいものの、踏んでいる場数が違いすぎる。

常にヴァレンティナを導き、足りないところは手を取って目的の場所まで引き上げてくれるイヴァンに、いつもすべてを任せきりにしたくなった。そして、実際にそうなっている現状、ヴァレンティナは素直にそれを受け入れる。

「あ、んっ！」

口づけの後、イヴァンは首筋から項《うなじ》にかけてを唇でたどった。

これもまた決まりきった手順で、イヴァンがあえてそうしていることにうすうすヴァレンティナは気づいている。

奇抜な行為は、今のヴァレンティナではまだまだ受け入れるのが難しい。

イヴァンには物足りないだろうが、『いつも通り』が彼女に安心を与えているのがわかっていて我慢してくれているのだろう。

ただ、厳密にいえば前と完全に同じではない。少しずつ、ほんの少しずつだが新たなこともその中には含まれている。

ドレスのラインから出ないぎりぎりのヴァレンティナの項《うなじ》には、昨日、イヴァンが残した赤い痕《あと》が残っていた。その他にも濃淡様々な印が刻まれている。数日前に初めてつけられたものは、もう消える寸前の淡さだ。

昨日の場所に近い、薄い皮膚に強めに吸い付かれ、ヴァレンティナの体が小さく震える。ちりっとした痛みは一瞬。イヴァンが唇を離すと、白い肌の上にまた一つ、赤い痕《あと》が刻まれていた。

恥ずかしいと思う反面、それを見るイヴァンの目がひどく満足気なのが何やらうれしい。

すっかりほだされてしまっている自分に気がつき、これではいけないと気を引き締めるものの、先ほど自分から「触れてほしい」などと言ってしまっていては説得力のかけらもない。

そんなことを頭の片隅でとりとめもなく考えていたヴァレンティナだが、余裕が残っていたのもわずかな間だけだ。

ゆるゆると下がってきたイヴァンの唇が、胸の膨《ふく》らみにたどり着く。彼は片方の先端を口に含むのとほぼ同時に、もう片方も掌《てのひら》で包み柔らかく揉《も》み始める。

「……ん、ぅっ」

最初の頃に感じていた怯《おび》えはもうなく、代わりにジンワリとした快感が湧《わ》き上がった。くりくりと先端を弄《いじ》られ、また全体をこねるように刺激されると、ヴァレンティナの口から甘い喘《あえ》ぎが漏れる。

「ふ……う、んっ」

口での愛撫《あいぶ》を受けているほうは、唇全体で頂《いただき》の硬い蕾《つぼみ》を覆《おお》われ強弱をつけながら吸い上げられてはたまに軽く歯をたてられる。痛みを感じるほど強くはないが、『噛まれている』と思うこと自体が刺激となり、ぞわりと肌が粟立つ。が、それすらも決して嫌ではなく、むしろほんのわずかに混じる『怖い』という感情が体の芯にともる炎をかき立てるようだ。

「あっ……んんっ、ふ……あっ」

片方ずつに違う刺激を与えられ、しばらくすると左右を入れ替えて、また同じことを繰り返される。そのたびに腰の奥——行為の一番最後にイヴァンを迎え入れるあたりに重怠《おもだる》い熱が集まり、ヴァレンティナは無意識に両足をすり合わせた。

「ヴィーは、本当に可愛いな」

時折、胸から離れ、耳元でささやかれる声は何処《どこ》までも甘い。

耳朶《じだ》にイヴァンの熱い呼気を感じ、刺激を受け続けすっかり立ち上がっていた胸の頂《いただき》がふるりと震えた。

——どうしよう、気持ちいい……

ささやかれただけで快感を得てしまうなど、自分が信じられない。前に同じ行為をされたことはあっても、ただくすぐったさを感じただけだったはず……けれど、気持ちがいいという事実は変わらない。

そうして、ひとしきり胸への愛撫《あいぶ》を施《ほどこ》した後、イヴァンの手と口が下へ向かう。

肉付きの薄いみぞおちから、なだらかな腹部に指と唇を這《は》わせ、そこにもまた赤い痕《あと》を残してしっとりと潤《うるお》った泉に到達した。

太股の内側に手を添えて、ヴァレンティナの足を大きく開かせると、イヴァンはそこの中心に唇を寄せる。

「ひ、あっ……ああっ」

びくり、と細い足が撥《は》ねるのを両腕で押さえ込み、何度も舌を上下させた。

ヴァレンティナのその部分は甘い蜜をたたえていて、イヴァンはそれを舐《な》めとり、わざと音を立てて嚥下《えんげ》する。そうかと思えば、真っ赤に熟《う》れた小さな肉芽を、尖《とが》らせた舌先ではじくようにして刺激され、ヴァレンティナの口からこらえきれずに切ない悲鳴が漏れる。

「あ、あっ……やっ、あ……んんっ！」

ヴァレンティナの蜜を舐《な》めとりながら、自らの舌にもたっぷりと唾液を載せて彼女のものと混ぜ合わせるようにしながら、イヴァンが鮮やかに色づいた襞《ひだ》を何度もなぞる。かと思えば、ぴったりと小さな突起へ唇を寄せ、きつく吸い上げては舌先で弄《まさぐ》るようにして刺激してきた。

敏感な部分への絶え間ない刺激に、ヴァレンティナはびくびくと体を痙攣《けいれん》させ、狭い秘密の入り口からどっと蜜を流す。

更に愛撫《あいぶ》を続けられるうちにその量が増え、シーツに滴《したた》り落《お》ちた。

刺激を受け続けている突起は赤く立ち上がり、イヴァンの髪がそこをかすめるだけでもつらい。切ないほどの気持ちよさに、自然と甘い声が漏れた。

「あっ……やっ、んん、んっ！」

ヴァレンティナのソコからあふれてくる液体を余さず舐《な》めとった後、イヴァンがその指を一本沈める。

「んっ！」

自分以外の存在をソコに受け入れることにヴァレンティナは慣れてきていたが、それでも一瞬、体に緊張が走る。

それはイヴァンもよくわかっており、彼女の体のこわばりがとけて締め付けてくる内壁の圧がやや緩むまで待ってから、ゆっくりと動かし始めた。

狭い膣内は、まだ指一本を受け入れるだけで精一杯だ。

彼はゆるゆると出し入れを繰り返し、時たま内壁を指先で刺激する。そうすることで内部のこわばりをほぐし、わずかにできた隙間から二本目の侵入を果たした。やがて三本目もソコへ埋める。

「あ、あ……は、んっ」

緩慢《かんまん》な抜き差しを繰り返し三本の指をばらばらに動かされると、ヴァレンティナの腰は物欲しげに揺れ始める。受け入れている部分の内壁も、最初はただきつく押し返すような動きを見せていたのが次第に蕩《とろ》けて、柔らかくイヴァンの指に絡みついていた。

抜かれる時は名残惜《なごりお》し気《げ》にまとわりつき、突き入れれば柔らかく受け止めてくれる――この世でイヴァンだけが体験しているそんな自分の反応を、もしヴァレンティナが知ったとしたら、羞恥《しゅうち》のあまりに悲鳴を上げていたかもしれない。

だが、彼がそんなことを口にするわけもなく、ただもっとそれを堪能《たんのう》するために愛撫《あいぶ》に熱中していた。中に差し入れた指の動きとは別に、すぐ上の突起にもあいていた手を添える。

ナカを弄《まさぐ》る動きに連動して優しく刺激され、ヴァレンティナの口からひっきりなしに甘い喘《あえ》ぎが漏れた。

「あ……イ、イヴァン、さっ……んんっ」

そして、突起を刺激されつつイヴァンの指の一本が彼女の中のとある一点をかすめた時、ひときわ高い声が上がる。

ヴァレンティナの体がほんの一瞬、きつくこわばり、すぐにフルフルと小さく震えながら弛緩した。

「……ヴィー？　もしかして、イけたのか？」

「え？　……は？」

一瞬、ヴァレンティナは彼が何を言っているのかわからなかった。

刺激を受け続けていた部分から湧《わ》き上がる快感が熱となって体の奥にたまり、それが爆発しそうだったのは覚えている。そして、それが許容量を超えたと思った時、閉じた瞼《まぶた》の裏に白い閃光《せんこう》が走り――これがもしかして、イヴァンの言う『イった』ということなのだろうか？

「そうか。とうとう……そうか」

イヴァンがこれほどにうれし気なのには、勿論《もちろん》、理由がある。

何度も体を重ねてはいたが、今まで一度もヴァレンティナは絶頂に達したことがなかった。

本人がそんなことを口にするわけもないが、イヴァンにしてみればその反応を見ると一目瞭然《いちもくりょうぜん》らしい。気持ちよさげにしていることがありはしても、それが一線を越えて極まる様子は、一度たりとも見せたことがないということだ。

これは別にイヴァンの努力が足りなかったせいではない。特に女性の場合、行為によって快感を感じるにはある程度の慣れというものが必要で、いきなり最初の行為でよがりくるうなどというのは物語の中だけだ。

だが、それがわかっていてもやはり、男としては忸怩《じくじ》たるものがあったのだろう。

それに何より、女性の体の反応というものは、個人差があるとはいえ気持ちの持ちように大きく左右される。

どれほどの技巧を施《ほどこ》されようと、心がそれに伴っていなければ、どこかに『壁』ができてしまう。

故《ゆえ》に、今こうして、ヴァレンティナが小さくはあっても絶頂に達したという事実は、イヴァンがまた一枚、彼女の中の『壁』を突き崩すことができたということになる。

そして、イヴァンがこの後、俄然《がぜん》張り切ったのは至極当然。

ヴァレンティナが自分の体の反応に戸惑《とまど》っている間に、さっさと次の段階へ進んでいく。

開かせていた両足の膝裏に手を添えて軽く持ち上げる。小さな常夜灯の光がヴァレンティナのソコを濡らす液体にかすかに反射した。

「イ、イヴァンさま……っ」

最も秘められているべき場所をあからさまにされ、そこにイヴァンの視線が集中しているのを感じて、ヴァレンティナの顔が火照《ほて》る。

だが、恥ずかしいと感じる反面、この後でもたらされるであろう衝撃と快感の予感にこぽりとまた新たな蜜が湧《わ》き出た。

「俺を……欲しがってくれているんだな。うれしいよ」

ヴァレンティナのようなタイプの女性は、そこに『気持ち』が伴っていない限り、決してこうはならない。イヴァンもそれがわかっているからこそ、余計にうれしいのだろう。

既《す》に準備は入念に施《ほどこ》されている。ひくひくと物欲しげに震えるソコに、彼が自らの切っ先を宛《あ》てがうと、またもヴァレンティナの体に小さな震えが走った。

そのままイヴァンは腰を進める。一度達したヴァレンティナの内部は、これまでにないほどに柔らかく彼を受け入れた。

「あっ……っ」

小さな声が上がるのはいつものことだが、常よりもその響きが甘いと感じるのは、イヴァンの気のせいではないはずだ。その証拠に、衝撃に一旦は硬くなるはずの内壁がすぐさま優しく絡みついてくる。

「っ、ヴィー……気持ちがいい、か?」

「あ……イ、イヴァン、さま……っ」

挿入されて、最初に来るのは息苦しさを伴った圧迫感。これまでは確かにそうだった。なのに、今のヴァレンティナが感じているのは空洞を埋められた充足感と、まだぼんやりとしているとはいえまぎれもない気持ちよさ——快感だ。

「あ、あ……あっ、あ……っ!」

最奥までをぎっちりと満たされ、引き抜かれる。抜け去るギリギリまで引いたところで、また満たされる——それを何度も繰り返されて、ヴァレンティナはただ必死でイヴァンにしがみつくしかできなくなった。

ずくんと奥の壁をつかれるたびに、新たな液体があふれてくるのが自分でもわかる。これまでで最も大量の蜜は、到底ヴァレンティナの胎内にとどめることなどできず、つながり合った部分からこぼれてシーツに大きなシミを作っていった。

「ああ……ヴィー……」

強く抱き締められ、耳元にイヴァンの熱い吐息がかかる。くすぐったいだけのはずのそれすらも、今のヴァレンティナは快感へ変換してしまっていた。

「あ、あ、あっ、あっ……ああっ」

リズミカルに奥をつかれるのに合わせて、開きっぱなしの口からは甘い悲鳴が漏れているのだが、止めようとすることすら思いつかない。

縋《すが》るものを求めて手がシーツの上をさまようが、手掛かりになるようなものは何もない。

そんなヴァレンティナの様子に気がついたイヴァンが、そっと導いた先は彼女自身の膝裏だ。

外側から抱え込むようにしてつかまらせると、彼女は無意識にぎゅっと引き寄せる。

それにより腰が持ち上がり結合が深くなるのだが、自分がそんなはしたない姿勢をとっていることも、より快感が強まっていることも彼女の意識の外だ。

「ああっ……ん、ああ……ひ、ああっ！」

激しくナカをかき回されて、悲鳴交じりの嬌声《きょうせい》が上がる。だが、ヴァレンティナはまだそこからの刺激だけでは先ほどのような絶頂には至れない。

そのことがよくわかっているイヴァンは、自身の猛《たけ》ったモノでヴァレンティナの内部を蹂躙《じゅうりん》しながら、繊細《せんさい》なタッチで結合した部分のすぐ上にある突起に手を伸ばす。

刺激によって充血し、ぷっくりと立ち上がっているソコにあふれ出た蜜を塗り込めるようにして、更なる刺激を与え始める。

「きっ……や、ぁっ!? ダメ……そ、こ……っ！」

強い快感がそこから押し寄せ、ヴァレンティナの上げる悲鳴が高くなる。

膝を抱え込んでいる両腕にも力が入り、一層腰が高く上がった。そこへ、ほとんど真上からイヴァンに腰を叩《たた》き付《つ》けられ、つま先からざわり……とした感覚が押し寄せてくる。

「ああ、そ……あ、も……あ、あっ」

自分でも何を口走っているのかわかっていない。支離滅裂な切れ切れの単語が、悲鳴の合間に口をついて出る。

それほどに、今のヴァレンティナは初めてと言っていいほどの快感に翻弄《ほんろう》されていた。

そんな自分の様子がどれほどイヴァンを煽《あお》っているのかなんて理解していない。

「くっ……ヴィー、く、ぅ……」

これまでは常にヴァレンティナを気遣い、決して無理はさせたことがないイヴァンだったが、今夜ばかりは自分の欲望の手綱《たづな》を取り損ねていた。

ヴァレンティナがあまりにもよすぎるせいだ。

彼の与える快感によがる姿や甘い嬌声《きょうせい》もそうだが、何よりも彼を受け入れている部分——狭くきついのは勿論《もちろん》、いつもは硬さが残るそこが、今夜は彼を柔らかく受け入れたばかりではなく、射精を誘うように細かく蠕動《ぜんどう》して全体に絡みついてくる。

以前の行為でも、彼自身は十分な快感を得ていたのだが、今感じているのはそれとは全くの別物だ。

これまで関係したどの女性とでも感じたことのない——それは、体と心のどちらもが寄り添い合う者同士だけが得ることのできる最上級の快楽だった。

「ヴィーっ……くっ、ヴィー……っ」

「あ、あっ！　イ、ヴァ……あああんっ！」

イヴァンのモノが、ひときわ大きく膨《ふく》れ上がる。容量ぎりぎりまで押し広げられていた内壁が更に強い圧力を受け、ヴァレンティナの瞼《まぶた》の裏に色とりどりの閃光《せんこう》が躍った。

それがやがて、一つの真っ白な大きな光に収束し——同時に、イヴァンの最後の自制心が焼き切れる。彼は奥まった壁を突き破らんばかりの勢いで腰を突き入れた。

「ぐ、ぅ……っ」

「いっ……ひ……ぃ……！」

イヴァンの食いしばった歯の間からうめき声が漏れ、大きく開いたヴァレンティナの口からはひきつったような短い悲鳴が上がる。達したのは、おそらく同時だった。

溜まりに溜まった熱と快感が、双方の体の中で爆発する。

熱い奔流《ほんりゅう》がヴァレンティナの奥壁を叩《たた》き、イヴァン自身も驚くほど長く、その放出は止まらない。

ごぼりという音と共に二人のつながった場所からそれがあふれ出す。それすらも今の二人は気づけないほどすさまじい快感の余韻に浸《ひた》りきっていた。

「……は、ぁ……う……くっ」

ぶるりぶるりと、イヴァンの体が何度も大きく震える。そのたびに、またも放出されるモノの刺激にヴァレンティナの体も小さく撥《は》ねた。

コトの終わりの甘いささやきも、今は不必要だ。いや、今はそんな言葉はかえって邪魔にしかならないだろう。それほどに、二人共に満たされている。

ずっとこうしていたい……どちらがより強くそう思っていたのかは謎だ。けれど、スゥッと引き込まれるようにして眠りについたヴァレンティナを抱き締めるイヴァンの顔は、これまでのどの時よりも満たされ、幸せそうな表情だった。

◆

キースとユージンが率《ひき》いる南部地方への調査及び討伐隊が出発したのは、市《いち》の翌日――つまり昨日のことだ。

「それじゃ、行ってくるっすよ！」

「行ってまいります――お役目、しっかりと果たさせていただく所存です」

こちらに来てから初めての本格的な任務に、二人共、大張り切りで出立《しゅったつ》していった。

それに付き従う隊員たちは、この日に向けての特訓によりやや疲れた顔をしていたものの、以前より格段に練度が上がっているのがわかる。

そして今日は、アルカンジェリ邸で体調の回復を図っていた老夫婦と、彼らの護衛としてリカルドが屋敷を後にした。

「昨日あたりから随分と機嫌がいいですが、こういう時こそ気を引き締めてくださいね」

何があったかはおそらく予想がついている副官に釘を刺されたのに、それも気にならないほどにイヴァンは上機嫌だ。

「わかっている。お前もよろしく頼むぞ」

「はい——同時進行で、少し調べてもらっていることもあります。戻ったらいい報告ができると思いますよ」

誰に何を、とは今は聞かない。リカルドのやることに抜かりがあるはずもないので、最終報告を聞けば十分だ。それくらいの信頼と実績を彼は積み重ねてきている。

「では、行ってまいります」

恐縮しまくりの老夫婦と連れ出って小さくなってゆく後ろ姿を、イヴァンは見送る。

今日も晴れて、いい日になりそうだった。

第六章　いきなり黒幕登場みたいです

比較的温暖な気候であるこの国だが、本格的な夏ともなればそれなりに暑くなる。

辺境にあるアルカンジェリ邸でも、あちこちの窓が開け放たれ、そこから涼やかな風が吹き込んでいた。それは執務室でも同じであり、相変わらずのすり切れたカーテンが風にそよいでいる。

「イヴァンさま。もしお手すきでしたら、少し見ていただきたい箇所があるのですが……」

「ああ。ちょうど手があいたところだ――いや、ヴィーは立たなくていい、俺がそちらに行く」

いつもと変わらぬ執務風景であるのだが、前とは少し変わったところがあった。

まず、イヴァンがここにいる時間が増えている。午前中だけだったのが午後もいるようになり、治安関係を一手に引き受けているのは変わりないが、その他についてもヴァレンティナの補佐をするようになった――というよりは、彼女に請《こ》われて助言をするようになったというべきだろう。

無論、イヴァンに否やはない。

それどころか、ヴァレンティナがここに来てやっと、自分を頼ってくれるようになったことに喜んでいた。

「ありがとうございます。それでは……こちらの、ここの部分です」

「橋の修理……というより、架け替えか？　それで、これは……ああ、資金調達先で悩んでいるんだな」

何度も言うが、アルカンジェリ領は貧しい。しかし、貧しいからといって放ってはおけないことがある。特に街道関係は領民の生活に直結する分、資金がないからといって後回しにはできないことが多いのだ。

「街道の整備は計画を立ててやっていて、ここは来年あたりを考えていたのですが、事故があり、橋脚が折れてしまったようなのです」

「橋が使えなくなったのなら、近隣の住民も困るだろう――今はどうしているんだ？」

「少し離れたところにもう一つ橋がありまして、今はそちらを使っているそうです。ですが、そこもかなり老朽化しているようで……」

交通量が増えれば、橋の消耗も激しくなる。下手をすれば、一つではなく二つ一緒に架け替えることになりかねない。

「そうなると、できればそちらの補強もすべきだろうな。で、今のところ調達できている資金がこれ、か……」

ヴァレンティナの座る椅子の後ろからのぞき込むようにして、イヴァンが書類に目を走らせる。これも、もうおなじみの光景だ。

お互いの顔の距離が近く、最初は恥ずかしがっていたヴァレンティナだが、今ではもう慣れた。もし、イヴァンに机の向こうから話しかけられでもすれば、さぞや寂しく思うことだろう。

彼女の前世で言うなら『デレた』状態だ。もっとも夜はともかく、昼間はまだ完全にそうなっているわけではない。それでも以前に比べれば雲泥《うんでい》の差である。

執務室以外でも食事の折や、執務の息抜きに庭を散策する時なども、何かとかこつけてヴァレンティナに触れたがるイヴァンへの対応が随分と柔らかくなった。

そんな二人の様子を使用人たちも微笑《ほほえ》ましく見ていたが、それがヴァレンティナにばれれば恥ずかしがり、最悪、元に戻るかもしれない。それだけは阻止せねばならないというのが、現在の彼らの共通した認識である。

『やっと、お嬢さまにも頼れる方ができたのだから』

あまりにも突然のヴァレンティナの婚約と結婚に、口には出さなかったものの彼らにも思うところがあったのだ。何しろ、彼女が生まれる前から屋敷に仕えている者が大半。領主である主人の娘であると同時に、分をわきまえないことであってもまるで自分たちの娘みたいに思っている者がほとんどである。

そんな状況であったのだから、イヴァンがここに来た当初は、彼らの対応もなんとなくよそよそしいものだった。

だが、今は違う。

領主代行という重い責任に押しつぶされそうになりながらも必死で踏みとどまり、明らかに無理をしながらも頑張っていた彼女に、やっとその重責を分かち合える相手ができたのだ。

これを応援せずにどうする――という、彼らの一致団結した思いはさておいて。

「――一つ分にしても、到底足りないな」

「一応、予備費もあったのですが、春からこちら、南部に不心得者が出没して被害が出ておりましたので、そちらの補償《ほしょう》に回した結果です」

被害のことはイヴァンも知っている。担当する領内の治安に関することなので、そもそも彼がヴァレンティナに報告を上げたのだ。

「できれば、これ以上、税を上げたくありません。今でも領民たちはかなり無理をして支払ってくれておりますので……ただ、出入りの商人から借りるにしても、あまり大身《たいしん》の者がおらず、いくつかに分散する必要があります」

その選定先と資金量についての相談に乗ってほしい――そう続けようとしたヴァレンティナに、イヴァンが先に提案をしてくる。

「ヴィー。何度も言うけれど、その改修の資金に俺が持ってきた金子《きんす》を充《あ》てるのはダメか？」

ノチェンティーニ侯爵家という大貴族の出で本人も子爵領の主であるイヴァンは、アルカンジェリ家よりもよほど金持ちだ。ヴァレンティナとの結婚の折にも、ヴァレンティナにしてみれば目の玉が飛び出るような金額を持ち込んでいた。

「ダメです。あれはノチェンティーニ子爵であるイヴァンさまのもので、アルカンジェリ伯爵家のことに使うわけにはまいりません」

「そうは言うが、あれは結納金のようなものだ。それなら、婚家のものになるのが普通だろう？」

「イヴァンさまはアルカンジェリ家に婿に入られたわけではございません」

過去にも何度か同じ提案を受けたことがあるが、ヴァレンティナの答えは変わらない。

「それに、今そこに資金があるからと飛びついておりましたら、それがなくなってしまった時にどうなりましょう？　自分たちで調達する努力を放棄すれば、己《おのれ》の首を絞めることと同じになります」

生真面目《きまじめ》で、頑固で、融通が利かない。可愛気のない女だと言われても、そこは引けないヴァレンティナだが、そんな自分を見るイヴァンの目があまりにも優しいのに気がつく。

「そう言うだろうとは思ったよ。だから、もう一度提案しよう——我がノチェンティーニ子爵家は、アルカンジェリ伯爵家に資金の貸し付けを申し出る。勿論《もちろん》、借用書は書いてもらうし、返済計画もきっちりと組んでもらった上で、だ。ただし、仮にも貴族が金貸しで儲《もう》けるつもりはないから、利率は貴族院の貸し付け公庫と同じにするよ」

貴族院の貸し付け公庫というのは、文字通り貴族のみが使用できる緊急時の資金調達先である。公《おおやけ》の機関であるので金利は低いが、その分、審査が厳しい。

ヴァレンティナもそちらから借りることを考えなかったわけではないが、今のアルカンジェリ家の財政では審査で落とされる可能性が高く、断念していた。

「提供するのではなく、貸し付ける。きちんと利息もつけてもらう。これは歴《れっき》とした取引だ」

「で、でも、それではあまりにも……」

イヴァンの厚意に甘えすぎることになる。そう反論しようとするが、先手を打たれる。

「自分の妻がこれほど頭を悩ませているんだ。夫がそれを助けたいと思うのもダメか？」

がらりと口調を変え、まるで懇願《こんがん》するようにこちらをのぞき込まれてしまう。

非常にシビアな領の財政面の話し合いをしていたはずなのに、いつの間にか甘いムードに持っていかれ、ヴァレンティナは内心で諦めのため息をつく。

自分よりもイヴァンのほうが一枚も二枚も上を行っている。それが悔しく――そして、不思議とうれしい。

――甘やかされてばっかりで、ダメになっちゃいそう……

もしかするとそうなったらイヴァンは喜ぶのかもしれないが、ヴァレンティナにも自分こそが領主代行だという意地というものがあった。

「金額が大きすぎます。私一人では決めかねますわ……」

ここで飛びつくのは、その意地《プライド》が邪魔をする。それに領内だけで回せることではなく外部が関係するとなれば、どのみち父に了承をもらう必要があった。

「義父《ちち》上に諮《はか》ってもらって構わないよ。何なら、一緒に王都まで行って直接話してもいい」

前は領政に力を入れていたヴァレンティナの父だが、今は王宮勤めの時間のほうが長い。これは嫡男と妻を亡くして以来のことで、その頃からアルカンジェリ領の財政がひっ迫したためでもある。

「父が不在で私までここを離れるわけにはまいりません。行かれるならイヴァンさまだけで――」

「ヴィーを置いていく気はない」

ヴァレンティナの言葉が終わる前に、かぶせるようにしてきっぱりとイヴァンが言う。

「行くのなら一緒にだ。無理なら、多少時間はかかるが手紙で構わないだろう」

「……申し訳ありません」

話の流れからすると唐突なヴァレンティナの謝罪だが、おそらくイヴァンは意味をわかっている。

――やっちゃった……私ったらダメになりそうじゃなくて、ホントにダメになってない？

最後まで言い終えることのできなかった先ほどのヴァレンティナの言葉は、受け取り方次第では『一人で王都で羽を伸ばしたいならご自由に』という意味になる。

無意識の部分が大きかったにせよ、彼を試すみたいな台詞《せりふ》だったのは間違いなかった。

そして、もしそれにイヴァンが同意するようであれば『ああ、やはり……』と思っただろう。

隠された内容に気がつかなかったとしても、きっとそう考える。

イヴァンを信頼すると決めたはずなのに、気がつけばこのような言動――前世では確か『試し行為』といわれ、恋人同士では最も相手が嫌う類《たぐい》のものだ。

恋人など一度たりといたことのなかった前世だが、もし万が一、奇跡が起きて、そういう相手ができたのなら決してやるまいと固く決意していた……ように記憶している。

よりによってイヴァン相手にやらかしてしまった。

信じると決めたはずなのに、何度もこんなことを繰り返す申し訳なさと、恥ずかしさで俯《うつむ》くことしかできない。

しかし、すべてがわかっているだろうイヴァンは、怒りはしなかった。

「気負わなくていい。ゆっくりで構わない」

そんな優しい声と共に、彼の顔が近づいてくるのがわかる。

ヴァレンティナの髪に挿《さ》された髪飾り――あの市《いち》の日に彼から買ってもらったものだ。

あれ以来、ずっとつけるようにしているそれを避けて、軽い口づけが落とされた。

その優しさがうれしく、だからこそまたしても申し訳なさが込み上げてきて。

俯《うつむ》いたまま顔を上げることもできないでいるヴァレンティナを、イヴァンがそっと抱き締めてくれた。

「おじょーさまとおむこさま、なかよしー」

「なかよしーっ」

「こ、こらっ！　しずかにっ」

その様子を開け放たれた窓の外で遊んでいた子供らに目撃されたらしく、そんな声が聞こえてくる。慌てて制止しているのは、子守当番の誰かだろう。

いつもなら、真っ赤になってイヴァンを振り払うヴァレンティナだが——今は、そう見えることがうれしいと感じるのだった。

◆

夏の日差しがピークに達する頃、キースとユージンの部隊が帰還した。

「いやー、大漁大漁！」

「かなりの成果を上げられました」

真っ黒に日焼けした——といっても、外での活動が多いので日焼けは元々標準装備である二人がうれしそうに報告してくる。

場所は勿論《もちろん》、いつもの警備隊の本部だ。

示し合わせたわけでもないのだろうが、リカルドが戻ってきたのも同じ日だった。

南部で不審者を追い回していたキースたちとは違い、彼の任務は老夫婦の護衛だったはずだ。行きは老人の足に合わせたとしても、復路は三日もあれば足りるはずだが、あれからもう半月は経っている。その間どこで何をしていたのか……？

「なかなか面白い旅でした。意外な収穫もありましたよ」

北部の森林地帯を回っていたからか、キースたちに比べるとリカルドに日焼けをしている様子はあまりない。いつも通りの穏やかな笑顔だが、わずかに黒いものが混じっていて——ちょっと背筋に冷たいものが走ったのは、キースとユージンだけではなかっただろう。

「そ、そうか……ご苦労だった。全員、無事で何よりだ」

自分の腹心相手に若干腰が引けつつも、とりあえず部下たちを労《いたわ》るイヴァンである。

「詳しい報告書は後で提出してもらうにしても、まずはお前たちの口から聞きたい——どうだった？」

報告書という単語にキースが嫌な顔をするが、それはいつものことであるのでスルーだ。

イヴァンの言葉を受け、三名がお互いに顔を見合わせる。少しのアイコンタクトの後、最初に口を開いたのは、意外にもユージンだった。

「では、まずは俺からで――俺の隊が向かったのは南東部になります。あのあたりはどちらかといえば牧畜が盛んな場所でした」

主な被害は家畜の殺傷や、放牧地の柵の破壊。水飲み場にしていた池への異物混入などもあった。

厩舎《きゅうしゃ》にいる家畜への被害は監視を強めることである程度防止できるが、放牧は広い土地を必要とするのでなかなか目が行き届かない。水飲み場に至っては、被害が出ていても真相にたどり着くまでに時間がかかり、その間にまた犠牲になるものが出る。その上、別の水源を確保せねばならないというおまけ付きだ。

更に腹立たしいのは、殺す『だけ』、壊す『だけ』で、それに便乗しての窃盗《せっとう》が一切なかったことだった。

誰が見ても、これが『嫌がらせ』を主目的としたものだとわかる。

「最初は住民同士の諍《いさか》いからの意趣返しという線で考えていたらしいですが、あまりにも被害が広がったので報告された、という感じでした。現地の者も犯人を捕まえようと努力したみたいでしたが、犯行が夜中に多く、場所もまちまちで、監視を強めるくらいしか対策がなかったようです」

だが、そんなものはユージンがいれば、何の問題にもならない。

「まず犯行のあった場所と日時を調べ、まだ被害に遭《あ》っていない場所をいくつか選定しました。そこに現地の警備の者と俺の隊からも数人ずつを振り分けて、警戒に当たらせたんです」

しかし、それはフェイクだ。わざと目立つように警備や捜索を行わせ、本命は街道の監視だった。案の定、それを始めてすぐ、どう見ても堅気ではない連中が領の外へ向かって移動しているという報告があった。

それを聞き、移動経路を割り出して、後は一網打尽《いちもうだじん》だった。

「身柄は現地の連中に引き渡しましたが、その前に色々と『お話』を聞かせてもらいました。何でも王都の裏町をうろついてる時に、声をかけられたんだそうです。いい儲《もう》け話があると誘われて、たんまりと前金をもらってこちらの領まで来たようでした」

その相手についても締め上げたが、同じようなごろつきだということしかわからなかった。

「俺のほうも似たようなもんスね。育ち始めたばかりの麦畑を踏み荒らされたり、葉物が植わってるのを抜いて回られたり……一番ひどかったのは、塩をまかれたとこでした。まぁ、手持ちの塩の量に限界があったんでしょう、大した広さじゃないのが救いっちゃ救いです」

次に話を始めたのはキースだ。こちらは同じ南部でも、主に西の担当をしていた。

「こっちのほうは、ユージンのとこに比べれば大人数でしたよ。現地の警備隊が追ってましたが、俺らが行くまでは返り討ちに遭《あ》うこともあったみたいっス。三班ほどいたもんで、全部とっ捕まえるのに苦労しました。後……すんません、最後の連中を追いかけてるうちに、あいつら、俺らの追跡を妨害するつもりだったのか、最後っ屁のつもりか、橋を一つ、落としやがったみたいで……」

人数がいたからこそできたことだろう。そして、その件は既《すで》にイヴァンの耳にも届いている。

「それについては、報告が上がってきている。架け直しの予定を進めているところだが……その連中、現地の者に引き渡してきたんだろう？　そいつらも働かせればいい。いくらかは工事費も浮くだろう」

「そりゃいい！　朝から晩までこき使ってやりましょう！」

こちらの世界に、労働基準法などない。まして、犯罪者に人権など認められるはずもなかった。

そうやって使い道がある分、西部の連中はまだ恵まれているとさえ言える。東部で犯行を行った者は、現地での再度の尋問が終わった後は、縛り首にされたとしても不思議ではないのだ。

「んで、やっぱり連中の出どころは王都でした。全員じゃなかったスけどね。人数がいるってんで、連中自身があっちこっちに声をかけてかき集めたみたいでしたよ——こんなど田舎《いなか》に嫌がらせするにしちゃ、えらく気前のいい金額をもらってたみたいっス」

キースのほうも、やはり黒幕までたどり着けるほどの情報は得られなかったらしい。

もっとも、イヴァンたち自身も、そこまですんなりと事《こと》が運ぶとは最初から考えてはいなかった。

黒幕が判明していないため、また新たな嫌がらせが始まるかもしれないが、現在起きている被害を止めるのが先だ。

問題は、あの連中が捕まったという報告がいつ、王都に届くかだった。あれだけの人数を動かして、それなりに金も使っているのだから、そのまま放置しているとは思えない。定期的に報告させるか、または別に監視がいる可能性もある。

その報告がどのくらいで王都に伝わり、黒幕がどれだけ迅速に対応するか——その前にこちらから打って出なければならない。

時間との勝負だ。

「そうなると、やはり誰かに王都まで行ってもらう必要があるな……」

王都で動いてもらう相手には心当たりはあるが、話の内容が内容だけに、手紙で済ませられる案件ではない。何より、手紙では臨機応変な対応ができないだろう。

頭の中で誰を派遣するかの選定に入りつつあったイヴァンだが、それをリカルドが止める。

「その前に、僕の報告も聞いていただけますか？」

「ああ。そうだったな――それで、そちらはどうだった？」

「のんびりとした、いい旅でしたよ」

そういうことを聞きたいのではない――のはリカルドも十二分にわかっている。

「天候にも恵まれたおかげで、夫人にもそれほど負担がかからなかったようです。元々はかなり丈夫な方で、不調になったのもお年を召してからだそうです。それでも念のため、大事をとって六日かけて村に送り届けてきました」

彼の任務は、あの老夫婦の護衛だ。いくらそれが半分建前にすぎないといっても真っ先にそれから報告するのは間違っていない。のだが――本題はここからだ。

旅の途中で、リカルドはかなりあの老夫婦と仲良くなれた。特に老爺のほうは、彼に多少ながらも薬草の知識があるのを喜び、色々と教えてくれたそうだ。

その中で知ったのは、彼らの住まう村の周辺にある原生林が、実は希少な薬草の宝庫である、ということだった。

「待ってくれ。そんなことはヴィーから聞いていないぞ」

「宝庫、というのは言いすぎかもしれません。ですが、非常に希少な種が自生しているのは確かですよ」

老爺は代々続く薬師の家系で、本人も凄腕《すごうで》らしい。傷薬は勿論《もちろん》、ちょっとした病なら彼にかかればあっという間に治ってしまう。そこに希少だが効果の高い薬草が加われば、鬼に金棒である。

「あれほど辺鄙《へんぴ》で、ろくな作物も育たなそうな場所で村々が今でも存在していられるのは、あの老爺とそのご先祖のおかげかもしれません」

「それほどなのか……」

イヴァン自身はほんの少ししか老爺と接触していないせいか、どこにでもいるような好々爺《こうこうや》にしか見えなかった。人は見かけによらぬものだ。

しかしそうなってくると、不思議に思うことがある。領内にそれほど効果の高い薬草があり、腕のいい薬師がいることが、どうして領主とその代行に伝わっていないのか？

「それについては、あの村があそこにあるから、としか言えませんね……」

とにかく辺鄙《へんぴ》な場所なのだ。田舎《いなか》という言葉すら使うのをためらうほどに。

いつ頃からあの村々があるのかはわからないが、最初に住み着いた人は何を考えていたのか、とさえ思える。

近隣の村同士の交流はあっても、基本的にすべてを自給自足。そんな状態では薬師といえども、家業だけに専念はできない。猫の額《ひたい》ほどの畑を耕し、薬草ではなく山菜を採りに山に入る。

薬草も採るが、腹を満たすためのものが優先されるのは言うまでもない。そんな状態では、自分の村の怪我人や病人に対応する以外に売るための薬を作るというのは非常に難易度が高かった。

あまりにも辺鄙《へんぴ》すぎて、外部との交流がほとんどないせいもある。

現に、あの老夫婦が領都にやってきたのも、実に数十年ぶりだったらしい。孫娘可愛さのあまりに老骨に鞭打《むちう》って長旅をしたわけだが、それがなければイヴァンたちがその事実を知ることもなかっただろう。

「これは僕の想像ですが、村の人たちもなるべくあの老爺の家系を、外に漏らさないようにしていたんじゃないかと思います。自分たちの命綱なのに、他所《よそ》に誘われて出ていかれでもしたら、死活問題ですからね」

リカルドの印象では、あの老爺自身は故郷をこよなく愛しており、そこから動くなど考えたこともなさそうだ。しかし、彼がそうだからといって、先祖や子孫も同じ考えになるわけでもないだろう。老爺の家系を私物化しているとも言えるかもしれないが、それをエゴと断じるには彼らの置かれた環境は過酷すぎる。

「僕に薬草の詳しい話をしてくれたのも、三日目くらいからでしたね。それまではどこか警戒してる様子で、会話の中身も世間話程度でしたし――ただ、そちらの話の中でも、興味深いことがわかりました。あの老爺がこんな話をした相手が僕よりも前にもう一人……というか一組いた、と」

「誰だ？」

「隊長の奥方の母君と兄上です。老爺の記憶が少し曖昧《あいまい》で、数年前としかわかりませんでしたけど、夫人と、後で他の村人にも確認をとったところ、それは三年前のことだろう、と」

「……何だと？」

ヴァレンティナの母と兄は、今から三年ほど前に事故で他界している。

ただ、詳細な事故の様子などは聞いていない。三年前とはいえ親しい家族を亡くしたヴァレンティナに、無理に話をさせる必要を感じていなかったのだが……

「詳しく話せ」

「勿論《もちろん》、そのつもりでお話ししています――その当時、奥方の兄上は次期領主としての経験を積むために、領内をくまなく見回られていたようです。母君はその補佐という形で、ご一緒されていて――その折に、老人たちの村にも立ち寄られたそうです」

その時、ヴァレンティナの母親は体調を崩していたらしい。そのため大事をとり、老夫婦の村で一夜の宿を借りることになった。

宿屋などがあるはずもなく、あいていた部屋があったのは村長の家のみ。それも領主夫人と跡継ぎを泊まらせるには粗末すぎた。だが、お付きの者たちに、自分たちは野営で済ませるが、せめて二人にだけは屋根と壁のある場所を提供してほしいと頼まれる。

頭ごなしに命じられるのではなく誠実に頼み込まれたのにも驚いたが、それほど配下の者たちにも慕われている二人の人柄に直接触れ、この領の未来はきっと明るいものになると確信した――とは、そこの村長の言である。

そんなわけで、貧しい村ながらも精一杯の歓待を行い、体調のおもわしくない領主夫人のために薬師である老爺が呼ばれた。

長旅の疲れが溜まっていたところに、悪路を馬車で移動してきたことによる車酔いが加わってのことだと診断し、薬を処方する――その効果は、言うまでもない。

夫人も跡継ぎの兄も、薬師の腕に感動し、感謝した。

『そのおっしゃりようが、褒めてつかわすみてぇな上からの物言いじゃなく、わしのような下賤《げせん》の者相手に、そりゃぁもう丁寧に礼を言ってくださったんですじゃ』

これがその時のことを話してくれた、老爺本人の言葉そのままである。やはり感動仲間の村長と話し合った結果、『この方々ならば』と、滅多なことでは外部の人間には明かさない薬草のことなども話したらしい。

それを聞いた次期領主の兄は、決してこの村に迷惑はかけないことを約束した上で、新たな領内の産業にしたいので協力してほしいと申し出、快諾される。

ただ——今になるまで、それが実現することはなかった。

「その帰り道のことらしいです。母君が体調を崩したことを重要視して一旦、領都に戻ることにした一行が乗った馬車が、落石事故に遭《あ》ったのは」

「聞いていない……事故の詳しい話もだが、そんなことがあったとは聞いてないぞ」

「でしょうね。一応、事故前後の事情の確認のために役人も来たそうですが、こんな貧しい村が次期領主と約束をしたなどと言っても本気にとってはもらえないと思い、黙っていたそうですよ。僕に話してくれたのは、偏《ひとえ》に隊長の奥方のおかげです」

あの方々の娘、妹の関係者ならば、と。

ヴァレンティナ自身が老夫婦を助けたことも、大いに影響していただろう。

「奥方には感謝しかないです。くれぐれも大事にしてください。それと、もう一つというか二つというか報告が——せっかくあそこまで行ったのですから、少し村の生活というのを知ってみたくなったんです。何しろ、僕は都会育ちですからね。炭焼きや川魚の捕らえ方とか興味ありましたし、狩りもしてみたくて。あのご老人と狩りの得意な村人にも協力してもらって、罠なんかも仕掛けてみたんです。そうしたら、五日目くらいですかね、薬草の生息地付近に仕掛けておいたものに、見事に引っかかってくれたんですが、残念なことにかかったのは山の獣《けもの》ではなくて、人間だったんですよね」

罠にかかった人数は二人。先に一人が引っかかり、慌てたもう一人も近くにあったものに捕らえられた。広範囲にわたり罠を設置していたので、発見はそれから二日後くらいだろう。かなり弱ってはいたが、話をするくらいの元気はあったらしい。

自力では歩けない様子だったので担《かつ》ぎ上げて山を下り、村で保護することになった。

拘留ではない、あくまでも保護である。

そうやって『保護』された二人は、落ち着いた頃を見計《みはか》らって様子を見に行ったリカルドの質問——尋問ではない、念のため——に、自分たちは旅人で、近道をしようとして山の中に迷い込んだだけだ、と主張した。

周辺の山や森は禁足地でもなければ、私有地でもない。強いて言うならばアルカンジェリ伯爵家のものだが、そこに住まう者や旅人が生きるために必要な狩りや採取をすることは、認められている。迷い込んだだけなら、何かの罪に問われることはない。そこでやむにやまれず、狩りや採取をしても同様だ――本当に、必要だったのならば、だが。

「二人共、とても自分たちの荷物を気にされていましてね。勿論《もちろん》、一緒に回収したんですが、早く手元に戻せと、それはそれは熱心に言うんです。よほど、大事なものでも入っていたんでしょうかね……？　仕方がありませんので、村長にご足労願いまして一緒に確認させてもらいました――ああ、勿論《もちろん》、なくなったものがないかどうかの確認です。後で、あれがないこれがない、盗まれた、なんて言われるのはご免ですからね」

ニコニコといつもの微笑《ほほえ》みを浮かべながら、実に楽しそうに話をするリカルドだが、キースとユージンの顔色は悪い。

「そうしたら、中から薬草らしい植物が出てきたんですよ。それも大量に――旅の途中に、どうしても必要で採取したとはとても思えない量です。不思議に思ってそれについて聞いたところ、いきなり暴れ出したんです。いいからさっさと返せ、とか何とか言いつつ、殴りかかってきまして――」

「副長……そん時、絶対、隊服着てなかったっスよね？」

ぼそり、とキースが指摘というか、確認というか――とにかくその類《たぐい》の発言をすると、リカルドがにっこりと微笑《ほほえ》む。

「山歩きですからねぇ。制服は公費で支給されているものですので、うっかり木の枝にでも引っかけて破いたりしたら大変じゃないですか」

「副長……狙ってましたよね。絶対そうですよね？」

ユージンも参加するが、こちらには微笑《ほほえ》むことで答えに代えたリカルドである。

今更だが、リカルドはイヴァンと同じく、年齢の割に非常に若く見える。ユージンのように髭《ひげ》をたくわえているわけでもないし、体型もがっしりとしたキースに比べれば細い。しっかりと鍛えた上での細さなのであるが、それは着衣の上からでは判別しがたい。その上、整った顔に常に微笑《ほほえ》みを絶やさない様子で、第一印象は『柔和』、或《あ》るいは『軟弱』といった間違ったイメージを抱かれやすい。

要するに、制服を着て『騎士』或《あ》るいは『警備隊』といった身分が一目でわからない状態だと、初対面の相手は、大体、なめてかかるということだ。

それをリカルド本人が自覚し利用しているのだから、質《たち》が悪い。

そして、二人組はまんまとその罠にかかった――よほど罠が好きらしい。

「迷子になった旅人というだけなら、罪には問えません。ですが、村長立会いのもとで、警備隊の一員である僕の質問に答えるどころか、暴力を振るおうとした――これは、ちょっと困ったことになりますよね」

困ったどころか、堂々とその罪を問えるのだから、願ってもいないことである。

『副長、こええ……』『鬼だ、鬼がいる』などとキースとユージンが小声で話しているが、イヴァンは苦笑するのみだ。リカルドをよく知る彼は、話の途中からこういう展開になるのを予想していた。

「まぁ、そんなわけで気の毒ですが二人組は罪人になってしまったので、改めて身体検査を行ったところ、その片方がアーメンディア侯爵領で発行された身分証を持っていました。そこの薬師のギルドの加盟者ということでしたね」

「何だとっ!?　それは間違いないのか？」

しかし、リカルドがとある貴族の名を口にした途端、その余裕が吹き飛ぶ。

「隊長？」

「本当にアーメンディアの名が出たのか？」

「どうしたんスか、いきなり……？」

「何か心当たりでもあるんですか？　アーメンディア家の令嬢に、しつこく言い寄られていたのは知っていますが……？」

キースとユージンは単純にイヴァンの様子に驚いているだけだが、リカルドは自分の持っている情報と照らし合わせた上で尋ねてくる。

「いや、すまん、後で話す――それで報告はそれだけか？」

「いえ、まだあります。一人が持っていたのはアーメンディア領の身分証ですが、もう一人はヴェノン伯爵の領地から来ていました。それと、二人が持っていた薬草をあの老爺にも見てもらったんですが……」

次に出た家名に、再度、イヴァンがピクリと反応する。が、その時は何も言わずにリカルドに話の続きを促《うなが》した。

それによれば、土地勘のないよそ者が集められただけあって、その大部分はそれほど珍しいものではなかったようだ。ただし、その中に数本だけ老爺が言っていた『希少で貴重な薬草』がまじっており、それに他の数種を調合すると、かなり取り扱いに注意を要する薬物ができるのだという。

「具体的に言えば、身体能力の上昇と、気分の高揚《こうよう》――それだけ聞けば素晴らしい薬なんですが、持続時間が二、三時間と短いことと、多用すると常習性というか、中毒症状が現れるのが欠点ですね。勿論《もちろん》、調合を変えれば他の薬も色々とできるそうです。その場合ですと、あの老婦人のように心臓に強い負荷がかかった時の特効薬とか、激痛を伴う内臓病の痛みを和《やわ》らげる薬とか――こっちだと常習性はないそうです。要するに、使い方次第で非常に高い効果をもたらす薬が作れますが、副作用に注意といった感じですね」

「そんなおっかねぇ薬、なんであんな爺《じい》さんが作り方を知ってんだ？」

「他にもいくつかあって、代々伝わる調合だそうですよ。長い時間をかけ、必要に応じて研究していった結果でしょうね。何度も試行錯誤を繰り返せたのは、材料が比較的手に入りやすい状況だったというのもあるでしょう」

何もない寒村とばかり思っていたところに、これはまた随分な秘密が隠されていたものだ。

「……副長、一つ訊《き》いてもいいですか？」

「なんですか、ユージン？」

「そいつらは、その調合を知ってたってことですか？　で、もしそうなら、どうしてそんな秘匿《ひとく》されたものを知ることができたんです？」

ユージンの疑問も当然だ。そんな閉鎖的な村の住人が、薬の効果とその危険性を知っていた上で、そうホイホイと他人に教えるとは思えない。

「あの二人に関しては、材料はともかく、調合の比率や方法は知らなかったようです。つまり、他に知っている人間がいると思っていいでしょうね。それと情報の流出元ですが、かなり前の話になりますが、あの老爺の兄にあたる人物が村を飛び出して、それ以来行方知れずだそうです」

よくここまで、単独で調べ上げたものだ。流石《さすが》は副長……とキースとユージンは素直に称賛する。

その中には『よくそこまで吐かせた』というのも含まれていた。

「よくやってくれた。期待以上だ」

「悪党というのは、大体、似た思考をしますからね。わかっていれば、何を調べればいいのか見当をつけやすいんですよ」

イヴァンのねぎらいに、にっこりと笑う様子は何処《どこ》から見ても好青年そのものだ。

「で、隊長？　僕の話はここまでですので、先ほどの隊長のお話、ぜひ伺わせてください」

「……そうなるか……まぁ、なるよな」

好青年（笑）に詰《つ》め寄られ、イヴァンは諦めのため息をつく。

先ほどああ言った以上、隠すつもりは毛頭ない。ただ、話の内容上、あまり口に出したくない類《たぐい》のものなのだ。

「他言無用——というのは、お前たちには言う必要はないな。俺の親や、ヴィーにも言っていない。できれば、墓場まで持っていくつもりだったが……そうもいかなくなったようだ」

　褒められた話ではないが、この三名はみな、上司《イヴァン》の恋愛関係の醜聞《しゅうぶん》には慣れている。本人もそれがわかっているが、本気で死ぬまで口外しないつもりだった。

　もう一度、大きめのため息をついた後、イヴァンが話し始めたのは、彼とヴァレンティナが初めて遭遇した夜会での話だ――

◆

　ノチェンティーニ侯爵家で、夜会が開かれるのは珍しいことではなかった。侯爵という高位の貴族であることは勿論《もちろん》、当主は政府の重職についており、イヴァンの母である夫人も王都の社交界の花形として活躍している。そういった存在の家であれば、夜会の主催はほとんど義務のようなものになる。

　夜な夜なというのは流石《さすが》に言いすぎだが、月に数回開かれるそれは、大勢の人でにぎわうのが常だ。ノチェンティーニ侯爵家の主催する会に招待される――それだけで貴族の間でのステータスになるといえば、それがどれほどのものかわかるだろう。

　その日も、やはり侯爵家の邸宅は大勢の男女であふれていた。ただ常と異なるのは、その参加者が若い未婚の者が多かったということだ。これは勿論《もちろん》、主催者である侯爵家が意図したものだった。

貴族階級の子女は、多くが成人前には婚約者が定められているが、中には適齢期になっても相手の定まっていない者が一定数存在する。

兄弟姉妹の数が多くて親の手が回り切らない場合や、一旦は婚約が決まっても相手が亡くなったり、その他諸事情で破棄になる者もいる。

そういった者たちは、親が努力するのも勿論《もちろん》だが、自ら率先して結婚相手を探さなければならない。それにはまず出会いの場が必要である。

ノチェンティーニ侯爵家の置かれた立場上、そういったことにも気を配る必要があり、その日の夜会もそんな若者たちのための所謂《いわゆる》お見合いパーティーとして開催されたものだった。

「なんで俺まで？　確かに独身ですが、適齢期はとっくに過ぎていますよ」

それが主催者たる侯爵家夫人から、出席を求められた折のイヴァンの発言である。

通常の夜会ならば、ホスト側の家族として出席するのは義務だが、お見合いパーティーとなれば話は別だ。全く身を固める気のないイヴァンが、難色を示すのは当然だった。

「貴方がいれば、場が華やぐじゃない。若い殿方の中には、女性慣れしてない方もいらっしゃるのよ。そういった方をうまく会話の中に入れて、ご令嬢方と話がはずむようにしてほしいの」

要するに『撒《ま》き餌《え》になれ』ということだ。母親はこの三男を結婚させようとする努力を、とうの昔に放棄していた。

幸い長男と次男はさっさと身を固めており、ノチェンティーニ侯爵家の未来は安泰だ。ならば一人くらいは仕方がない、といったところだろう。

「……それは構いませんが、俺だけに女性が集中するかもしれませんよ？」

自意識過剰とは、イヴァンの場合は言えない。

だが――

「本気でお相手を探していらっしゃるご令嬢なら、そんなことにはなりません。もし、そういった方がいたら……」

残念だが、次からその名は招待者名簿に載らない。適齢期を大幅に過ぎている、全く結婚願望がないことを公言しているイヴァンに、このような場で執着する空気が読めない者に、わざわざ機会を提供するほどノチェンティーニ家は暇ではない。

「そういうわけだからよろしくね。ああ、勿論《もちろん》、つまみ食いはダメよ？」

「当たり前です、やりませんよ」

未婚の令嬢というだけでも自分の守備範囲外だ。更に、母親が何かと口を出してくるかもしれないのだから、触らぬ神に祟《たた》りなしである。

この時、侯爵夫人は今回の会に、自分が懇意《こんい》にしているとある子爵夫人の妹が参加することを、イヴァンに告げなかった。これは、息子を信用していないわけではなく、単に友人の妹である彼女には、自分が直々《じきじき》に相手を見繕《みつくろ》ってやろうと考えていたためだ。

それが、この後の悲劇につながるとは――この時、夫人は想像もしていなかった。


夜会はいつものように、いや、いつも以上に盛況だった。広い会場のあちこちで華やかな女性の笑い声が上がり、男性陣も酒のグラスを片手に談笑に加わっている。そんな輪の中に入れない者もいたが、そういう相手にはさりげなくイヴァンが近づき、近くにいた異性と引き合わせた。

侯爵夫人が言ったように『真面目に』この会に参加している令嬢方は、イヴァンの美貌や均整の取れた体つき、洗練された物腰に憧れの目は向けるものの、誰かに何か言われるまでもなく『自分と釣り合いそうな』相手との接触を優先している。

だが、何事にも例外はあった。

「イヴァンさまっ、探しましたわっ」

「これは……アーメンディア侯爵令嬢、よい夜ですね」

「まぁっ！　ジリアンと呼んでくださいと、あれほどお願いしておりますのにっ」

「他家の、それほど親しくない、未婚の令嬢を、名前で呼ぶような不躾《ぶしつけ》な真似はできません」

　いくら守備範囲外だといっても、基本的にイヴァンは女性に優しい。その優しさが誤解を生む場合もあるのだが、その誤解が取り返しのつかない段階に進む前に、きちんと『お話』をしているので問題にはなっていない。

　そんなイヴァンにしては、この令嬢への態度は随分と素っ気ないものにしていた。素っ気ないというよりも、冷たいというほうが合っているかもしれない。無論、これには訳がある。

　アーメンディア侯爵令嬢――ジリアンという名だが、彼女はかなり前からイヴァンに付きまとってきていた。年齢は二十歳で、侯爵家の長男次男の後で生まれた末っ子長女だ。

　このような大身《たいしん》貴族の娘であれば、普通は婚約者がいるか、既《すで》に嫁《とつ》いでいてもおかしくない。しかし、彼女は降るようにあったはずの縁談をすべて断り、ひたすらにイヴァンを追いかけまわしていた。

「そんな悲しいことをおっしゃらないでくださいましっ。今宵《こよい》は出会いの場の会なのでしょう？　そんな場所でイヴァンさまとお会いできるなんて、これはきっと運命ですわっ」

キンキンと甲高《かんだか》い声で姦《かしま》しく囀《さえず》られ、思わず眉間《みけん》にしわが寄る。

イヴァンと会うも何も、彼は主催者側として参加していた。お見合いのメンバーとしてはノーカウントだ。

そんなこともわからないのか。それよりも、仮にも未婚の侯爵令嬢が、馴れ馴れしく男の腕に自分のそれを絡めてくるのはいかがなものか。

身につけているドレスも、『真面目なお見合い』の場にしては露出が多すぎる。お互いの身長差があるために、どうしても見下ろす形になるイヴァンからは、胸の膨《ふく》らみどころか見えてはいけないその先までもが目に入ってきそうだ――そうなる前にさっさと視線を外したが。

なんでこいつを呼んだんですかっ――と、憤慨《ふんがい》しつつ目をそらしついでに母親を探すと、少し離れたところで参加者の保護者と話をしている彼女の姿を捉えることができた。

イヴァンの非難を込めた視線に、それとはわからぬように眉を顰《ひそ》める。その様子に、どうやら参加をねじ込まれたのだろうと見当がついた。

「……私がいることを喜んでいただけて光栄です、侯爵令嬢。ですが、生憎《あいにく》と私は主催者の家の一員としてここにいます。どうか、それをご理解ください」

あくまでも丁寧に、しかしきっぱりと告げるのと同時に、やや強引に腕を引き離す。

できれば触れられていたところを消毒したいくらいだった。

自他共に認めるフェミニストのイヴァンにしては大変に珍しいことだが、彼はこの侯爵令嬢が苦手、というよりも大嫌いなのだ。最低限ながらも礼儀正しく対応しているのは、彼女の家に気を使っているだけである。

「まぁ……お立場を気になさるなんて、やはりイヴァンさまは責任感が強くていらっしゃるのね。でも、この出会いはきっと運命ですわっ。ですから、どうぞイヴァンさまも、お心のままにお振る舞いになって？」

本当にイヴァンが心のままに振る舞っていいのなら、さっさとこの場を後にしているだろう。だが、彼女が言うように『主催者側としての責任』があり、場の空気を壊す真似はできない。

「侯爵令嬢のお言葉、ありがたく心に刻ませていただきます――申し訳ありませんが、少々、他の場所に用があります。失礼させていただいても……？」

「まぁ、イヴァンさまっ!?」

「ああ。そこにいるのはタラント辺境伯のご次男ですね。とてもいい方なので、きっとお話がはずむでしょう……どうぞ、よい夜をお過ごしください」

ちょうど見知った顔が近くにいたので、これ幸いと押し付ける。押し付けられた相手には、後で酒でも贈って詫《わ》びなければならないかもしれないが、今は目の前の猛獣から逃げるのが先だ。

しかし——腕を振り払われ、場を辞する宣言までされても、アーメンディア侯爵令嬢は素直に諦めなかった。

「……あっ」

わざとらしい小さな声と共に、彼女の足元に何かが落ちる。釣られてそちらに目をやると、豪華な刺繍《ししゅう》を施《ほどこ》されたハンカチだった。

夜会に出席する令嬢は、必需品である扇子《せんす》以外のものを持たないのが普通だ。その他の品は連れてきたお付きの侍女がまとめて持っているのだが、かろうじてハンカチ程度ならば持っていても不思議ではない。

「まぁ……どうしましょう」

わざとらしい呟《つぶや》きに、自分で拾えばいい——とは言えなかった。身につけているドレスは、簡単にしゃがめるようにはなっていないし、『落としたものを自分で取る』という行動自体が、高位貴族の娘としては屈辱的な行為だ。故《ゆえ》に、このような場合それを拾うのはお付きの者の役目であり、それがいない場合は近くにいる男性ということになる。

侯爵令嬢のお付きは近くには見当たらず、先ほどのタラント辺境伯の次男は、危険を察知したのか姿をくらませてしまっていた。消去法的に、拾うのはイヴァンしかいない。

「私が拾いましょう。どうぞ侯爵令嬢はそのままで」

女性関係の経験が豊富なイヴァンは、これがよくあるマウンティングの一種だとわかっていた。疑似的にでも、意中の男性を自分に跪《ひざまず》かせることができる。くだらないとは思うが、それで満足してくれるのなら安いものだ。

そう思い、ことさらゆっくりと膝を折り、ハンカチを拾い上げる。これくらい時間をかければ、流石《さすが》の我儘《わがまま》娘も満足して彼を解放してくれるだろう。

そうして拾い上げたハンカチの、ついてもいない埃《ほこり》を払って差し出す。しかし彼女は、またしても素直に受け取ろうとしなかった。

「そのハンカチ、よい香りがしますでしょう？　最近手に入れた香水なのですが、とても珍しいものだそうですのよ」

そんなことよりさっさと受け取ってくれ、と思うが、無視もできない。渋々とそれを顔の近くまで持っていくと、確かに今まで嗅《か》いだことのない香りがした。

そして――ぐらり、と視界が揺らぐ。

「よければもっと、きちんと嗅《か》いでみてくださいな。ほら……」

ジリアンが手を伸ばし、イヴァンの顔に更にハンカチを近づけようとする。常のイヴァンならばよけられただろうが、急な不調に気をとられているうちに、鼻と口を覆《おお》うようにそれを押し付けられてしまった。

「っ⁉」

「……くっ」

反射的に息を吸い込むのと一緒に香りが体内に侵入して、急激に心拍数が上がり、体の芯に火がともる。酒に酔った状態に似ていたが、イヴァンは酒に強く、この時に飲んでいたカクテルくらいでは絶対に酔ったりしない。

何より、酒ではこんな風に――体の奥底から、凶暴なほどの欲が湧いてきたりはしないだろう。

「まぁ、イヴァンさま？　どうかなさいました？」

ジリアンのわざとらしく心配する声が、どこか遠く聞こえる。

「お加減がお悪いのではありませんか？　どこかでお休みになられたほうが……」

「……申し訳ない、失礼するっ」

一服盛られたのは間違いない。何の薬かは知らないが、ハンカチに染み込ませてあったようだ。

即効性らしく、立っているのもつらい状態だったが、彼女の目の前で倒れるのだけは絶対に避けたい。ただそれだけを思い、またも絡みついてきた腕を振り払って参加者の群れに紛《まぎ》れた後、イヴァンはバルコニーから庭園へと逃げ込んだ。

そこで木陰に身を潜《ひそ》める。自室に戻ったほうがいいのはわかっていたが、そこまでたどり着ける自信がなかった。

どうやらあれは媚薬系のモノだったらしい。

イヴァンは暗がりの中、体内で暴れる過度の欲求と懸命に闘っていた。

そして、そこに――ヴァレンティナがやってきてしまったのだ。

最初は遠ざけようとしたイヴァンだったが、彼を捜していたジリアンがバルコニーに姿を現したために、ヴァレンティナを巻き込む羽目になる。その折に、彼の手についていた薬の残り香にヴァレンティナまでもが当てられてしまい……後は知っての通りの展開となったわけだ。

「最っ低！　ですね」

自分が話し始めたことだが、その時のことを思い出し、ズズン……と落ち込むイヴァンにリカルドが止《とど》めを刺す。

「わかっている――ヴィーに話せるようなことじゃない。両親にも、証拠がない状況では言えなかった」

「その判断には賛成します。一服盛られた阿呆に手籠《てご》めにされた、なんて本人には絶対に言えませんよね……事情がありそうだとは思っていましたが、まさかそんなこととは思いませんでした」

「副長、そこはもう少し……」

「ぼかした表現使いましょうよ……」

キースとユージンが口々にたしなめるが、表現を和《やわ》らげたところでやってしまったことは変わらない。

◆

救いなのは、責任をとるために結婚したイヴァンが、意外にもヴァレンティナと相性がよかった——というか、イヴァンがべた惚《ぼ》れになり、それにほだされる形ではあるが、ヴァレンティナも彼を好きになってくれつつあることだろう。

結果的に幸せな結婚生活を送れている今となっては、明確な証拠がなかったこともあり、できれば忘れたい記憶として、イヴァンはつい先ほどまで記憶の底に押し込めていた。

が、またもアーメンディアの名が出てきたとなると、話は変わってくる。

「ヴィーにはああ言ったが……これは俺が王都に行くしかない、か……」

「侯爵家のご両親に話をするためにも、それしかないでしょうね。それに奥方のお父上にも、色々と聞く必要がありそうですし」

「やっと、ヴィーが心を開いてくれてきたのに……この間なんて、自分から俺に触れてくれたんだ。人慣れしない子猫がやっとなついてくれた時とは、ああいう気持ちになるものかと思った」

「そういう惚気《のろけ》はいいですから。真面目な話をしてるんですよ、今は」

バッサリと切り捨てられて、更に落ち込むイヴァンである。

「とにかく、王都に行くのなら早いほうがいいでしょう。それと僕も同行します。あちらで少しやりたいことがありますので」

何を、とは怖くて聞けないキースとユージンだった。自分たちも行きたいが、リカルドがそういうのならば、それはおそらく決定事項だ。

「……今夜にでもヴィーに話をする」

「健闘を祈ります」

第七章　いきなり襲撃されました

イヴァンが懸念していたのとは裏腹に、ヴァレンティナは彼の王都行きを快く承諾してくれた。

「イヴァンさまが必要と思われたのでしたら、そのようになさってください」

「……この前、俺はヴィーと一緒でなければ決して行かんと言った。その舌の根も乾かないうちにこんなことを言い出したのに、か？」

「事情が変わられたのでしょう？　南部に派遣した隊が戻ってきたのは私も聞いております。それと、あのご夫婦の護衛で北に行ってもらったリカルドさん、でしたっけ。あの方からも、何か報告があったのでしょう？」

　領主代行であるヴァレンティナに帰参の報告があるのは当たり前だ。ただし、その内容について詳しいことは、現時点ではイヴァンの段階で止められている。

「……私には言えないことがおありなのですよね？」

「すまない。だが、確証がないうちは迂闊《うかつ》に口に出せない」

正式な領主代行はヴァレンティナだ。イヴァンは彼女の補佐という役割なので、これは越権行為に当たる。ただ、防衛関係に関しては彼に任せるようにという父の指示もあるので、判断が分かれるかもしれない。とりあえずはイヴァンがそう判断したのならば、ヴァレンティナはそれに従うつもりだった。

「無事のお帰りをお待ちしております」

「できるだけ早く戻ってくる。すまないが、待っていてくれ」

健気《けなげ》な答えに感激し、思わずイヴァンはヴァレンティナを抱き締める。以前ならば、真っ赤になって振り払われてしまっていたが、今は素直に身を任せるようになってくれた。

この幸せを壊させないためにも、王都では決して失敗できない――そう固く決意をするイヴァンだった。

「――やはり俺の妻は最高だった」

「惚気《のろけ》たいなら他所《よそ》でやってください。それと、王都に着いたらトーマに連絡を取りますが、構いませんよね？」

リカルドが名前を挙げたのは、イヴァンの元部下だ。彼もまた、イヴァンと一緒についてきたがっていたのだが、一度に大量の部下を引き抜くのはアルカンジェリ家の評判に悪い影響を与えかねないということで却下された一人だった。

「裏の情報が欲しいなら、トーマが一番です――ただ、置いていかれてへそを曲げているかもしれませんから、何かしらのご褒美は必要でしょうけど」

リカルド、キース、ユージンの三名と同様、彼も癖の強い男だ。というか、そういう者が寄り集まってイヴァンの隊を構成していたといってもいい。何しろ、家柄から考えれば近衛《このえ》にいてもおかしくないのに、あえて平民もいる王都騎士団を志望したイヴァンが頭なのだから。

「褒美……か」

久しく会っていない元部下を思い出す。

癖の強さと顔のよさの因果関係はわからないが、トーマもかなり整った容姿をしている。

ただ、イヴァンたちとは方向性が違い、一言で言うなら『ガサツな美人』。男性に『美人』という表現はおかしいのかもしれないが、そうとしか言いようがない。そういえばある程度の想像はつくだろう。

「こちらに来ていい、と言えば一発ですよ」

「……考えておく」

「トーマのことですから、許可がなくても来そうですけどね」

その可能性はかなり高そうだった。

◆

イヴァンとリカルドが旅立った後も、ヴァレンティナの日常は続いていた。

ただし、変わったこともある。その最たるものが、執務室に陣取っているユージンだろう。

自分とその右腕が領を留守にするにあたり、イヴァンがくれぐれも、と言い残したことだ。

最初はヴァレンティナも難色を示したが、そうでなければ自分が安心して領を留守にできない、どうしてもだめならば王都行きは取りやめにするとまで言われて、仕方がなく受け入れた。

しかし、執務室にいる間ずっと側に立っていられては、ヴァレンティナも息が詰《つ》まる。

いくら護衛のためとはいえ、長時間立ちっぱなしにさせることに罪悪感を抱いた——これは彼女の前世と、今までのアルカンジェリ領が平和すぎたのがその理由だ。

そのため妥協案として、同じ部屋にいることは許可するが、ユージンには椅子が用意された。それと同時に、外部からの襲撃を避けるために、ヴァレンティナの執務机の場所も移動する。

具体的には奥まった壁の前に移し、ユージンが座る位置はドアと窓の両方からの侵入者に対応できる場所にする、ということだ。

ちなみに、昼間はユージンがつき、夕方から就寝まではキースがつくことになっていた。妻子持ちの彼のために、ヴァレンティナが提案したことである。

「イヴァンさまは心配しすぎだと思うのだけど……」

「それだけ奥さまが大事なんです。わかってやってください」

通常は気配を消し、ヴァレンティナの邪魔にならないようにしているユージンだが、たまにこうしてぽつりと漏らす一言に反応してくれる。

長髪に髭面《ひげづら》で見た目はかなりいかついが、顔立ちそのものは整っており、言葉遣いも丁寧だ。口数の少ない印象だったが、実際に会話をしてみると意外におしゃべりなことが判明した。

昼食や午後のお茶などを一人でとることを嫌がるヴァレンティナに付き合ってくれ、

その時にも様々な話題を提供してくれる。

そして夕方になれば、キースと交代だ。こちらはヴァレンティナが振るまでもなく、率先してイヴァンの話をしてくれた。

「キースさんは、イヴァンさまのことがとてもお好きなんですね」

「当たり前っス。他の隊でなじめてなかった俺を拾い上げて、小隊長になれるまで鍛えてくれたのは隊長なんスよ」

そんな風に、何事もなく数日が過ぎた後の、午後のことだった。

「——失礼いたします。お茶をお持ちいたしました」

そう言って入ってきたのは、この屋敷に仕えるメイドだ。

「ありがとう。今、手が離せないから、そこに置いておいてもらえるかしら?」

ちょうどその時、ヴァレンティナはややこしい訴訟関係の書類を処理しており、顔も上げずにそう指示をした。こういったことはよくあることで、屋敷の者たちもため息交じりに諦めている。

「かしこまりました」

メイドもそれは心得ているようで、執務机から少し離れた場所にあるテーブルに茶器を置く。

しかし――

いつもはそのまま下がるはずのメイドが、ティーポットからカップへお茶を注ぎ始めた。

「……？　そのままにしておいてくれていいのよ？」

「あまり置きますと苦くなってしまいますので、一杯だけお注ぎしておきます」

よく気のつくメイドだ、と普通は思うだろう。しかし、ヴァレンティナの場合は違った。

その眉が不審気に顰《ひそ》められるのとほぼ同時に、ユージンが彼女に向かって飛びかかる。

お茶を注いだカップを手にヴァレンティナへ近づこうとしていたメイドは、ユージンに押し倒されて床に転がる――かと思われた、その寸前で身を躱《かわ》す。

それは単なるメイドの身のこなしではない。

「ちっ！」

小さく舌打ちをし、それでも尚ヴァレンティナに向かってこようとするが、間にユージンが割り込んだことで自分の不利を悟《さと》ったようだ。いきなり方向を変えたかと思うと、開け放たれていた窓へ走る。

その後をユージンが追おうとするが、振り向きざまに光るものが彼女の手から放たれた。目標はヴァレンティナで、咄嗟《とっさ》に抜剣したユージンがそれを叩《たた》き落《お》とす。金属音と共に短剣が床に転がった。

そして、その間に偽メイドはまんまと窓から逃走を果たす。

「くそっ！　キースっ！　侵入者だっ」

その後を追い、やはり窓から外に出ようとしたユージンだが、それではヴァレンティナを一人にすることになる。襲撃者が一人とは限らないのだ。代わりに、大声で同僚の名を呼ぶ。

それに応《こた》え、何処《どこ》からか『おう、任せとけっ』という声が聞こえた。

万が一を考えて、外にも警備の者を待機させていたのは正解だった。たまたま、今日のそれがキースであったのも何かの巡り合わせだろう。

それを確認し、ユージンが室内に目を戻すと――ヴァレンティナは、まだ執務机に座ったまま茫然《ぼうぜん》としていた。

「……今のは、一体……？」

偽メイドが彼女に近づき始めてから窓から逃走するまで、ものの十秒も経っていない。あまりに早すぎる展開に――というよりも、自分が襲われたという事実に、理解が追い付いていないのだ。

床に落ちて割れた茶器と、その周囲に広がるお茶のシミから目が離せないでいるヴァレンティナに、ユージンは問いかける。

「お怪我はありませんか？」

「え？　……ええ、大丈夫、です」

そう答えはしたものの、ヴァレンティナの顔は青ざめていた。小さく震えているのは、ようやく事態が頭に染み込んできたかららしい。

この場にいたのがユージンではなくイヴァンであったのなら、すぐさま抱き締めて安心させてやれたはずだ。しかし自分の上司の妻にそんなことはできない。

誰か女性を呼びに行くべきだが、襲撃者が他にも紛《まぎ》れ込《こ》んでいて、ヴァレンティナが一人になった隙を狙っているのかもしれないのだ。しかし、そうかといって、今のヴァレンティナに自力で移動してくれというのも無理がある。

どうしたものかと思案していたユージンの耳に、ばたばたと慌てて駆けつけてくる複数の足音が聞こえてきた。

「お嬢さまっ、ご無事でいらっしゃいますかっ⁉」

ノックもなしに執務室になだれ込んできたのは、ユージンも顔を知っているメイド長他数名だ。

「ああ、お嬢さまっ！　お怪我はっ？　お怪我はございませんかっ⁉」

「マーサ……ええ、大丈夫。ユージンさんが助けてくれたわ」

「ああ……よかったっ、ようございましたっ」

執務机を乗り越える勢いでメイド長がヴァレンティナに近づき、その体を抱き締める。

その間に他の者たちは床に散らばった陶器の破片を拾い上げ、まだ不審者の気配がないかどうかドアや窓の外を確認していた。偶然にもその中の一人が、この屋敷に仕えることを許された自分の妻だと気がついたユージンは、そちらに向かい事情を尋ねる。

「どうしたんだ?」

「奥さまにお茶を運んだはずのメイドが、物陰で気を失っていたんです」

騎士の妻をしているだけあり、彼女もそれなりに肝《きも》が据《す》わっている。ヴァレンティナをこれ以上怯《おび》えさせないようにと、小声で問いかけてきた夫の意図をすぐに悟《さと》って同じく小さな声で答えてくれた。

「そちらは命に別状はないんだな?」

「ええ、幸いなことに」

「そうか……よかった」

あの身のこなしはその道の玄人《くろうと》だ。そういった者たちは、標的以外の命を奪うのを嫌がると聞いている。その割にはお粗末な襲撃だったが、よほど期日に余裕がなかったのか、それともユージンをここの警備兵たちと同等に思い侮《あなど》ったのか――どちらにせよ、ヴァレンティナ共々、無事であったのは何よりだ。

「メイド長。奥さまをどこか落ち着いて休める場所へお連れしていただけますか？　それと、屋敷内にまだ不審者が潜《ひそ》んでいる可能性があります。兵を入れて確認したいのですが……？」

逃げた襲撃犯は、キースに任せておいて問題ない。今のユージンがすべきなのは、ヴァレンティナの安全を確保することだ。

「え？　ああ……ええ、そうですわね。どうぞ、必要だと思うことをなさってください」

「ありがとうございます――念のため、奥さまのいらっしゃる部屋の扉の前と窓の外にも警備の者を配置しますので、そちらもご了承ください」

「わかりました」

警備を厳重にするのは、同時にヴァレンティナがどこにいるのか、敵に知らせることにもなる。だが、数を頼んでの襲撃ではなく、先ほどのような単独犯の場合にはこれが一番だ。

「しばらくはご不自由をおかけすることになると思いますが、隊長が戻られるまではどうか……」

「ええ、勿論《もちろん》ですとも――さぁ、お嬢さま。どうぞこちらへ……」

まだ青い顔をしているヴァレンティナを抱きかかえるようにして、メイド長が執務室の外に連れ出す。それを見送ったユージンは、カップの残骸《ざんがい》を片付け終わり、落ちていた短剣へ恐る恐る手を伸ばそうとしていたメイドを制止した。

「そちらには触らないでください。毒が塗られている可能性があります」

「毒っ⁉」

暗殺者がよく使う手口だ。一撃で仕留められなくとも、傷を負わせるだけで目的が達成できる。

慌てて飛びのいた彼女に代わり、ユージンがその場にしゃがみ込む。上着からハンカチを取り出し、注意深くそれで包んで取り上げた。

日に透《す》かして確かめると、案の定、刀身に不自然な曇りがある。何らかの毒が塗られているのに間違いない。

キースが戻り次第、王都にいるイヴァンに報告せねばならないのだが、それが届いた時、自分たちの隊長がどんな反応を示すか……

今から頭の痛いユージンだった。

◆

アルカンジェリ領から王都までは、通常五日かかる。『最速で』と命じられた早馬の使者が、王都にあるアルカンジェリ家のタウンハウスに到着したのは、事件が起こった二日後の夕方だった。

「ヴィーが襲われただとっ!?」

「何ということだ……ティナは？　ヴァレンティナは無事なのかっ？」

その時のタウンハウスにはヴァレンティナの父であるアルカンジェリ伯と、同じく夫であるイヴァンが揃っていた。伯爵は王宮での仕事が終わり帰宅したばかり。イヴァンのほうは、王都に着くなり各方面に精力的に動いた後、それらの報告待ちを兼ねて、リカルドと今後の方針を練っていた最中だった。

二昼夜をほとんど走り通した使者は、『ヴァレンティナが襲われた』と告げた後で力尽きてダウンする。彼が手にしていた報告書にはその詳細が書き記《しる》されていた。

「……ヴィーは無事です。メイドに化けて彼女を襲おうとした犯人は、護衛についていた私の部下が退《しりぞ》けました」

「そ、そうか、無事か……よかった」

アルカンジェリ伯は、『不幸な事故』により妻と長男を失っている。この上、ヴァレンティナまで……などとは、考えたくもないことだろう。

「襲撃犯は逃走しようとしたそうですが、もう一人の私の部下が追跡。捕縛しようとしたところ、逃げられないと悟《さと》ったのかその場で服毒、と」

努《つと》めて冷静に、それでいて素早く文面に目を通したイヴァンは、同時にアルカンジェリ伯を安心させる言葉を紡《つむ》ぐ。

「残念ながら、身元や依頼主につながる品は持っていなかったようです」

残念ながら、とは言ったものの、元からそちらに関してイヴァンは期待していない。暗殺を請《う》け負《お》う輩《やから》が、そんな品を持っているはずがないのだ。

「そんなことはどうでもいい――いや、よくはないが、とにかくヴァレンティナは無事だった。それだけで私は十分だ」

アルカンジェリ伯は柔和な人となりで知られ、王宮でも文書課という部門で仕事をしている。つまり、荒事にはほぼ縁がないのだ。仕事が終わって疲れて戻ってきたところに、愛娘《まなむすめ》が命の危機にさらされていたと知らされ真っ青な顔をしている。

そんな舅《しゅうと》を気遣い居間のソファーに座らせて使用人に気付けの酒を運ばせたイヴァ

ンは、改めて報告書の内容をリカルドと一緒に確認した。

「――毒物を使用ですか……それ自体は、特に珍しいことではないですね」

「そうだな。それだけで判断するには弱すぎる。問題にすべきなのは、このタイミングでヴィーが狙われた、という事実そのものだろう」

アルカンジェリ伯とは違い、荒事の中で生きてきた二人だ。『万が一』を考えてのヴァレンティナへの張り付き護衛だったが、それが功を奏したのは何よりだ。

ヴァレンティナの身を案じる気持ちに変わりはないものの、襲撃は防げたのだし、二度と同じ真似を許すことはない――残してきた二人にそれくらいの信頼がなければ、そもそも、彼女を置いて王都に来たりはしない。

ヴァレンティナに精神的なダメージはあるだろうが、それはイヴァンが戻ってからケアすればいいことだ。

となれば、今、話し合うべきは、自分たちがこれからどう動くかということになる。

「結構、派手に動きましたからね。主にキースとユージンが、ということですが、大本をたどれば貴方に行きつく」

「あれはごく普通の対応だ。元が元だけに、目立っただけだろう」

イヴァンがヴァレンティナと結婚して以来、アルカンジェリ領の治安は劇的に（というのは些《いささ》か大げさかもしれないが）向上した。元々が平和な田舎《いなか》ということで危機感の薄かった警備兵たちも、リカルド以下の面子《メンツ》からのしごき――もとい特訓で生まれ変わったようになっている。町のごろつきにさえ手を焼いていた彼らはもういない。

「まぁ、これほど裏で色々とあったとは思わなかったが……」

「ですよね……」

貧乏ではあるが平和な片田舎《かたいなか》と思われていたアルカンジェリ領だが、当主でありイヴァンの舅《しゅうと》でもある現伯爵と直接話をしたことで、色々と知ったことがある。

ヴァレンティナから聞かされなかったのは、彼女も知らないことだからだ。それはヴァレンティナが領主代行に就任する前――つまりは、まだアルカンジェリ伯がすべてを取り仕切っていた頃の話だった。

そして、その時に一旦は話がついていたとなれば、あえてヴァレンティナに知らせる必要はない――父親としては、重責を担《にな》わせることになってしまった娘へのせめてもの心遣いだったのだろう。それが裏目に出てしまうとは、皮肉な話だ。

「……話を戻すが、ヴィーが狙われたのは、やはり俺のせいだろうな」

「貴方の心情を思えば否定して差し上げたいところですが、そうもいきません。間違いなく隊長の存在が原因です」

「お前……少しは言葉を」

「選んでも事実は変わりません」

いっそ清々《すがすが》しいほどにきっぱりと言い切られ、イヴァンは諦めのため息をつく。

「貴方はとあるご令嬢の熱烈な求愛を蹴って、辺境の伯爵令嬢である奥方を選んだ。それだけでも腹立たしいのに、貴方が奥方の領地に行ったことで治安能力が向上し、色々と動きにくくなった」

リカルドが主語をぼかしているのはわざとだ。まだはっきりとした証拠が手元にない以上は、その名を迂闊《うかつ》に口に出すわけにはいかないという、自分とイヴァンへの戒《いまし》めである。

「貴方は目障《めざわ》りだ。けれど、排除しようにも元が侯爵家の出であり、ご執心の令嬢もいるとなれば手は出しにくい。となれば、どうすればいいか——簡単です、奥方がいなくなればいい。貴方があそこにいるのは奥方と結婚したからです。その相手がいなくなればいる理由がなくなるし、何よりもあなた自身が独身に戻る——常に自分自身に都合のいいように考える、小悪党の特徴ですね」

笑顔で辛らつな言葉を吐くのもいつものことだ。

「俺が素直に王都に戻って、次の妻を探すとでも思ったのか……人を馬鹿にするにもほどがある」

「だから今、言ったじゃないですか、自分の都合のいいようにしか考えられない連中だと――隊長が王都に来たのを知って、今がチャンスとでも思ったんでしょう。もっとも、襲撃が失敗したとわかれば、青くなるでしょうね。今までより直接的な手に出たこと自体、相手が焦っている証拠です。たたみかけるなら今、ですよ」

「ああ、数年越しの計画だったようだが……」

「隊長が出てこなければ、まだ長期計画のままでよかったんでしょうけどね」

アルカンジェリ伯から聞いた話によれば、最初の兆候は既《すで》に数年前から出ていたらしい。

「こちらが打てる手はもう打った。後は報告待ちになるが……」

「帰りたいのでしょう？　奥方のところに――いいですよ、報告を受けるだけなら僕で事《こと》足ります。ただ、またすぐにこちらに来ていただくことになるかもしれませんよ？」

「それは構わん――すまないな」

「奥方に説明も必要ですしね。僕としても久しぶりに面白い……というと不謹慎ですが、やりがいがある案件です」

頼もしい右腕の言葉を受け、イヴァンが王都を旅立ったのはその翌朝のことだった。

◆

単騎で駆けに駆け、三日後にはイヴァンはアルカンジェリ領の屋敷に到着していた。

「ヴィーっ！　今、帰ったぞっ」

「隊長っ!?」

旅の埃《ほこり》を落とすのもそこそこに、マントだけを脱ぎ捨てたところで、その声を聞きつけたユージンが出てくる。

「ユージン、よくヴィーを守ってくれたな。感謝する」

「いえ、当然のことです――奥さまならこちらです」

先触れもない突然のイヴァンの帰宅に、目を丸くしているユージンにねぎらいの言葉をかけた後、その案内に従って屋敷の奥に向かう。

普段はあまり――というよりも滅多に足を踏み入れることもない、奥まった一角である。その途中と、窓の外に見える場所にも幾人かの警備兵の姿があった。

「別棟より、こちらの本邸のほうが警備しやすいと思いまして……」

「いい判断だ」

「ありがとうございます。それと、あの出来事が衝撃すぎたんでしょう、奥さまは少々体調を崩しておられます。そのため執務も休んでいただいています」

「そうか、わかった――後で呼ぶ、それまでは待機していてくれ」

ヴァレンティナのいる部屋に入る前に、彼の帰宅を聞いて駆けつけてきた使用人に埃《ほこり》をかぶった上着を渡し、顔と手を湿《しめ》らせた布でぬぐう。病人がいる部屋へ入る前の最低限の身づくろいを済ませた後、部屋のドアをノックすると、すぐに中から応《こた》えがあった。

「ただいま――帰ってきたよ、ヴィー」

「イヴァンさまっ？」

急ごしらえで整えたらしい室内の中、ヴァレンティナは寝台で休んでいた。同じ室内で待機していたのは、イヴァンも顔を知っているユージンの妻だ。ユージンは自分が最も信頼できる人間を、ヴァレンティナに付き添わせてくれたのだろう。

彼女にもねぎらいの言葉をかけ、二人きりにしてくれるようにと告げる。

ヴァレンティナの夫であるイヴァンの言葉だ。すぐに了承され、退出のために開けられたドアが閉まるよりも早く――

「無事でよかった……っ」

イヴァンはヴァレンティナが横たわる寝台の傍《かたわ》らに膝をつき、その手を取った。

◆

「イヴァンさま、どうして……王都にいらっしゃったはずでは？」

目の前に本人がいても尚、ヴァレンティナは自分の目が信じられなかった。

アルカンジェリ領と王都とでは通常ならば片道だけで五日かかる。自分が襲われた日から今日でまだ七日目であることを考えれば、イヴァンがここにいるはずがない。こちらからの使者と入れ違いで王都を発っていたとも考えられるが、疲労の色の濃い顔を見ればそうではなさそうだ。

「ヴィーが襲われたと聞いて、急いで戻ってきたんだ。本当に無事でよかった……っ」

「まぁ……っ」

まさかとは思ったが、本当に王都から駆けつけてきてくれたようだ。

「も、申し訳ありませんっ。大事なお仕事の最中に……」

ここで最初に出てくるのが感謝ではなく謝罪なのが、ヴァレンティナらしい。寝台に横たわった格好の謝罪では失礼にあたると思い至り、ただでさえ悪い顔色を更に青くしながら半身を起こそうとする。

「本当に申し訳……」

「ヴィーのせいじゃない。そんなことは気にせず寝ていてくれ」

当たり前の話だが、そんなヴァレンティナの動きをイヴァンが制する。

しかし、謝ることで頭がいっぱいになっている彼女は、言うことを聞こうとはしなかった。

とにかく安静にしてほしいイヴァンとの間で攻防が続き——

「ああ、もう……ヴィーっ」

「は、はい、イヴァンさ……っ⁉」

とうとう、業を煮やしたらしいイヴァンが実力行使に出る。無理やりにでも起き上がろうとするヴァレンティナの体を寝台に押し付け、上からのしかかるようにして口づけるという、文字通りの口封じだ。

全く話が前に進まない若干の苛立《いらだ》ちと、ヴァレンティナと離れていた十数日間のストレスが込められた口づけは、驚いた彼女がどれほど抵抗しても——そして、体力が尽きたのか、その抵抗がやんでぐったりした後でも、しばらく続けられた。

「……腰が、抜けました……」

ようやく解放され、ヴァレンティナは恨みがましく言う。もっとも、寝台に横たわったままなので特に問題はない（はずだ）。

「すまない。つい……」

自分で考えていた以上に熱のこもった口づけとなったらしく、イヴァンは反省する様子を見せる。けれど、そのおかげでヴァレンティナの思考が、謝罪以外に向いたのでよしとしたようだ。

「少し熱が入りすぎた。体は大丈夫か？　食欲は？」

「大丈夫ですわ。微熱がある程度で、本当なら起きても平気なのですが……」

「熱があるのなら寝ていたほうがいい。無理は禁物だ。ユージンからの報告では、襲撃の衝撃で……とあったが、それをきっかけに、長年蓄積された疲労が噴き出したという可能性もある。ここで無理をして、本格的に体を壊しては元も子もないぞ」

「はい……」

確かに、領主代行を任されて以来、ろくに休みをとった覚えがないヴァレンティナとしては、指摘されたことに心当たりがありすぎた。

「それにしても……本当に無事でよかった」

しつこいほどに繰り返されるそのイヴァンの言葉に、いかに自分が彼に心配をかけていたか、ということを思い知らされる。

——そういえば、私、まだイヴァンさまに『お帰りなさい』も言っていないじゃないっ!?

謝ることで頭がいっぱいで、一番大事なことを忘れていた。そして、こうやって自分を心配して、遠い王都から駆けつけてきてくれたイヴァンには、謝るよりもまず——

「……遅ればせながら、申し上げます。お帰りなさいませ、イヴァンさま。それと、私を案じて王都よりお戻りくださり、ありがとうございます」

「え？　……ああ、そうだった。ただいま帰ったよ、ヴィー」

そう言って柔らかく微笑《ほほえ》んでくれる彼の顔に自分の至らなさを痛感するが、落ち込むのは後回しにすべきだろう。

「ご用の途中でしたでしょうに……お騒がせして申し訳ありません」

「いや、大体のことはもう済んでいた。後は報告待ちの状態だったんだ。ヴィーが気にすることじゃない」

「そうだったのですね」

こうやって落ち着いて話せば、すぐに済むことだった。お互い、慌てふためいていたのが何やらおかしく思える。

「……ふふっ」

「ああ、やっと笑ったね。よかったよ、ヴィー」

「え？　あ……私ったら」

思わず漏れた忍び笑いをイヴァンに敏感に反応されて、頬を火照《ほて》らせる。それでも、こうやって二人で笑い合っていると、随分と心が軽くなるものだとヴァレンティナは実感した。

横たわったまま、そっとイヴァンに手を差し伸べると、期待通りに自分の手を重ねてくれる。

「少し話したいことがあるんだが……起きても大丈夫そうか？」

「ええ、勿論《もちろん》です」

その手を借りて半身を起こすと、イヴァンも寝台に腰かけてそっと肩を抱いてくれた。

以前は緊張と恥ずかしさとで、どうしても体を固くしていたヴァレンティナだったが、今は素直に体を預けることができる。

「帰ってきてくださって、うれしかったです」

だから、だろう。そんな言葉もすんなりと出てきたのは。

「それだけで、私は充分です――また、すぐに王都においでになられるのでしょう？」

「ヴィーは、俺の言いたいことがわかるみたいだな」

「私はイヴァンさまの妻ですもの」

これもまた、結婚した直後のヴァレンティナなら、死んでも口にしなかった台詞《せりふ》だ。

「そうだな、俺の妻だ……その妻に、口づけても構わないだろうか？」

返事の代わりに目を閉じたヴァレンティナの唇に、温かなイヴァンのそれが重ねられる。

時についばむように、時に深く求められ——何度も与えられる口づけに、ヴァレンティナの体の奥に小さな灯がともった。しかし、それが大きくなる前に名残惜《なごりお》し気《げ》にイヴァンが体を離す。

「……これ以上やると、歯止めがきかなくなりそうだ」

それでも構わない、と言いそうになるヴァレンティナだが、何分にもまだ日も落ちていない時間帯だ。

それに何よりも、先ほどイヴァンが言っていたではないか——話がある、と。

「お話を、伺わせてくださいませ」

「そうだな……少し長くなるが、聞いてくれ。これはヴィーの、亡くなった母上と兄上も関係してくる話だ」

その話というのは、イヴァンの部下が調べてきた事実を、王都にいるアルカンジェリ伯にも確認をとった上でのものだった。

アルカンジェリ伯の妻と長男——ヴァレンティナにとっては母と兄が、領地の視察からの帰りに、乗っていた馬車の事故で亡くなったのは三年ほど前だ。ろくな整備もされていない山道を走っていた時、落石により、馬車もろとも崖の下に転落しての死亡である。

領主の妻と嫡男が亡くなったということで、その当時、現場には調査団が派遣された。

それによってわかったことだが、馬車が走っていたのは本来予定されたルートではなかった。ただ、これに関しては、直前に滞在した村で夫人が体調を崩し、急いで領都へと戻ろうとしていたということが判明している。なるべく早いルートを選んだのだろうという話になり、結局は不幸な事故という結論に至っていた。

「……ええ、そのことなら父から聞いておりますわ」

「そうか。だが、この話には少し続きがあるんだ」

その続きというのは、イヴァンの部下であるリカルドが聞き込んできた話のことだ。

ろくな産業もこれといった特産物もないと思われていたアルカンジェリ領に、生育量こそ少ないものの、大変に貴重で希少な薬草が自生している。その生息地がこの領内においても辺鄙《へんぴ》な場所にあり、そのため他に知られることもなかったのを、領主夫人と次期領主の二人がそこを訪れたことによって判明し、行く行くは領の貴重な財源になる――はずだった。

だが、実際にはそうはならなかった。それを知らせる前に、二人が死亡してしまったからだ。

調査では事故という結論が出ていたが、その事情を知った上で考えると、あまりにもタイミングがよすぎる。ただ、何分にも三年も前の話だ。今更、現場を改めても、証拠になるものは出てこないだろう。故《ゆえ》にそれだけなら、イヴァンも自分の胸のうちだけに秘め、ヴァレンティナに話をすることはなかったに違いない。

しかし――

「王都で義父上《ちち》と話をして分かったことがあった――義母上《はは》たちが亡くなる少し前から、とある大身《たいしん》の貴族から、領地の分割を求められていたらしい」

「分割、ですか?」

「ああ。その相手の言い分としては、アルカンジェリ領の窮状《きゅうじょう》を見かねて、少しでも力になりたいのだ、と。領地運営に関する助力や、作物の販売先の斡旋《あっせん》、それから当座の回転資金の提供といったところだな――勿論《もちろん》、全く見返りを求められなかったわけじゃなく、ヴィーを自分の息子の一人に娶《めと》らせて、持参金代わりに利用価値のない領地の一部を、という話だったようだ」

「私を？　ですが、その頃でしたら、私は……」

母と兄が亡くなる前といえば、まだヴァレンティナはヴェノン伯の息子と婚約していた頃ではなかろうか？

「義父《ちち》上にはそこも確認した。ヴィーが、一方的に婚約を破棄された直後、といっていいくらいの時期だったそうだ」

「まぁ……」

ヴァレンティナは、自分が何も知らされていなかったことにショックを受けた。もっとも、その当時の彼女はまだ十五にもなっていなかったはずだ。父親として、言いがかりに等しい理由で婚約破棄となったばかりの娘に、ちょうどいいから他に嫁《とつ》げなどという話ができようはずもない。

どのみち、アルカンジェリ伯にその話を受ける気はなかったのだ。

いかに辺境とはいえ、先祖代々の土地を手放す気になれなかったのが一番の理由だが、その他にも、あまりにもアルカンジェリ領にのみ利がある話に不信感を抱いたし、ヴァレンティナの結婚相手とされた相手にも今一つ信頼がおけず、礼を失しない範囲できっぱりと断ったそうだ。

意外にも、相手もそれであっさりと引いた——と、その時は思われた。

しかし、その後で家族の死という悲劇が襲い、更にはそれまでアルカンジェリ領と取引のあった領主や商人らの態度が変わったのだ。

あれこれと理由をつけて出荷した農作物は買い叩《たた》かれ、購入したいと願うものは値を吊り上げられる。取引自体の量もかなり減らされた。

元々があまり豊かではなかったアルカンジェリ領にとって、それは致命的である。おかげで領地運営に力を注いでいた伯爵は、王都で仕事をすることによって俸給《ほうきゅう》を増やさざるを得ず、そのしわ寄せがヴァレンティナに降りかかってきたというわけだ。

「……お父さまはそんなことは、一言もおっしゃいませんでしたわ」

領地の運営が厳しくなってきたから稼いでくる程度の話しか、ヴァレンティナは聞かされていなかった。

「ヴィーがもしそれを知ったら、その相手に嫁《とつ》ぐと言い出すと思ったんだろう」

確かに自分が言いそうなことだ、とヴァレンティナも思う。

「ちなみに、その相手だが——アーメンディア侯爵家という名に、聞き覚えはあるか？」

「アーメンディア……お名前を耳にしたことはありますが、それ以上、特には……」

「そうか。だったらいい。色々ときな臭い噂《うわさ》のある家だ。義父《ちち》上はそれをご存じなかったようだが、断ってくれて幸いだった」

そして、ここから最も重要な話となる。

「アーメンディア家には、危険な薬物の取引に関する嫌疑がかけられている。今まで知られていなかった類《たぐい》のものだが、強い常習性と禁断症状が出るのが特徴だ。他にも数種、人の精神や肉体にかなり強い影響力を持つものも含まれている。数年前から王都で出回っていたらしいが、黒幕がわからずに手を焼いていたそうだ」

王都騎士団にいたイヴァンがそれを知らなかったのは、主に裕福な商人や貴族の間で取引されていたため、そちらにも捜査権のある別の機関が動いていたからだ。

そして、今になってそのことを知ることができたのは、彼の実家に相談を持ち掛けたおかげだった。王宮で要職についている父に話をしたところ、詳細はぼかされたものの、その家名が判明したのは大きな収穫だ。

後は、『裏』の世界に詳しい元部下に探《さぐ》らせて――おそらくだが、今頃はリカルドがその報告を受けている頃だろう。

「だが、まだ証拠が揃いきっていない。そのためにヴィーと、この屋敷の皆に協力をしてほしいことがある」

「私たちがですか？　どのようなことでしょう？」

「ヴィーは今、執務をすべて休んでいたな？」

「え？　ええ、その通りですわ」

　おかげで復帰した時にどれほど仕事が積み上がっているか……うんざりした気持ちを隠し切れないヴァレンティナだったが――

「それならば尚更、好都合だ」

　ニヤリと人の悪い笑みを浮かべたイヴァンが口にした計画に、柄にもなくワクワクとした気持ちが込み上げてくる。

「しばらくは不自由だろうが、そこは我慢してくれ」

「勿論《もちろん》ですわ。それよりも……イヴァンさまこそお気をつけて。どうか、怪我などなさらないでくださいましね」

「ああ、決してヴィーを泣かせることはしない。誓うよ――二日もすれば、また王都に行く羽目になるだろうが、それまではヴィーの側にいたい。いさせてくれるね？」

「……はい」

ドアの外では、ユージンが妻と一緒にイヴァンが出てくるのを待っていた。

いつまで経ってもその様子がないことに業を煮やし、そっと細目に扉を開け——その直後、後悔と共にぴったりと閉じる。

「……お二人の夕食は、何か簡単にとれるものを頼んでおいてもらえるか？」

「はい、貴方」

何故《なぜ》とは聞かない、できた妻である。

「それから、その、何だ……俺たちもそろそろ二人目を考えてみないか？」

「……まぁっ」

二人共、本来は勤務時間中ではあるが、あたりに人目はない。ほんの少し、私的な会話を交わすくらいは許されるだろう。

扉の向こうの誰かにあてられたからではない、きっと、たぶん。

「できれば、次は男がいいな。いや、勿論《もちろん》、娘でもいい。元気で生まれてくれるのが一番だ」

「気が早いですわ、貴方。でも……そうですわね。私も貴方に似た息子が欲しいです」

巡り合わせ次第だが、もしかしたら妻に乳母《うば》の話が持ち上がるかもしれない。ついでに、まだ見ぬ息子（と仮定しての話だが）が、自分と同じようにその息子に仕えるようになれば……そんな願望を胸に、ユージンはそっと妻の肩を抱いた。

第八章　いきなり……ではなく満を持しての反撃です

そろそろ夏が終わろうとする頃、王都の一部で秘かに噂《うわさ》になっていることがあった。

王国でも特に辺鄙《へんぴ》な場所に領地を持つアルカンジェリ伯爵家に、何やらまた不幸があったらしい、と。

アルカンジェリ伯といえば、先頃、次女とノチェンティーニ家の三男が結婚したばかりのはずだ。三十歳を超えても一向に身を固める様子もなく、社交界を気ままに泳ぎ回っていた侯爵家の三男が、誰もその存在すら知らなかった辺境の伯爵令嬢を妻にした時には、貴族たちの間にかなりの衝撃が走った。更には、華やかな王都の生活をあっさりと投げ捨て辺境に引っ込んだのには、一体どのような心境の変化があったのかと取りざたされたものだ。

口さがない一部の者は、どうせすぐに戻ってくるに違いないと言いまわっていたが、数か月経っても一向にその様子もない。これは本気でそこに骨をうずめる気らしい、という認識が出来上がりつつあった――そんな頃合いの話である。

王宮の文書課という地味な職場で大過なく過ごしていたはずのアルカンジェリ伯が、いきなり休暇をとって領地に戻った。それと入れ替わるように、妻と領地にいたはずのイヴァンが王都に戻ってくる。それだけならまだしも、婿入り――ではないが、同じようなものだと周囲に認識されている結婚をしたはずなのにアルカンジェリ邸ではなく、実家であるノチェンティーニ家に滞在しているというのだ。

一体何があったのか……噂《うわさ》好きの王都の雀《すずめ》らが、躍起になって詳細を知りたがったのは無理もない。

そしてそこに、まことしやかに伝わってきたのが――

『アルカンジェリ伯の次女は何らかの理由で現在、生死の境《さかい》をさまよっており、夫であるイヴァンは、近い将来の彼女との死別を視野に入れ、王都に戻ってきている』

出所も定かではない噂《うわさ》だったが、彼女の父と夫の動向からして、その信憑性《しんぴょうせい》はかなり高いと判断され、瞬《また》く間に王都の貴族の間に広がっていったのだった。

「――少しは疑えよーって思うんですけどねー」

王都にとんぼ返りをしていたイヴァンは、主不在となったアルカンジェリ邸ではなく実家であるノチェンティーニ家の邸宅で、リカルドと共に元部下の報告を聞いていた。

「アルカンジェリ伯家なんていう、しょぼい――あら、すみません。ちっちゃい、じゃなくて、弱小……でもなくて、地味、えっと、目立たないお家の内々の事情が、なーんでこんなに広がってるのかとか、全く気にしないんですもの。噂《うわさ》を流したアタシのほうがびっくりしちゃいました－」

言葉遣いだけを聞いていると女性にも思えるが、歴《れっき》とした男である。

王都騎士団に所属しており、任務中はもう少し男らしい話し方をするものの、今はその任務を外れての行動であるので、地が出ている様子だ。ちなみに、見た目もその口調が納得できるくらいには『美人』だという、なかなかに癖のある人物だった。

「まぁ、ウチの実家にも協力させたんで、当たり前っちゃ当たり前なのかもしれませんけど……それで、こんなものでよかったです？」

「ああ、助かった――だが、大丈夫か？　お前の実家にも迷惑をかけたし、あまり目立つ行動をして、今の上司に目をつけられてもまずいだろう？」

元部下ということは、王都騎士団に所属しているということだ。本人の能力に加え、アルカンジェリ家よりははるかに社交界に影響力のある家の子息であったために巻き込んでしまったが、本来は既《すで》に退団しているイヴァンの頼みを聞く義理はない。

「実家のほうなら全然！　です。ノチェンティーニ家に恩を売れるってことで、喜んで協力してくれました。団にも、いい感じに持て余されてますからねー。今回のことがなくても、降格か退団かって二択を迫られそうな勢いなんで、そっちも気にしなくて大丈夫です」

「それは大丈夫とは言わないでしょう……」

呆れたようにリカルドが言うが、彼――トーマは、全く気にする様子もない。

「クビになったら、大手を振って隊長のとこに行けるじゃないですかー。だから全く問題ないです」

「……まぁ、俺が引き抜いた形にならないなら、な」

成年するかしないかという頃から悪所へ出入りをし、そのおかげで裏にも顔が利くというう、イヴァンとは違う形の『問題児』だった彼については、実家も既《すで》にさじを投げているらしい。今回のことについても、息子の頼みだから……ではなく、本人も言ったようにノチェンティーニ侯爵家とのつながりが目当てのようだ。

「副長とユージンはまだわかりますけど、キースが連れてってもらえたってズルいですよねー。残され組のゲイルとダリオと、一緒に泣きましたもん」

イヴァンの直属だった小隊長は五名。そのうちのユージンとキースに加え、トーマまでがアルカンジェリ領に来るとなると、最後まで残された二人がどう出るか……だが、これは今考えても仕方のないことだ。

「そーゆーわけですから、居場所作って待っててくださいねっ。あ、それと頼まれていたほうも報告書にまとめてるんで、後で副長に渡しときますねっ」

語尾にハートマークでもついていそうな勢いで告げ、トーマは屋敷を辞した。

残されたイヴァンとリカルドは、相変わらずの彼の様子に苦笑を漏らした後、表情を引き締める。

「さて、エサは撒《ま》き終《お》えた……後はどう出るか、だな」

「そろそろ食いついてくる頃だと思いますよ」

イヴァンの言葉にリカルドが応じるが、彼の言った通り、その機会はすぐに訪れたのだった。

◆

噂《うわさ》が王都の社交界に浸透していくにつれ、ノチェンティーニ家に――というよりも、そこに戻ってきていたイヴァンに対して、あちらこちらの貴族から夜会やお茶会の招待状だの、訪問のお伺いだのが頻繁に届くようになった。

そのほとんどは『事情があり、今は社交をする気にはなれない』という理由をつけて断りまくっていたのだが、家同士の力関係などにより、中にはどうしても断りづらいものがまじってくる。

ただ、そういった場合であっても、『どうしても今はそんな気になれないのでご容赦《ようしゃ》ください』といった趣旨のイヴァン直筆の手紙で、何とか矛《ほこ》を収めてくれるのだ――普通は。

「――お会いくださってありがとうございます、イヴァンさま。このたびは、ヴァレンティナさまが、大変にお気の毒なことになってしまったと伺って……ご夫婦であられたイヴァンさまのご心中、いかばかりかと存じますわ」

そこまでしても、まだしつこく食い下がった例外が、イヴァンの目の前に座っていた。

「お見舞いのお言葉、ありがたく頂戴します。アーメンディア侯爵令嬢」

アーメンディア侯爵令嬢であるジリアンが言うには、彼女とヴァレンティナは以前からの知り合いで、今回の話を聞き、その夫であるイヴァンにどうしても一言、お見舞いを言いたい、とのことだ。

同じ侯爵家であり、妻の知己《ちき》であると言い張られると、承諾せざるを得ない。渋々ながらも訪問を受け入れるとの返事をしたところ、即日、侍女を引き連れてやってきたのだ。

ただ、侯爵家令嬢ともなると通常は侍女を数人控えさせるのだが、部屋の中まで入ったのはたった一人であったのは、彼女なりに気を使ったのかもしれない。

もっとも――

その服装はといえば、友人の身を案じているものとは見えず、今から王城の夜会にでも行くのかと思うほどの気合の入ったドレス姿である。何より、ヴァレンティナの友人だ……という触れ込みであるのに、彼女が口にしたのはまるでお悔やみだった。

ちなみに、トーマたちがリークさせた話の内容は――

『アルカンジェリ領で何事かあり、ヴァレンティナが床《とこ》に伏せっている』

『当主が領地に戻った』

『イヴァンが王都に戻ってきたが、アルカンジェリ邸ではなくノチェンティーニ家に滞在している』

というものだ。

ヴァレンティナが、主に過労で寝込んだのは本当だ。父であるアルカンジェリ伯が、その代わりに領政を見るために一時、そちらに戻ったのも、イヴァンが王都に来ていることも、すべてが事実である。

一言も嘘はついていない。

ただ、そこから噂《うわさ》に尾ひれがついていくのは、止めなかった。

案の定、いい感じに尾びれに背びれ胸びれまでつくのを、笑いながら見ていただけである。

「妻が回復した後、アーメンディア侯爵令嬢が案じてくださっていたと聞けば、きっと喜ぶことでしょう」

しかし、内心の憤《いきどお》りは綺麗に隠して、イヴァンは当たり障《さわ》りのない返事を返す。それを聞いた侯爵令嬢が、『おや……？』とでも言いたげな顔になるのは、彼の言葉でヴァレンティナがまだ回復の見込みがあるのかと、疑問に思ったからに違いない。

「……ヴァレンティナさまのご容体は、いかがなものなのでしょうか？」

今になってそれとなく（と、彼女は思っているのだろう）探《さぐ》りを入れてきたので、わざと沈痛《ちんつう》な面持《おもも》ちを作って答える。

「私が最後に会った時には、寝台に横たわったままで……会話もあまりできませんでした」

「まぁ……本当にお気の毒に……」

またしばらく会えなくなるということで、前夜にちょっと色々と頑張りすぎた結果のことだが、これもまた嘘は言っていない。

　アーメンディア侯爵令嬢がどう取ろうと、それは彼女の責任である。

「……ところで令嬢は、私の妻といつお知り合いになられたのでしょう？　妻からは何も聞いていなかったのですが……？」

「以前、まだヴァレンティアさまがイヴァンさまとご結婚なさる前ですけれど、とある夜会で知り合ったのですわ。とても謙虚でつつましやかな方で、私、一目で彼女のことが好きになりましたの――それ以降も、たまにですがお会いするたびに、親しくお話をさせていただく仲でしたのよ」

　イヴァンの話で、まだ息はあってもそう長くはない、とでも判断したようだ。

　本人に確認される心配もなくなったと思ったらしく、すらすらと嘘八百を並べ立ててはいるが、ヴァレンティナが王都の夜会に出たのは、後にも先にも、イヴァンと出会ったあれ一度きり。

　しかも、親しく話をする仲だというくせに、今、彼女の名を間違えた。

　これでよくイヴァンを騙《だま》せると考えたものだが、そんなおめでたい頭の持ち主でなければまんまとこの罠に引っかかりはしないだろう。

「そうだったのですね。そういえば……私が妻と出会った夜会ですが、あの時も令嬢は出席なさっていましたね。あの折にも、話をなさっていたんですか？」

「え？　……ああ、ええっ、そうですわ——ねぇ、イヴァンさま？　よろしければどうぞ私のことは、ジリアンとお呼びくださいな。ヴァレンティアさまも、そう呼んでくださっていましたのよ」

イヴァンが訂正しなかったためか、彼女の中では『ヴァレンティア』で固定されたらしい。

妻を故人扱いされただけでなく、勝手に友人を名乗り、その上、間違った名前を繰り返され、はらわたが煮えかえる思いのイヴァンだが、もう少しだけ辛抱を続ける必要があった。

「そうですか？　では、失礼ながらジリアン嬢と——あの夜会は私にとっても、大変思い出深いものでよく覚えております。そういえば、ジリアン嬢はあの時、大変によい香りの香水をつけていらっしゃったと思うのですが、今は違う香りのようですね？」

「まぁ、覚えていてくださったんですね！　ええ、あれは父からもらった、大変に珍しいものなのですわ」

「ほう……お父上から？」

かかった、と思っても、まだ顔には出さない。

「男親というのは、そういうことには疎《うと》いのが普通かと思いますが、お優しい父上ですね。ですが……そうか、それは残念でした」

「残念……？　イヴァンさま、それはどういうことなのでしょう？」

「……まだ妻のある身で、このようなことを申し上げるのは、ジリアン嬢に対して失礼極まりないのですが……」

「構いませんわ、ここには私とイヴァンさまの二人だけです。ですから、どうぞおっしゃって？」

そうはいっても、部屋の前には彼女の侍女がいるのだが——侯爵令嬢であるジリアンにとって、それは人のうちに入らないらしい。

身分に関係なく、自らの周りにいる者を大切にするヴァレンティナであれば、決して口にしない言葉だ。

ここにいない愛しい妻につい想いを馳《は》せそうになり、イヴァンは急いでそれを頭から振り払い、その誘いに乗る。

「そうですか？　では……不思議なことに、あの香りをまとわれたジリアン嬢が頭から離れないのです。今日にしても、貴女《あなた》は私の妻の身を案じて来てくださったというのに、私はもう一度あの香りをまとった貴女《あなた》に会えるのではないかなどと……ですが、当たり前の話、そんな私に都合よくいくはずもありませんね」

珍しいものというのなら、つける場所も限られてくるのでしょうね、と、残念そうに告げ、ついでに少し流し目を送ってみる。

このあたりは昔取った杵柄《きねづか》で、その効果もイヴァンは十二分に心得ていた。

ちなみにここでもイヴァンは、一言も恋だの愛だのといった言葉は口にしていない。頭から離れない、もう一度会いたいと思っていたのは、どうにかして彼女のしっぽをつかみたかったからだ。

「まぁ……そんな風に思ってくださっていたのですね、イヴァンさまっ」

伏し目がちにイヴァンに見つめられ、ジリアンの頬にぽっと赤みがさす。あまりに簡単に引っかかる相手に些《いささ》か拍子抜けするが、この先が勝負だ。イヴァンは気を引き締めた。

「いえ、どうかこの話はこの場限りということで――ジリアン嬢もどうかお忘れくださ い。どのみち、私はまたすぐにアルカンジェリ領に行かねばなりません。そうなれば、このように親しくお会いする機会もなくなると思いますし……」

『戻る』のではなく『行く』といい、気乗りのしない様子を見せつける。

そうやって最後の餌《えさ》を投げると、入れ食い状態で食いついてきた。

「お待ちになって、イヴァンさまっ。実は……あの香水は確かに珍しいもので、私もあまりつけないのですけれど、たまたま今日は持ってきておりますのっ」

即効性の媚薬など、普通は持ち歩かないだろう。今持っているということこそ驚きだ——だが、イヴァンはこれを予想していた。

ジリアンは、ヴァレンティナが既《すで》に故人であると思い込んで、ここに乗り込んでいる。傷心のイヴァンにあの薬を嗅《か》がせ既成事実を作れば、まんまと自分がヴァレンティナの後釜に座ることができる——ここがノチェンティーニ家であるとか、まだ昼日中であるとかは、彼女にとっては些細《ささい》なことなのだろう。いや、かえって多数の証人がいる状態であれば、イヴァンも言い逃れができないとでも考えたのかもしれない。

何も最後までイタす必要はないのだ。未婚の令嬢に襲いかかったというだけで、十分なスキャンダルになるのだから。

ヴァレンティナが存命中であると知らされ、もしかすると一旦はその計画を諦めかけたのかもしれないが、今度はイヴァンの言葉により『まだ死んではいないが、近い将来にそうなる』という新たな誤解に導かれる。更にはこの後、彼と接触する機会もなくなると言われれば、一か八かの勝負に打って出ようと考えるはずだ。

甘やかされた底の浅い貴族令嬢の考えることなど、イヴァンたちにはお見通しだ。

……本来の計画では、ジリアンがヴァレンティナを死んでいると思っているのなら、そのままにするはずだったのだが、『お見舞いを』といった舌の根も乾かぬうちにお悔やみめいた言葉を告げられ、イヴァンはついかっとなってばらしてしまった。とはいえ、その後の会話でフォローしたし、最後の餌《えさ》の効果もあって、まんまと引っかかってくれたというわけだ。

「お持ちになっておられたのですか？　お父上からいただいたという香水を？」

「ええ。少しお待ちになって」

いそいそと待機させていた侍女を呼びよせながら、ジリアンが答える。

彼女が連れてきていた侍女の他に、ノチェンティーニ家の者も室内にいるのが普通だが、これも彼女が行動しやすいようにと『内々の事情で、慌ただしくしておりまして……』との言い訳で下がらせてある。

準備は万端に整っていた。

「お父上はどのようにしてそれを手に入れられたのでしょう？　珍しいものだとおっしゃいましたが、もしや異国のものなのですか？」

「え？　いえ、数年前に父が雇った薬師が作ったものですの。なので、他で売っているものではないのです」

「ということは、それを作れるのはお抱えの薬師だけ――つまりアーメンディア侯爵家のみ、ということですね？」

「そうなりますわ」

自分の計画がうまくいきそうだということで、ジリアンはかなり浮かれているらしい。誘導尋問だとも気づかず、ぽろぽろとしゃべってくれる。

その間にも、ジリアンは侍女に持たせていたポーチから、小さな瓶と白いハンカチを受け取り、少量をそこに染み込ませると、その面をたたんだ状態でイヴァンに差し出してきた。

「今日の私は、別の香りをまとってしまっておりますので、どうぞこちらでご確認なさってくださいませ」

吹き付けた面に触れないよう、またかなり顔から離しての作業だったのは、自分がその影響を受けないためだろう。

無論、イヴァンもその効き目については一度、経験している。少しでも吸い込めば効果を発揮するのだが――素直にそのハンカチを受け取り、鼻のあたりへ持っていった。

「……ああ、確かにこの香りですね。間違いない」

息を吸い込みつつ香りを確認し平然と返すイヴァンに、やっとジリアンは異変に気がついたようだ。

「イヴァンさま……？　あの……？」

「どうかされましたか？」

「いえ、あの……ご、ご気分はいかがでしょう……？」

「とてもいいですよ。貴女《あなた》のおかげで、やっと証拠も手に入ったことですし」

「……え？」

呆然としているジリアンの手から香水入りの小瓶を取り上げるのとほぼ同時に、客間の扉が開いてどかどかと人が入ってくる。

「隊長！」

先頭にいるのはリカルドで、その後ろに王都騎士団の隊服を着たトーマと、彼とは違う制服に身を包んだ数人の男たち――その一人がイヴァンに近づいてきて、小瓶とハンカチを受け取る。他の者はジリアンと侍女を取り囲むようにして、イヴァンとの間に立ちはだかった。

「イ、イヴァンさまっ!?　これはどういうことですのっ？」

「アーメンディア侯爵令嬢。彼らは、今までの私たちの話をすべて聞いていたんですよ」

ジリアンという名を呼ぶのではなく、元通りの『アーメンディア侯爵令嬢』という言い方に戻したイヴァンは、やっと素の自分が出せることを喜んでいた。

「は？　え……あの、イヴァンさま……？」

「貴女《あなた》は知らないだろうが、今まで俺に接触しようとしていた連中は、皆『奥方はどうしたのか？　事故か？　病気か？』と聞いてきた。なのに、貴女《あなた》は最初からヴィーが死んだ、或《あるい》いは今にも死にそうだという前提で話をしていた。おかしいとは思わないか？」

イヴァンに恋するあまり、そう思い込みたかっただけ――という言い訳をしてくる可能性もあるが、仮にも人の生死にかかわることである。普通なら、最低限の確認はするはずだ。

しかし、そんな素振りすらなく、あたかもそれが既成事実であるように口にしたのは、ヴァレンティナが倒れたのが、毒を塗った短剣を持った者に襲われた直後だということを知っていたとしか考えられない。

襲撃者はキースの目の前で死んでいるし、彼がそのことを話したのはごく一部の限られた者だけである。となれば、もし他にそれを知っている者がいるとすれば、それは襲撃を依頼した本人及びその関係者しかいない。

「そ、それは……私が聞いた噂《うわさ》ではそうなっていたからですわっ」

「では、その噂《うわさ》を聞いたのはいつだ？　どこで誰から聞いた？」

既《すで》にイヴァンは、ジリアンに対して丁寧な言葉遣いをする気すらなかった。

「そ、それは……どこかの夜会でですわっ。他の方が話していたことが聞こえただけで……そんなこと、いちいち覚えてなんかいられませんっ」

「なるほど。では、そちらは後で確認させよう。貴女《あなた》に招待状を送った貴族はすぐにわかるし、他の招待者に聞けば、どのような形でヴィーの件が伝わっていたかも判明するだろう」

必死で反論してくるが、そんな場当たり的な言い訳ではイヴァンをごまかすことなどできない。

それに何より、本題となるのはこれからだ――ヴァレンティナについての話を最初に持ってきたのは、偏《ひとえ》にジリアンの発言がイヴァンの逆鱗《げきりん》に触れたせいである。

「この瓶に入っているのは、昨今、王都で出回っている危険な薬物の一つだ。摂取した者の理性を低下させ、性欲を急激に増幅する。他数種類と共に、つい最近、禁止薬物として認定された」

「そんな……い、言いがかりですわっ！　だって、イヴァンさまはその匂いを嗅《か》いでもなんともないではありませんかっ！」

咄嗟《とっさ》にそんな反論ができるくらいには、ジリアンも頭が回るらしい。しかし、これには仕掛けがある。

「アーメンディア侯爵令嬢は知らなかったようだが、これの主成分として使われている薬草には、非常に相性の悪いものがある。その薬効が体にある状態では、匂いを嗅《か》ぐだけじゃなく、口から摂取したとしても全く効果がなくなるんだ」

言うまでもなく、これはあの老爺から教えられたことだ。そして当然、イヴァンをはじめとしたこの場にいる男たちは全員、それを服用していた。

「そして、つい先ほど、貴女《あなた》は自分の父親だけがそれを供給できる環境にあると証言した」

「わ、私はそんな……おやめなさいっ。私はアーメンディア侯爵の娘ですっ！　下賤《げせん》の者が私に触れるなど――」

「あー、残念ですが、お嬢さま。この人たち、国王様直属の特殊任務専門部隊です。なもんで、相手がどんな高位の貴族だろうと関係ないんですよねー。ついでに言うと、彼らが見聞きしたことは、すべて、裁判での正当な証拠として効力を発揮します」

リカルドの後ろから、ひょいと顔だけを出したトーマが言う。

厳密には彼がここにいる必要はないのだが、自分が一枚かんだこの件について、最後まで見届けたいという希望をイヴァンがかなえたのである。

ただ働きどころか、下手をするとクビになりそうな案件を快く引き受けてくれた彼のためにできる、せめてもの罪滅ぼしだった。

「アーメンディア侯爵本人についても、調べは進んでいるそうだ。物証が乏《とぼ》しいのが問題になっていたが、今回のことでそれも解決した——それもこれも令嬢のおかげだな。感謝する」

「そ、んな……イヴァンさまっ⁉」

「ああ、それと、最後に教えておこう。ヴィー、いや、俺の妻のヴァレンティナは過労で少し寝込んだだけだ。今頃はそれも回復して、義父《ちち》と一緒に領政に励《はげ》んでいるはずだ」

『ナ』の部分にわざとアクセントをつける。名前を間違えられたことを根に持っているのだ。そんな子供っぽい意趣返しに、リカルドが小さく苦笑する。

それはさておき——

「もうよろしいでしょうか？　では——連れていけ」

「はっ！」

侍女共々、文字通り引きずられながら部屋を出ていくジリアンには目もくれず、イヴァンは特殊部隊の隊長と挨拶《あいさつ》を交わす。

「ご足労いただき、ありがとうございます」

「こちらこそ、大変に助かりました——後々の話ですが、国として、件《くだん》の薬草についてのお話をさせていただくことになるかと思います」

「そちらについては、アルカンジェリ伯へお願いします。あれの生息地はアルカンジェリ領ですので」

「それもそうですな……では、今回はこれにて失礼いたします」

ドアの向こうからは、まだ切れ切れにジリアンの騒ぐ声が聞こえていたが、それに注意を払う者は誰もいない。

「……これで、安心して領地に帰れますね」

「ああ。やっと落ち着いてヴィーに会える」

イヴァンとしては、それが何よりも重要なことだった。


――それからしばらくして。

アーメンディア侯爵家が、大小様々な罪状により取りつぶしになったという話がイヴァンたちの耳に届いた。

違法薬物だけではなく、他にも色々と後ろ暗いことに手を出していたらしい。その中には、アルカンジェリ伯爵夫人と嫡男の暗殺と、その後の妨害工作の罪も含まれていた。

当主は裁判にかけられた後に極刑になり、協力していた息子たちも同様に――妻と娘は、直接の関与がなかったということで、辺境の修道院に終生預かりとなったという話だ。

尚、ヴェノン伯爵家もアーメンディア家の悪事に加担していたということで、現当主は隠居という名の蟄居《ちっきょ》を命じられ、その家族も彼と運命を共にしている。

ただし、共犯というよりは使い走り程度だと判断され、領地を削られて爵位を下げられはしたものの、家そのものの存続は認められた。分家より新しい当主が選ばれたらしいが、しばらくは肩身の狭い思いをするだろう。

そしてアルカンジェリ領は、希少で貴重な薬草の産地として、一躍、国内の注目を集めることとなった。

現在は自然に生えているものしかないが、この先の需要の拡大を見越し、国王肝《きも》いりで人工的に栽培できないかどうかの研究が進められるという話もある。領の未来は明るいものとなった。

◆

王都での騒動が一段落するより早く、イヴァンはさっさとアルカンジェリ領に戻っていた。

もう少し滞在していてほしいという要請もあったのだが、出せる証拠はすべて出したし、証言も終わっている。これ以上いても意味がないとの判断だが、最も大きな理由は彼が妻に会いたかったから、だ。

アルカンジェリ伯のほうはそれよりも早く王都に舞い戻ってきていて、職を辞するための引き継ぎにいそしんでいた——領の財政が上向く目途《めど》がついたので、王都で稼ぐ必要がなくなったのだ。

久しぶりのアルカンジェリ領は、そろそろ秋の気配が漂《ただよ》い始めていた。

前回とは違い、今回のイヴァンはきちんと先触れを出しており、彼が到着した時、本邸の前にはずらりと出迎えの者たちが並んでいた。

「イヴァンさまっ！　お帰りなさいませっ」

「ただいま帰ったよ、ヴィー」

二頭立ての馬車から降りた途端、イヴァンの胸にヴァレンティナが飛び込んできた。

「ご無事でよかった……お帰りを心待ちにしておりました」

恥ずかし気に頬を染め、それでいてうれしさを隠せないでいる妻の様子に、イヴァンの胸も熱くなる。

思い起こすと、彼女と結婚してそろそろ半年が経過していた。更にその何割かは離れて暮らさざるを得ない状況だったのが、ここに来てようやく二人の間に立ちはだかっていた様々なものが取り払われたと実感できる。

「俺もヴィーに会いたかった。長く留守にしてすまなかったが、これからはずっと一緒だ」

「はい」

華奢《きゃしゃ》な体を両腕で抱き締め優しくささやくと、ヴァレンティナが薄紅色に染まった頬をそっとこすりつけてくる。

このまま寝室になだれ込みたくなるイヴァンだったが、それを懸命にこらえ、ヴァレンティナの肩を抱いたまま、彼の後から馬車を降りてきた者たちに顔だけ向けて言葉をかける。

「お前たちもご苦労だったな。しばらくゆっくり休んでくれていいぞ」

「え？　ちょ……ちょっと待ってっ！　それだけですか、隊長？　奥さまに紹介してくれないんですかっ⁉」

聞こえてきたのはヴァレンティナには聞き覚えのない声だ。

「イヴァンさま？」

「ああ、すまない、忘れていた――王都での俺の元部下だ。あっちでクビになったというんで、仕方なく連れてきた」

「ひどいっ！　あれだけこき使ったのに、その言い草……失礼しました、奥さま。トーマと申します。以後、よろしくお願いいたします」

「まぁ……イヴァンさまのお手紙にあった方ですね。私のお、夫が、お世話になりました。こちらこそよろしくお願いいたします」

顔を見て、一瞬『え？　女性っ？』と思ってしまったヴァレンティナだが、どう見ても男性の体格であることに気がついたらしく、ほっとした様子で挨拶《あいさつ》を返す。

生憎《あいにく》とまだイヴァンに抱き締められたままだったが、それを指摘するほど空気の読めない者はいなかったのでよしとしたようだ。

イヴァンのほうは、ヴァレンティナが初めて自分を『夫』と口にしたことで、またも感動に打ち震える。

「お嬢さま、そろそろ中へお入りになってください。子爵さまも、さぞやお疲れでございましょう」

頃合いを見計《みはか》らい、屋敷を取り仕切っている者が声をかけてきたため、ようやく場所を移すことになったが、その間もずっとイヴァンはヴァレンティナを己《おのれ》の側から離そうとはしなかった。

その夜の本邸では、ささやかではあるがイヴァンの帰宅を祝う宴《うたげ》が催《もよお》され、彼の部下たちも久しぶりの再会を喜んでいた。

「だーかーらっ！　なんでアンタだけ連れてってもらえたのよっ!?　不思議に思ってたんだけど、泣き落としとかずるいでしょっ」

「うるせぇっ。やったもん勝ちだっつーのっ――てか、お前こそなんで今頃になって来るんだよっ」

「そこの二人。いい加減にしなさい、他の方も見ていますよ」

「懐かしいな、このやり取り」

……喜んでいるのだと思う。

そして、そんなにぎやかで楽しい宴《うたげ》が終わった後、イヴァンとヴァレンティナは本邸を辞し、自分たちの住まいである別棟に向かう。

「ここも随分と留守にしていたな」

「ええ。私もイヴァンさまがいらっしゃらない間は、本邸におりましたし……」

再度の襲撃の懸念もあり、そうしてくれと頼んだのは、他ならぬイヴァンである。

主夫妻が不在となっていた別棟だが、きちんと管理されており、埃《ほこり》をかぶってもいないし、黴《かび》臭くもない。

「久しぶりに、ヴィーとここで二人きりのせいだからかな……妙に新鮮だ」

「まぁ、イヴァンさまったら」

イヴァンの言葉に笑いはしたが、実はヴァレンティナも同じように感じていた。

特に調度などを弄《いじ》ったということもない。いつも通りに、綺麗に整えられた寝台には、糊《のり》のきいたシーツがかけられている。

その上に二人並んで腰かけ、ふと思い出すのは初めてここで二人きりになった時のことだった。

「そういえば、初めての夜のこと……イヴァンさまは、覚えていらっしゃいますか？」

この場合の『初めての』とは、あの事件の夜ではなく、この部屋で迎えた初夜の折のことだ。あえて言わずとも、イヴァンには通じたようだった。

「ああ、勿論《もちろん》だ。あの時は……流石《さすが》の俺も驚いた」

ほぼ初対面も同じのイヴァンとの初夜で、ヴァレンティナはがちがちに緊張していたのだ。

イヴァンのほうは流石《さすが》に余裕があったものの、いきなり『浮気されても仕方がないと思っていますので、自分を気にせずとも大丈夫です』との爆弾発言をいただく。

あれはまだ春の初めの頃だった――秋風が吹き始めた今からすると、もう半年近く前になる。

「あの時は本当に失礼なことを申し上げました」

頬を火照《ほて》らせながら、ヴァレンティナが当時のことを詫《わ》びる。

「それと……申し上げ損ねておりましたが、母と兄の無念を晴らしていただいたこと、本当にありがとうございました」

イヴァンたちが来てくれなかったら、今も二人の死因は事故のままだっただろう――あの時もやはり、薬草の盗掘に来ていたアーメンディア侯爵家の手の者が、アルカンジェリ伯が薬草の存在を知るのを阻止しようと、落石事故に見せかけて二人を葬《ほうむ》ったのだ。

それが、アーメンディア家にあった報告書から明らかになっていた。

「義母《はは》上と義兄《あに》上のことについては、特段、俺が動いたわけじゃないんだが……」

「いいえ。イヴァンさまが来てくださらなければ、ずっとわからないままでしたでしょう。二人もきっと喜んでいると思います」

亡くなった二人を思い出しわずかにしんみりとなるヴァレンティナだったが、すぐに表情を改める。

そして――

「今、このようなことを申し上げるのも、おかしな話かもしれませんが……」

「……どうした？」

緊張し並々ならぬ決意をみなぎらせたヴァレンティナの表情に、イヴァンが警戒する様子を見せる。先ほどの会話ではないが、初夜の時にとんでもないことを告げられた折も、ヴァレンティナはこれと似た表情を浮かべていたが、それは自覚していない。

「イヴァンさま……私……」

ヴァレンティナは何度も口を開けては閉じるという動作を繰り返し、そしてとうとう覚悟を決める。

「イヴァンさま。私……イヴァンさまのことを、お……お慕い、申し上げておりますっ！」

最初は蚊《か》の鳴くような声だったが、途中からどんどんと大きくなり、最後はほぼ叫ぶようにして告げた言葉の中身に、イヴァンは一瞬反応し損ねた。

「……は？」

どんなことを言われるのか――もしかすると、領の財政も上向いたことだし、無理やりさせられたこの結婚を白紙に……とでも言われるのではないか？　そんなことを考えていたらしいイヴァンにとっては、あまりにも唐突な愛の告白だ。

そのため間抜けな一言を漏らしてしまう。できるのは、やっと言い終えることができたヴァレンティナをただ見つめるだけだ。

「も、申し訳ありませんっ。私ったら、あの……今のは聞かなかったことにしてくださいませっ」

「え？　いや……待て、待ってくれっ!?」

せっかくのヴァレンティナの愛の告白なのだ――やっとそれが理解でき、イヴァンが慌てる。聞かなかったことになど、できるはずがない。

「違うんだ……あまりにも意外、ではなく、うれしかったんだっ」

これまで数々の美女から愛の告白を受けてきた彼だが、今日のこれほどうれしかったことはない。

「あまりにもうれしくて……すまん、もう一度言ってもらえないか？」

「え？」

「頼む。お願いだ、ヴィー」

そこまで言われれば、ヴァレンティナも悪い気はしない。

「……お慕い、申し上げております……」

イヴァンの望み通りに、もう一度、やはり恥ずかし気に繰り返すそれは、先ほどは突然すぎて、イヴァンが噛みしめる余裕もなかった言葉だった。

「ありがとう……俺も愛しているよ、ヴィー」

そのお返しに、と、やはり心を込めてイヴァンが告げる。

「……うれしいです。初めておっしゃってくださいましたね」

「は？　え？　……そう、だったか……？」

「はい」

とんでもない失態だ。

イヴァンは慌てて自分の発言を思い返すが、『守る』だの『側にいる』だのは口にしていたが、ヴァレンティナの言うように、そのものずばりの言葉を告げた記憶はなかったらしい。

「……すまない」

とはいえ、イヴァンをよく知る者がここにいれば、それも無理のないことだと思っただろう。

ヴァレンティナと出会う以前のイヴァンにとって、『愛している』という言葉は、その時々に付き合っていた相手へのリップサービスのようなものだった。心から想っての言葉ではなく、そう言っておきさえすれば機嫌よく過ごしてくれる。誰にでも気軽に言えるもの――だからこそ、ただ一人の大事な相手には、無意識にその言葉を使うのを避けていたのだろう。

だが、今。

本当に愛してる相手から告白されて、やっと。

本心からの言葉として、それが出てきたというわけだ。

「いいえ、謝らないでください。イヴァンさまからそのお言葉が聞けただけで充分です」

ヴァレンティナは、そんなイヴァンの事情を知るわけもないのだが、彼女はかなり聡《さと》い。

もし、イヴァンがもっと早く、そして中途半端《はんぱ》な気持ちでそれを口にしていたら、きっとただの口先だけの台詞《せりふ》だと見抜いたはずだ。

遅きに失した感はありはしても、やはり先ほどの告白は正解だった。

「ヴィーはそう言ってくれるが、やはり女性から先に告白させたのは男として情けないな……その詫《わ》びといっては何だが、この先は決してヴィーを一人にも不安にもさせないと約束する」

そして、もう一度――

「愛しているよ。これに関しては、他の誰にも負けない。俺が一番、ヴィーを愛している」

どちらからともなく距離を詰《つ》め、唇が重なった。

「んっ……」

のっけからの濃厚なそれに、ヴァレンティナは小さな声を上げる。重ねた唇の間から熱い舌が滑り込み、彼女の口内で動き回り、やがて彼女のそれにも絡んできた。

その動きにヴァレンティナが応《こた》えると、一瞬、驚いたようにイヴァンの動きが止まる。不思議に思ったヴァレンティナが薄く瞼《まぶた》を上げると、うれし気に微笑《ほほえ》む彼と目が合い、それで気がつく。

——そういえば、私……こんな風に、積極的に自分から動いたことってなかったかも？

どちらかといえば、というよりも、完全に受け身だった。

イヴァンがあまりにも経験値を積みすぎているせいもありはしたが、何しろヴァレンティナは前世が『喪女《もじょ》』で、今世は領地にひきこもりの地味系令嬢である。男女間のあれこれの知識はあっても、実地での経験値はイヴァンと出会うまで皆無《かいむ》。下手に自分から動いて『はしたない』だの『意外に好きものだったのか』だのと思われるのではないかという恐れもあり、ひたすらイヴァンの行為を受け止めるだけだったのだ。

それが今になって変わったのは、きちんと自分たちが愛し合っていると確認できたから……

イヴァンもきっと、それはわかっているのだろう。

導くように深くなっていく口づけに、ヴァレンティナも必死になって応《こた》えるが、次第に体を起こしているのがつらくなっていく。

抱き締めてくれているイヴァンの腕がなければ、とっくに寝台の上に倒れてしまっていただろう。

「ん、ふ……んっ」

苦し気な吐息が漏れ、そこでようやくイヴァンが彼女の様子に気がついてくれた。

「すまん、つい……」

イヴァンは自分の失態を詫《わ》び、ヴァレンティナの体をゆっくりと寝台の上に横たえる。スプリングの利いたマットレスが、二人分の体重を軽々と受け止めてくれる。

「うれしすぎた。大丈夫か?」

「は、い」

イヴァンの問いかけに、わずかに息を切らせながら答えた後、ヴァレンティナはまたしても初めてに挑戦する。

「イヴァンさま……」

ヴァレンティナを押しつぶさないように、両手で自分の体重を支えていたイヴァンの首に、手を回し引き寄せたのだ。

「もっと、ぎゅって……して、ください」

そして、その言葉にイヴァンが反応するよりも早く、自分から腕に力を入れて彼の体を引き寄せる。二人の胸と胸が密着すると、相手の体温と共に、速い鼓動が伝わってきた。

それがまたうれしくて、にっこりと微笑《ほほえ》んだヴァレンティナに、イヴァンが困った顔をする。

「今日のヴィーには、驚かされてばかりだ……」

「ふふっ」

思い起こせば、驚かされるのはいつもヴァレンティナのほうだった――実のところ、その逆のほうが多かったかもしれないが、彼女の認識としてはそうだ。そのお返しというわけでもないのだが、こうやってイヴァンが自分の行動に戸惑《とまど》う様子が、楽しくて、また可愛らしくも思えてくる。

「私……我慢するの、やめたんです」

「我慢？」

「はい」

寝台の上で抱き合い、至近距離から見つめ合っている――この状態で睦言《むつごと》以外の会話というのも間抜けだが、そのあたりのことはもうヴァレンティナは気にしないことにした。

――だって、私たち、両想いだものね。

自分でも不思議に思うくらいに、今のヴァレンティナは肩の力が抜けている。

イヴァンに対する警戒心や不信感は、かなり前からなくなってはいたが、それでもやむにやまれぬ事情での結婚という事実が、ヴァレンティナの中に長く居座っていた。

結婚を承諾したくらいだから嫌われてはいないとは思ってはいたが、『嫌いではない』と『好き』、或《ある》いは『愛している』の間には、広くて深い河が横たわっている。自分の身のほどをわきまえすぎるくらいにわきまえていたヴァレンティナとしては、精々『家族としての情』を持ってもらえればいい、くらいに考えていたのだ。

幸いにもイヴァンは『家族への情』以上の気持ちを抱いてくれていたようだが、何しろ相手はヴァレンティナだ。はっきり言われなければ、前世からの強固な『自己評価の低さ』に阻《はば》まれてしまう。そして、そんなヴァレンティナだからこそ、細くて頼りない絆《きずな》を損ねることのないように、常に気を張って『貴族の令嬢らしい』言動を心掛けていたのだが――

「ずっと、こうしてみたかったんです」

更に両腕に力を入れて、イヴァンの顔を引き寄せ、そっとその唇に自分のそれを重ねる。
それは、イヴァンから与えられるような濃厚なものではなく、ただ唇と唇が触れ合うだけの軽いものではあったが、正真正銘、初めてヴァレンティナが自分から動いての口づけだ。

「イヴァンさまが、好きです……大好き」

貴族の令嬢らしい『お慕いしています』ではなく、前世持ちの自分《ヴァレンティナ》には、こちらの表現のほうがやはりしっくりくる。

そんなことを考えつつ、もう一度、唇を重ねると——イヴァンが、まるで猛獣のようなうなり声を上げた。

「っ……も、もう、これ以上はっ」

「え?」

「我慢できるわけがないだろうっ!」

「は? え……きゃぁっ!?」

実際に「がばっ」という音が聞こえてきそうな勢いで、イヴァンがヴァレンティナに覆《おお》いかぶさる。

「ああ、くそっ……もう、どうして……っ」

意味不明な言葉を口走りつつ、ヴァレンティナにキスの雨を降らせた。

「イヴァンさまっ？」

「可愛すぎるだろうっ！　――すまない、ヴィー。今のうちに謝っておく。今夜は、手加減できそうにない」

「は……えっ⁉」

むしろ今までは手加減されていたのか……と、ヴァレンティナとしては問い返したいところだ。しかし、そんな暇を与えられるはずもなく、どんどんと肌を暴かれていく。

繊細《せんさい》なレースで縁取《ふちど》られた薄い夜着の胸元を大きく割り広げられたかと思うと、イヴァンがそこに顔をうずめてくる。

「イ、イヴァンさ……あんっ！」

ちゅちゅ……と音を立ててそこかしこに吸い付かれ、肌に赤い痕《あと》が刻まれていく。

口づけ自体はいつものこととしても、その強さというか、熱の入りようが段違いだ。

胸の膨《ふく》らみどころか頂《いただき》までもがあらわにされ、そこに口づけられて、ヴァレンティナの体にさざ波のような震えが走る。片方を口に含み舌先で転がされる間にも、もう片方にはイヴァンの手が添えられて、まるでパン生地をこねるみたいに揉《も》みしだかれた。

「あっ……んんっ！」

柔らかく歯を立てられ、甘い声が漏れる。いつものヴァレンティナならば、そんな自分の反応を恥じ慌てて口を押さえているが、今日はその代わりに「もっと……」とでも言うように、イヴァンの頭を抱きかかえた。

「ああ、ヴィー……っ」

それがまたイヴァンの情熱をかき立てたらしく、不自由な体勢にもかかわらず、彼はあっという間に身につけていたものを脱ぎ捨てる。

ヴァレンティナも同様にされ、直接肌と肌が触れ合い、互いの体温を共有した。

その間にも、イヴァンに左右の胸の膨《ふく》らみを口と手で交互に愛撫《あいぶ》され、ヴァレンティナの口からはひっきりなしに甘い喘《あえ》ぎが零れ落ちる。

「あ……んっ！　あ、あんっ！」

刺激を受け続けている先端が固く尖《とが》り、ひどく敏感になっていた。イヴァンもそれはわかっているはずだが、一向に手を緩めてくれる気配がない。

イヴァンの右手はヴァレンティナの胸の膨《ふく》らみを余すところなく包み込み、先端は中指と人差し指の間に挟んでこりこりと刺激する。もう片方はといえば、そちらの先端も彼の口の中にすっぽりと咥《くわ》え込《こ》まれており、尖《とが》らせた舌で弄《もてあそ》ばれていた。

似たようなことは以前もされていたはずだが、今夜のそれはどこか違っている――イヴァンの情熱に翻弄《ほんろう》されながら、ぼんやりとヴァレンティナは思う。

この行為とは、これほどに気持ちがいいものだっただろうか……と。

刺激を受けているのは胸のはずなのに、体の中心に重い熱がたまってくる。具体的に言えば、へその少し下、子を孕《はら》むための器官のあるあたりだ。

その熱がどんどんと高まってくるのと同時に、むずむずとした感覚が下半身を中心に広がり、無意識に足をこすり合わせる。それに気づいたらしいイヴァンが更に愛撫《あいぶ》に熱を込め、あっという間にヴァレンティナは限界値を突破した。

「イ、イヴァンさまっ、待っ……ああっ、あ……んんっ！」

止めようと思った時には、もう遅い。

マグマのように滾《たぎ》り、うねっていた熱が爆発し、ヴァレンティナの閉じた瞼《まぶた》の裏に閃《せん》光《こう》が走る。全身の筋肉がきつくこわばり――わずかの時間の後で、彼女はぐったりと弛緩した。

同時に、まだ触れられてさえいない最も秘められた場所から、熱く蕩《とろ》けた液体が滴《したた》るのを感じる。

「っ……あ、私……？」

はあはあと荒い息をはきつつ、ヴァレンティナは自分の身に起きたことがまだ信じられなかった。

今のは『イッた』時の反応だ。

だが、これまではイヴァンにより体の奥を穿《うが》たれ、あちこちへの愛撫《あいぶ》を施《ほどこ》された時にのみ――胸を弄《いじ》られただけでこんな風になるなど、未だかつて経験したことがない。

しかし、そんな戸惑《とまど》いと向き合う暇を、ヴァレンティナは与えてはもらえなかった。

「イ、イヴァ、さ……ま、待ってて っ」

まだろくに息が整ってもいないというのに、イヴァンはその手を止めようとはしない。

これもまた初めてのことだ。いつもなら、ヴァレンティナの反応を注意深く窺《うかが》い、無理をさせないようにゆっくりと導いてくれていた。なのに、今はまるで、自分の欲望を持て余し、遮二無二《しゃにむに》それをヴァレンティナへぶつけているような――いや、まさにその通りなのだろう。

「ああ、ヴィー……っ」

時折、ヴァレンティナの名を呼びながら、ひたすらに彼女を求めている。もしかしたら、ヴァレンティナが達したのさえ気がついていないのかもしれない。

それほどに余裕のない様子で、彼はひたすらにヴァレンティナを暴き立てることに集中していた。

「んっ！　きゃ……あ、あんっ！」

ヴァレンティナの胸に満足したのか、その手と唇が次第に下へと向かう。綺麗にくびれた腰のラインを堪能《たんのう》するようにじっくりと掌《てのひら》でたどり、唇はなだらかな腹部のあちこちに赤い痕《あと》を残すのに夢中になっている。

既《すで》に一度達し、全身が感じやすくなってしまっていたヴァレンティナは、そんな刺激にも敏感に反応した。ひくひくと体を震わせ、少し休ませてほしいと願う。息が上がりろくに言葉を紡《つむ》ぐこともできない。

そんなヴァレンティナの様子にも構うことなく、彼の手と唇が淡い草むらに覆《おお》われた部分に達する。イヴァンはそこが既《すで》に潤《うるお》いきっているのに気がついたようだ。

「……もう、こんなにしていたのか」

うれし気にそんな言葉を呟《つぶや》くが、翻弄《ほんろう》されっぱなしのヴァレンティナは返事をすることすらできなかった。

「イ……イヴァン、さまっ」

至近距離で、イヴァンの息がソコにかかる。それだけで強い快感が全身を走り抜け、ヴァレンティナは泣き出す寸前だ。

こんなに感じたことは今までなかった。イヴァンの指が肌を滑るだけで、言い知れない感覚が湧《わ》き上がり、全身を浸《ひた》していく。

その上で、一番敏感で感じる部分に触れられたら、自分はどれほど乱れてしまうのだろう。

それが怖くて、それでいて心のどこかで期待している。

無意識にイヴァンの頭を抱え込むように添えられていたヴァレンティナの腕は、引き離そうとするでもなく、また更に引き寄せようとするでもない——ただ曖昧《あいまい》に指でその髪をかき乱すだけなのは、そんな彼女の心のうちを表していた。

そして、ついにイヴァンの指がヴァレンティナのソコへ沈められた。

「やっ！　あ、あっ……ひぁっ！」

一本ではなく、二本同時にということもあったのかもしれない。けれど、ただ突き入れられた刺激のみで二度目の絶頂に達するとは、ヴァレンティナ自身も予想していなかった。

内壁が収縮し、奥からとろりとした蜜があふれてくる。そしてイヴァンはといえば、そのぬめりを借り、締め付けられたまま指を激しく抜き差しし始めた。

「ああっ！　ひっ……ああんっ！」

ぐぷぐぷという粘着質の水音が上がる。それと共に、イヴァンの口がそのすぐ上にある小さな突起をとらえ、きつく吸い上げた。

「ひっ！　イッ……ひあっ！」

イヴァンさま、と名前を呼びたくとも、与えられた刺激が強すぎて、とてもまともに言葉を発する余裕などありはしない。

唇全体でソコを覆《おお》うようにした後、尖《とが》らせた舌先で何度もソコを転がされたヴァレンティナは、その間にも突き入れられた指により内壁を刺激され続けている。

「ああっ！　やっ……強す……ぃ、あっ！」

「ああ、ヴィー……可愛いっ」

「しゃべ……ちゃ、やっ！　……ああ、あ……っ！」

いつの間にか、指は三本に増やされていたらしい。掌《てのひら》を上に向けるようにして、何度も出し入れされて、既《すで》にイヴァンの手首のあたりまで彼女の体内からあふれたモノで濡れそぼっている。これほど大量の蜜を滴《したた》らせているのも、おそらくは初めてだ。

そして、それらの刺激によりまたもヴァレンティナが絶頂を極めそうになる直前、いきなりイヴァンがその指を引き抜いた。

「……あ……え？」

同じく突起に吸い付いていた唇も離れて、刺激を止められたヴァレンティナが戸惑《とまど》った声を出す。

すんでのところで突き放され、ヴァレンティナの体はその中断を喜ぶどころか、更に苦しさを増しただけだった。

行き場を失った熱が、彼女の体の中でどろどろと渦巻《うずま》き、苛《さいな》む。

「イヴァ……ン、さまっ」

助けを求めるように彼の名を呼び、かろうじて片手を差し伸べると、イヴァンの指がそこに絡みつき、恋人つなぎになる。かと思うと、シーツに押し付けられた。更には下半身に覆《おお》いかぶさっていた状態から体を起こしたイヴァンが、ヴァレンティナと視線を合わせて問いかけてくる。

「すごく可愛い、ヴィー……欲しいかい？」

『いつも』のイヴァンなら、こんなことを口にするまでもなく与えてくれていたはずだ。それをあえて問いかけるのも初めてなら、ヴァレンティナがこんなことを言うのもやはり初めてだった。

「ほ……欲しい、です……」

ヴァレンティナははっきりと自分の望みを口にする。しかも、それだけではなく、前世を含めて今まで一度もしたことがなかったこと——つまりは、自由に動けるもう片方の腕を伸ばし、こわごわながらもイヴァンのソレに指を絡めたのだ。

「っ！」

流石《さすが》のイヴァンも、ヴァレンティナがそこまでやるとは思わなかったらしい。細い指が己《おのれ》のソレに絡みつくと、びくりと大きく体を撥《は》ねさせた。そして、その反応に驚いたヴァレンティナが手を引くよりも早く、自らの手で彼女の手首をつかみ固定する。

「くっ……その、ままで……」

彼女の腕の長さでは指が届くぎりぎりの距離だったが、イヴァンが体を上にずらすことで、しっかりとソレが彼女の手の中に収まった。

あまりにも大胆な自分の行動に、今更ながらに怖気《おじけ》づいたヴァレンティナの耳に口を寄せ、イヴァンが熱い吐息と共に何をすべきかを教えてくれる。

「ゆっくり握って、上下に……そう……上手だよ、ヴィー」

「あ……イ、イヴァンさま……？」

「気持ち、いいよ……とても……くっ」

実際のところ、その手を動かしているのはイヴァンのほうだ。ヴァレンティナは、自分の手の中に収まっているモノの熱さと大きさに戸惑《とまど》っていたにすぎない。技巧も何もなく、時折、ピクリと跳ねるソレにただ指を添えているだけ――自分が行動したことにより、これほどイヴァンが満ち足りた声を出すとは思いもよらなかった。

それに勇気づけられ、ほんの少しだけ指に力を入れると、イヴァンの体全体がブルリと震え、ほんのわずかだが指先に濡れた感触がある。

それが先走りと呼ばれるものだというのは、彼女の前世の知識が教えてくれた。

男性自身が極度に興奮状態にある時に分泌される——つまりは、イヴァンは今、そういう状態にあるということだ。

早く与えてほしい。けれど、これほどイヴァンが気持ちがよさそうにしているなら、もっとこのままで——相反する思いがヴァレンティナの中でせめぎ合うが、幸いなことに彼女がそのどちらかを選択する必要はなかった。

自分の限界を悟《さと》ったイヴァンの手が、つかんでいたヴァレンティナの手首ごと、ゆっくりとそこから遠ざかる。

そして、もう片方と同様にシーツに押し付けられたかと思うと、一瞬前まで手の中に収まっていたモノがヴァレンティナの体の中心にヒタリと押し当てられた。

「あ……」

お預けになっていたものをやっと与えてもらえる、その期待に小さくヴァレンティナの体が震え、その震えが収まるよりも早く、一気に最奥までを満たされる。

「あっ……ひあっ！」

しばしの間ではあるが放置されてわずかに収まっていた熱がまたしても膨《ふく》れ上がり、甲高《かんだか》い嬌声《きょうせい》がヴァレンティナの口をついて出る。

「ああっ！　ひ……んああっっ！」

挿入された衝撃で、ヴァレンティナの体がシーツの上でずり上がった。それほどの勢いで突き入れられ、当たり前のように三度目の絶頂を極める。

今まで最も激しい閃光《せんこう》が瞼《まぶた》の裏で爆発し、イヴァンを迎え入れている部分がまたもきつく収縮する。

「ぐ、ぅっ！」

苦し気なうめき声がイヴァンの口からも漏れ、彼はぎりり……と歯を食いしばったかと思うと、間髪《かんはつ》を容《い》れずに抽挿を開始した。

「あ、やっ！　待っ……ま、だ……っ！」

上り詰《つ》めた状態でそこから下りてくる暇も与えられないヴァレンティナの上げる嬌《きょう》声《せい》は、ほとんど悲鳴じみている。

「あ、あ、あっ……ひっ、あんっ！」

奥を突くイヴァンの動きに合わせるようにして、リズミカルな甲高《かんだか》い声が寝室に響き渡る。

ただひたすら激しく突き上げるなんて単調な真似は、イヴァンは絶対にしない。ひとしきり嬌声《きょうせい》を上げさせた後、今度はぐりぐりと内部の壁を先端でこねるように刺激され、或《ある》いは、抜き去るギリギリまで引いてはまた突き入れるという動作を繰り返され、ヴァレンティナは惑乱《わくらん》の極みに達していた。

「あ、あっ……イヴァ……まっ！　ああ……す、ごっ……ああんっ！」

「ヴィーっ……愛して、るっ」

「わ、私……もっ……ああ！　す、好き……好き、ぃっ！」

呼吸と嬌声《きょうせい》のために開きっぱなしのヴァレンティナの口の端からは、唾液が光る跡を残しながら零れ落ちていく。正気であったのなら、絶対にイヴァンには見せたくない光景だが、そんなことを気にする余裕などあるはずがない。

「き、気持……い、ぃあんっ！　ああっ、そ……こっ！」

角度を変えつつ柔らかな内壁を突き上げていたイヴァンの先端が、とある一か所をかすめた途端、ヴァレンティナはこれまでにない強い反応を示す。

「ここ、がいい？　いいよ、もっと……ついて、やるっ」

「ああっ……やっ……え？　ああっ？」

そこを狙ってイヴァンが突き入れ始めるが、微妙に角度が違うのか、与えられた刺激は確かに気持ちがいいものの、先の一瞬ほどではない。そのことにイヴァンも気づいたようで、わずかに眉を寄せた後、いきなり自分のものを抜き去った。そして、つないでいた両手を離したかと思うと、ヴァレンティナの腰に手を添えてその体をくるりと裏返す。

「ひぁっ……え？　こ、こんな……あ、ああ⁉」

寝台に突っ伏す形にされたヴァレンティナの腰に添えた手に力を込めると、わずかにシーツから浮かせる。そこに再度、背後から猛《たけ》ったものを突き立てた。

「イッ……ああ！　やっ、そこっ……ひぁあっ！」

今度こそ間違いなく——感じる一点を狙い、イヴァンが腰を打ち付けてくる。

「ああっ！　あんっ！　……あ、あああんっ！」

後背位と呼ばれるこんな姿勢を取らされるのも、勿論《もちろん》、ヴァレンティナは初めてだ。更にはもっと深く抉《えぐ》るためか、片足を高く掲《かか》げられ、正気であったのなら恥ずかしさで泣き出してしまっていたかもしれない。

けれど、今は与えられる快感に我を忘れ、ただひたすらにイヴァンの情熱を受け入れる。

「ああ、ヴぃー……いい、よっ」

「いっ、気持ち……い、ひあっ！　も、もっと……つっ！」

今のヴァレンティナは快感の極みで、自分が何を口走っているのかすら意識してはいない。体の中で快感が渦《うず》を巻き、無意識にシーツに頬をこすりつけながら、イヴァンの与えてくれる刺激をわずかでも逃すまいと、崩れ落ちそうな体を必死になって支えている。

先ほど上り詰《つ》めてからこちら、その熱が冷める暇が与えられていない彼女は、言わば、イキっぱなしの状態だ。

ここが限界だと全身の神経は悲鳴を上げているのに、まだ先がある。閉じた瞼《まぶた》の裏には様々な色の光が点滅し、腰の奥から背筋を通って更なる快感が脳裏を灼《や》く。

「あ……あ……イッ……ぁ、ひっ！」

その間にも、むくむくとイヴァンのものが膨《ふく》れ上がり、狭い彼女のナカを限界まで押し広げていって――やがてそれがドクンと大きく脈打った。

「く……づ、ぁ……っ！」

これまでになく切羽詰《せっぱつ》まったイヴァンの声が聞こえたかと思うと、次の瞬間、最奥の壁を突き破らんばかりの勢いで熱いものがほとばしったのを、わずかに残ったヴァレンティナの『正気』の部分が感じ取る。

そして数瞬の後、二人揃ってシーツに崩れ落ちたのだった。

どちらのほうが、より夢中になっていたのか――荒い呼吸を繰り返し、指一本すら動かすのも億劫《おっくう》なほどの疲労感が全身を襲う。無論、ヴァレンティナとイヴァンの両方が、だ。

イヴァンの逞《たくま》しい体がヴァレンティナの背中にのしかかってきており、その重みで息をするのが少しつらい。ヴァレンティナの瞼《まぶた》の奥でちかちかと躍る光は、快感の余韻というよりは酸欠の兆候だったのかもしれない。

「……く……すま、ん……」

うめき声を上げながらもイヴァンがどいてくれなかったら、おそらくそのまま意識を失っていただろう。

「っ……大丈夫、か？」

無理をさせた自覚は当然あるに違いない。気遣わし気に問いかけられるが、今は返事はおろか、小さく頷《うなず》くのさえも無理なほどにヴァレンティナは疲れ切っていた。

だが、それでも残った力を振り絞って彼のほうに顔を向け、震える唇からやっと一言だけを絞り出す。

「……愛して、いま、す……」

そしてその直後、幸せな暗黒がヴァレンティナの意識を覆《おお》いつくした。

なので、一人残されたイヴァンが、基礎体力の差もあって、まだ身の内に滾《たぎ》る情熱を持て余すあまりに途方に暮れた表情になったのを、残念ながらヴァレンティナは見逃すことになる。

もっとも、そのツケは比較的すぐにイヴァンによって回収されることになったのだが。

その翌日――ヴァレンティナがようやく寝台の上で身動きできるようになったのは、午後になってからの話であったことでも、何があったのかがわかるだろう。

「……自分が……信じられ、ません……っ」

ようやく目覚めたヴァレンティナが寝台の上に突っ伏したままで自己嫌悪に陥《おちい》っていたとしても、無理のない話だ。

そして、イヴァンのほうはといえば、恨みがましく自分を見上げてくる妻に、喉によい飲み物を手渡しつつも非常に満ち足りた表情をしている。

「とても可愛かったのに?」

「言わな、いで、くださ……いっ」

かすれ切った声で、けほけほと咳込みながら、もう二度とあんなことはしないと固く心に誓うヴァレンティナであるが、その誓いが守られるかどうかは——神のみぞ知る、といったところだ。

エピローグ

初夏のさわやかな風が、人の掌《てのひら》ほどの長さに育った薬草の群生の上を吹き抜けていく。

畑のあちこちでは領民らが忙しく立ち働き、収穫可能となったものを丁寧な手つきで摘み取っていた。

一か所にまとめられたそれは、隣接する加工場に運ばれ、数種類の薬草と繊細《せんさい》な調合を施《ほどこ》された後、王都のあちこちに出荷されるのだ。


「――なかなかに壮観な眺めだな」

「ええ、やっと……何とかここまで来ることができました」

あの事件から、早くも一年近くが経過していた。

目の前に広がるのは、目覚ましい薬効成分はあるものの、人の手での栽培は不可能――その生息地で数代にわたって薬師を続けていた者の言葉を、見事に覆《くつがえ》した成果だ。

「ヴィーに前世の知識があったおかげだな」

「私はただ、ほんの少し、提案をしてみただけです」

「そうは言うが、草は土から生じる。当たり前の話すぎて、その土を見直そうなどとは、ヴィーが言わない限り誰も思いつかなかっただろう」

全く違う環境で生育していたものを、いきなり他の場所に移したとしても育つはずがない。

国王肝《きも》いりというこの計画を知らされた時に、ヴァレンティナがいの一番に主張したことだ。

決して少なくない国からの支援金――その当時のアルカンジジェリ領の年間予算の数倍を提示されたのだから、失敗は許されなかったという事情もある。まずは自らがその生育地に足を運び、あの老薬師とその弟子を引き連れて山の中に分け入り、実際にそれが生えているのを確認した。

そして、その薬草が特定の木の近くにしか生えないことを知ったのだ。

ちなみに、弟子というのは例のアーメンディア家に雇われていたという人物で、老爺にとっては甥《おい》にあたる。彼の父親で、田舎《いなか》暮らしを嫌って出奔《しゅっぽん》した老爺の兄は既《すで》に亡くなっており、その息子は父の残した書付によってあれらの調合を知ったらしい。

当然ながら彼も罪に問われたのだが、最初は彼のほうから売り込みをかけたとしても、捕縛の者がアーメンディア家に踏み込んだ頃には、ほとんど監禁状態で薬を作らされていたそうだ。それらの事情を鑑《かんが》み、また薬づくりの腕も確かだったために、叔父に弟子入りしてこの計画に協力することを条件に、温情措置が取られたというわけだ。

その彼だが、故郷の村を離れることを嫌った老薬師に代わり、今は、加工場の監督を任されるまでになっている。

「それにしても、まさか木を小さく砕いて、土に混ぜ込ませるとはな」

「前の世《よ》では、結構普通だった……ように思います。それに、国からの助けがなければ、無理な作業でしたし」

朧気《おぼろげ》な前世の記憶の中からヴァレンティナが引っ張り出してきたのは、実は菌糸類《キノコ》の栽培方法に多く用いられる手法だ。

全く何の処置もせずに育てようとしたのは全滅したのに対して、ヴァレンティナの指示に従って土づくりをしたほうは素直にすくすくと育ってくれたのだから、結果的にはそれが正解だったようだ。

ただ、辺境も辺境の険《けわ》しい山林から大量の木を切り出して、それを乾燥させて細かいチップにし、更には畑に漉《す》き込《こ》むという作業は、人出も費用もかかる。衰弱し切っていたアルカンジェリ領だけでは無理であり、王都からの資金提供があって初めてできたことだ。

それが功を奏し、土以外にも日当たりや水やりに注意を払った結果、その他の種類についても同時進行で大量生産が始まっている。

今やアルカンジェリ領は、王都でも有数の薬草の生産地となりつつあった。

この畑はまだまだ拡張が予定されているし、加工場も更に数棟が追加されるのも決定済みだ。心配された人手不足も、前は領内の若者が豊かな暮らしを求めてどんどんと流出していたのが、この様子を聞いて戻ってきてくれたおかげで何とかなりそうである。

「それもこれも……イヴァンさまのおかげです」

これらはすべて、あの夜、イヴァンとヴァレンティナが遭遇した事件からもたらされたものだ。

本人たちにとっては苦笑するしかない話なのだが、内情を知らない領民らはヴァレンティナがイヴァンと結婚するきっかけとなった出来事を『お嬢さまとお婿さまの運命の出会い』と呼んでいるらしい。

「俺はきっかけにすぎん。ヴィーがここで、頑張って持ちこたえてくれていたから、今があるんだ」

寄り添い、仲睦《なかむつ》まじく会話を交わす二人を、時折作業の手を止めた者たちが微笑《ほほえ》まし気に見つめている。

と、そこへ遠くから彼らの姿を見つけたキースが何やら叫ぶ。その隣には旅装を整えたリカルドと、見送り兼留守番組のユージンとトーマの姿もある。

「隊長ーっ、いつまでほっつき歩いてるんスかー？　そろそろ出発の時間ですぜーっ」

「……もうそんな時間か？」

「まぁ……気がつきませんでしたわ」

二人はこれから、ヴァレンティナの姉であるシアンの嫁《とつ》ぎ先の子爵領を訪れる予定になっていた。

ある意味、二人のキューピットでもあるシアンは、つい先日、数年ぶりに第二子を授かっていることがわかったのだ。そのお祝いと、当時のことに対する感謝を告げるための旅である。

「では、そろそろ行こうか？」

「はい、イヴァンさま」

イヴァンが差し出した腕に、ヴァレンティナが自分のそれを絡めて寄り添う。

その様子は、何処《どこ》から見ても、心から愛し合う幸せな若夫婦そのものだった。

書き下ろし番外編

幸せ

国内でも北に位置するアルカンジェリ領の秋の訪れは早い。

暑熱《しょねつ》が和《やわ》らぎ、朝夕の風が涼しさを増したかと思えば、すぐに山の木々が赤や黄色に色づき始める。領都からでもそれらの山並みは見て取れ、そこに生い茂る様々な木々が、やはり様々な色合いに染まる様子は圧巻の一言に尽きた。

「美しいな。まるで天上の神々が織りあげたようだ」

「去年も同じことをおっしゃっていましたよ？」

領都の中央にあるアルカンジェリ伯爵邸の隣に位置する別棟。そこの窓から外を眺めながら、そんな会話を交わしているのはイヴァン・デル・ノチェンティーニと、その妻であるヴァレンティナである。

これといった特産物もない鄙《ひな》びた領地。それが昨年までのアルカンジェリ領の評価だった。

だが、今は希少な薬草の生息地として、国内外から注目を浴びている。また国を挙げてその量産も開始されている。その立役者となったのがイヴァンとその部下たちの活躍であり、ヴァレンティナの前世の知識であったのは言うまでもない。

「本当に、ありがとうございます。いくら感謝をしてもし足りない気持ちです」

「そこまで礼を言われることはしてないが、ヴィーがそう思ってくれているのはうれしいよ」

そういってヴァレンティナに向けたイヴァンの笑顔はまばゆいほどで、結婚して既《すで》に一年以上経っているにもかかわらず、つい見惚れてしまうほどだが、それも仕方がない。エメラルドグリーンの瞳に、輝くような金髪をあわせもつイヴァンは、国一ともいわれる美貌を誇り、その生まれの高さもあって王都の社交界で浮き名を流していた。

ただ、それももう過去の話だ。今の彼は、己《おのれ》の妻を溺愛する誠実な夫に大変身を遂《と》げていた。

「ところで、ヴィー。今日は少し話があるんだが……」

「そういえば王都から使者が来ておりましたね。父から何かありましたか？」

ヴァレンティナの父親であるアルカンジェリ伯は、王宮で文官として働いている。本人としてはさっさと職を辞し、領地運営に力を入れたいと希望しているのだが、有能な彼を手離したくない王宮側との折衝がうまくいかず、未だに王都にとめ置かれたままだった。跡継ぎである弟がまだ成人前のため、その父に代わって領地のあれこれを取りまとめているのがヴァレンティナであり、結婚によりその姓がアルカンジェリからノチェンティーニに変わった後も、イヴァンとここにいるというわけだ。

「ああ。義父上《ちち》から『この冬の社交シーズンはヴァレンティナを伴ってもらいたい』と」

「……はい？」

地味な外見に反して、実はヴァレンティナの能力は高い。そうでなければまだ成人して間もないにもかかわらず——いや、成人する前から父に代わって領地の運営などできるわけがない。

そのヴァレンティナをして、今のイヴァンの言葉を理解するまで、数瞬の間が必要だった。

「社交シーズン……え？　私が、ですか？」

「正確には俺とヴィーだな」

「ですが、王都にはお父さまがいらっしゃるじゃありませんか」

この国には年に二回、夏と冬に『社交シーズン』というものが存在する。この時期には王国中から貴族が集まり、『社交』という名のもとに交渉や根回しを行うのだ。ただ、分家まで含めれば『貴族』と名のつくものは膨大な数で、また各家の事情もあり、二回のうちのどちらか片方に一族の当主、またはその嫡子が顔を出せばいいことになっていた。

アルカンジェリ家は、現当主が王都にいるため、彼がいくつかの会に参加すれば義務は果たせているはずなのだが――

「それに、私はもうアルカンジェリ家の者ではありません。イヴァンさまの妻ですし、イヴァンさまもノチェンティーニ家の分家という形になっているはずです」

「それはそうなんだがな。でも、ヴィー？　俺と王都に行くのは嫌？」

「いいえ、嫌なんてことはありませんけど……」

ヴァレンティナが王都を訪れたのは、過去に一度だけだ。彼女が十五才になる前に母が亡くなったことと、それに続いたごたごたでデビュタントすらしていない。その後も機会に恵まれず、初めて王都に足を踏み入れたのは去年の春先のことだった。

そこでイヴァンと出会ったのだが、これもまたあれやこれやあり、ゆっくりと王都での滞在を楽しむことなどできなかった。故《ゆえ》に、ヴァレンティナにとっては王都というのは未知の土地であり、些《いささ》か怖い場所という認識なのである。

「イヴァンさまがいらっしゃるなら……ですが、本当に向かわれるのですか？」

「ああ。まだ内々の話なんだが、アルカンジェリ領の新規事業に関連して、その立役者となった夫人を一目見たいと、王宮から打診があったそうだよ。おそらくだけど、シーズンが始まれば王宮からの招待状も届くんじゃないかな」

「お、王宮」

領地にひきこもり、王都に行ったのも、夜会と名のつくものに出たのも一度限り。そんなヴァレンティナにとって、イヴァンの台詞《せりふ》はまさに青天の霹靂《へきれき》だった。

「そういうわけで、断るのは無理そうだよ——大丈夫、俺がついている」

いつもは頼もしく感じられるイヴァンの言葉だったが、どうしても不安が付きまとうのは仕方のないことだろう。

善は急げ——というわけでもないが、そうと決まった後のイヴァンの行動は速かった。

重要事項をさっさと片付け、通常業務をてきぱきと部下たちに振り分け、緊急の際の指示も抜かりなく。それにつられてヴァレンティナも自分の仕事を同じようにした結果、使者の到着から十日と待たずに、二人共王都行きの準備が整ってしまい――アルカンジェリ領から王都までは、馬車でおよそ五日かかるのだが――あれよあれよという間に半月で王都に到着してしまったのだ。

ちなみにこの時点で、社交シーズンまではまだ一月《ひとつき》ほどの余裕があった。あまりの速さに、ヴァレンティナは疑問を抱いたのだが、これについてはのちにその理由が判明する。

王都にいる間に滞在するのは、当たり前だがイヴァンの屋敷である。元はノチェンティーニ侯爵家の持つ屋敷の一つで、イヴァンが独身時代から私邸として使っていたもので、結婚を機に正式に譲渡されていた。

侯爵家の屋敷としてはかなり小ぶりだが、子爵というイヴァンの身分には十分すぎる。それに元の持ち主が持ち主なので、建物自体は瀟洒《しょうしゃ》で、調度品もすべて超一流のものが用いられていた。それに加え――

「お帰りなさいませ。旦那さま、奥さま」

ずらりと居並んで二人を出迎えたのは、この屋敷に仕える執事と従僕に侍女やメイドたちだ。

「ああ。出迎えご苦労。留守の間もきちんと屋敷を管理してくれていたようだな」

平然とその挨拶《あいさつ》に応《こた》えるイヴァンとは反対に、ヴァレンティナは目を丸くしている。

イヴァンから言われていたのは、『王都に俺の屋敷があるから、君は何も気にしなくていい』とだけ。詳しく聞いても『行けばわかる』と繰り返すのみで、まさかこれが待っているなど、思いもよらなかった。

「まぁ……あの、イヴァンさま、これは……」

「俺に――というか、俺と君に仕えてくれる者たちだよ。元々、俺の実家にいたから能力は保証付きだ」

いたずらが成功した子供のような顔で言うイヴァンに、惚れた弱みでヴァレンティナは文句を言うこともできない。

だが、彼女が驚くのはまだまだこれからだった。


旅の埃《ほこり》を落とすために、まずは浴室に案内される。

ヴァレンティナは貴族の令嬢だが、実家であるアルカンジェリ家はここ数年、経済状況が悪く、屋敷に仕える人数を減らしており、入浴などは極力自力で済ませていた。

だが――

「まぁ、綺麗なお髪《ぐし》の毛先が傷《いた》んでらっしゃいますわ」

「旅のお疲れでしょうか、お肌の潤《うるお》いも些《いささ》か……」

「おいたわしい……こんなに白いお肌にそばかすが！　馬車で強い日に当たられたせいですわ」

髪も、肌の状態も、アルカンジェリ領にいた頃と変わっていない。馬車での旅のせいではない。

けれど、それを言い出せる雰囲気ではなく、よってたかって衣装を脱がされ戸惑《とまど》うヴァレンティナをよそに、侍女たちは己《おのれ》の仕事への情熱を滾《たぎ》らせていた。

真っ白なバスタブを満たしたお湯に、バラの香油が垂らされる。そこに全身を浸《つか》らせられた後、髪の手入れが始まった。

お湯と同じ香りのする洗髪剤で、まず一度洗い流され、髪の保湿と艶《つや》を出すための専用の薬剤を塗られ、しばらく布で保護される。それを二回繰り返した後は、お肌の手入れだ。

ざっと洗い流した後、香油で全身のマッサージが始まる。

やや傷《いた》んでいた爪も、綺麗に形を整えられ、これまた何やら薬剤を塗り込まれ——これに似たようなことは、前に王都に来た時も姉の指示で経験していたが、今回はそれとは比較にならないほどに徹底していた。

揉《も》まれて、蒸されて、こすられて……そのおかげで、つま先から髪の毛の先の先まで、まるで生まれ変わったようにつるつる、つやつやにはなれたが、ヴァレンティナの疲労は半端ない。ようやくバスローブを羽織《はお》らされ、浴室から解放された頃には疲労困憊になっていた。

初対面の侍女たちの前だが、取り繕う余裕もなく、用意されていたベッドへと横たわる。

「お疲れ様でございました。とりあえずのお手入れはさせていただきましたが、これを一月《ひとつき》続ければ、王族の方々の前に出ても恥ずかしくない仕上がりとなりましょう」

「一月《ひとつき》っ？」

「貴婦人の肌は一日にしてならず——でございます。奥さまはまだお若くてらっしゃいますから一月《ひとつき》と申し上げましたが、これがもう少しお年を召した方なら倍の時間をいただくところです。領地よりお連れになられた侍女にも、基本から叩《たた》き込《こ》んでおきますのでどうぞご安心を」

「ええっ⁉」

——これを毎日のようにやられるの？

けれど、勿論《もちろん》、これだけで済むはずがないのである。

そもそも、結婚してからこちら。イヴァンはヴァレンティナを甘やかしたくて仕方がないのに、ヴァレンティナはといえば豪華なドレスや飾り物を贈られても、礼を言って受け取りつつも、戸惑《とまど》いが先に立っている様子が窺《うかが》えた。高価なものよりもイヴァンが遠乗りの折に持ち帰った野の花を喜び、これはこれでうれしいものの、どうしても消化不良というか『これじゃない』感が強い。

『お気持ちはうれしいのですが、このようなドレスや飾り物をいただいても、私にはつけていく場所もございませんし……』

アルカンジェリ領は田舎《いなか》であり、社交の機会はほとんどない。近隣の貴族がパーティーを催《もよお》すことはあるにはあるが、王都で開会されるような規模の夜会などあるはずもない。

そんなところに、イヴァンが用意したものを身につけて行ったら、浮きまくるだろう。

だから、こうして大義名分を得ることができたイヴァンが、動かないわけがなかった。

「ドレス、ですか？」

「ああ、それと宝飾もだな」

有能な侍女たちによって磨き上げられ、つやつやつるつるになったヴァレンティナを満足げに見遣ったのちのイヴァンの台詞《せりふ》だ。

「それなら前にイヴァンさまからいただいたものがあると思うのですが……」

「あれはあれで着てくれればうれしいが、今回は王宮での会へ参加が決まっているだろう？　あれでは格が足りないから、新しく作る必要があるんだ」

「格……」

社交界のことは何もわからないヴァレンティナでは、そう言われてしまえば拒むことはできない。

「俺の母がひいきにしているドレスメーカーがある。宝飾店もいくつか候補を聞いてきているからそこに行ってみよう」

通常、貴族の夫人が身にまとうドレスは一月《ひとつき》で作れるはずもないのだが、そこはイヴァンがあらかじめヴァレンティナのサイズを教えて発注してあるし、宝飾も侯爵夫人として目の肥えた母親推薦の店ばかりだ。

どれもこれも前世は『喪女《もじょ》』、今世はひきこもり令嬢だったヴァレンティナにしてみれば怖気《おじけ》づいてしまうような品ばかりだったが『王族、並びに高位貴族の方々の前でも恥ずかしくない装《よそお》い』のためと言われれば恐る恐るでも手を伸ばさざるを得ない。

その結果――

「まぁ、あれをご覧になって。あの方、ノチェンティーニ家のイヴァンさまでは？」

「しばらくお見かけしなかったけれど、相変わらず素敵でいらっしゃるわ。確かご結婚されたと伺ったけれど、お隣にいらっしゃるのは奥さまかしら？」

「社交界では見たことがないが、あれほど美しい方をどこに隠していたのか」

「独身時代に出会えていれば……」

まずは程々のところから……ということで、ノチェンティーニ家と懇意《こんい》にしている貴族の夜会に出たところ、想像以上に視線を集める結果となったのだった。

「イ、イヴァンさま、あの……」

「堂々としていればいい。注目されるのは君が綺麗だからだよ、ヴィー」

侍女たちの渾身の施術の成果に、侯爵家お墨付きのドレスに飾りだ。それに加え、イヴァンと結ばれたことで、つつましやかな素地はそのまま、まるで蕾《つぼみ》が大きく花開いたように美しくなっていた。

「に、しても……これは少し、やりすぎたかな」

「イヴァンさま？」

「君の美しさを見せつけてやりたい気持ちと、これほど綺麗な君を独り占めして誰の目にも触れさせたくない気持ちが、その……な？」

そういうイヴァンこそ、この場にいる誰よりも華やかで凛々《りり》しいのに、と。

そう思いつつも、その言葉がうれしい。

「ありがとうございます、イヴァンさま」

「こちらこそ、だな――愛しているよ、ヴィー」

「はい。私もです」

そして、この後行われた王宮での夜会も、無事に終わらせたことは言うまでもない。

NB ノーチェ文庫

ずっと貴方の側にいさせて

蹴落とされ聖女は極上王子に拾われる 1～2

砂城《すなぎ》 イラスト：めろ見沢

定価：704円（10% 税込）

大学で同級生ともみあっていたはずが、気が付くと異世界へ召喚される途中だった絵里。けれど一緒に召喚されたらしい同級生に突き飛ばされ、聖女になる予定を、その同級生に乗っ取られてしまう。そんな絵里を助けてくれたのは、超好みの「おっさん」！　やがて絵里は、彼と心を通わせるが——!?

詳しくは公式サイトにてご確認ください

https://www.noche-books.com/

携帯サイトはこちらから！

NB ノーチェ文庫

二度目の人生は激あま!?

元OLの異世界逆ハーライフ 1～2

砂城《すなぎ》 イラスト：シキユリ

定価：704円（10% 税込）

異世界で療術師として生きることになったレイガ。そんな彼女は、瀕死の美形・ロウアルトと出会い、彼を救出したのだけれど……「貴方に一生仕えることを誓う」と跪《ひざまず》かれてしまった!! 別のイケメン冒険者・ガルドゥークも絡んできて、レイガの異世界ライフはイケメンたちに翻弄される!?

詳しくは公式サイトにてご確認ください

https://www.noche-books.com/

携帯サイトはこちらから！

NB ノーチェ文庫

策士な義弟の溺愛

腐女子で引きこもりの姉は
隠居したいが、
義弟がそれを許してくれない

薄影《うすかげ》メガネ　イラスト：森原八鹿

定価：704円（10% 税込）

父の死をきっかけに、女ながらも伯爵家の当主となってしまったユイリー。そんな彼女を支えてくれるのは義弟のラース。養子である彼だけれど、当主代行の務めを立派に果たしてくれている。そこでユイリーは、成人したラースに家督を譲り、邪魔にならないよう田舎で隠居生活を送ろうと決意するが……

詳しくは公式サイトにてご確認ください

https://www.noche-books.com/

携帯サイトはこちらから！

本書は、2020年12月当社より単行本として刊行されたものに書き下ろしを加えて文庫化したものです。


この作品に対する皆様のご意見・ご感想をお待ちしております。

おハガキ・お手紙は以下の宛先にお送りください。

【宛先】

〒150-6008 東京都渋谷区恵比寿4-20-3 恵比寿ガーデンプレイスタワー8F
（株）アルファポリス　書籍感想係

メールフォームでのご意見・ご感想は右のＱＲコードから、
あるいは以下のワードで検索をかけてください。

アルファポリス　書籍の感想　検索

ご感想はこちらから

ノーチェ文庫

ひきこもり令嬢《れいじょう》でしたが絶世《ぜっせい》の美貌騎士《びぼうきし》に溺愛《できあい》されてます

砂城《すなぎ》

2022年12月31日初版発行

文庫編集－斧木悠子・森順子
編集長－倉持真理
発行者－梶本雄介
発行所－株式会社アルファポリス
〒150-6008 東京都渋谷区恵比寿4-20-3 恵比寿ガーデンプレイスタワー8F
TEL 03-6277-1601（営業）　03-6277-1602（編集）
URL https://www.alphapolis.co.jp/
発売元－株式会社星雲社（共同出版社・流通責任出版社）
〒112-0005 東京都文京区水道1-3-30
TEL 03-3868-3275
装丁・本文イラスト－めろ見沢
装丁デザイン－AFTERGLOW
（レーベルフォーマットデザイン－ansyyqdesign）
印刷－中央精版印刷株式会社

価格はカバーに表示されてあります。

落丁乱丁の場合はアルファポリスまでご連絡ください。

送料は小社負担でお取り替えします。


ISBN978-4-434-31367-7 C0193